Edda Minck

totgequatscht

Maggie Abendroth:
und der Teppich des Todes

KBV

Originalausgabe

www.kbv-verlag.de
E-Mail: info@kbv-verlag.de
Telefon: 0 65 93 - 998 96-0
Fax: 0 65 93 - 998 96-20
Umschlagillustration: www.helgejepsen.de
Redaktion: Dr. Meike Fritz, Berlin
Druck: Aalexx Buchproduktion GmbH, Großburgwedel
Printed in Germany
ISBN 978-3-942446-60-0

Für Christian und Tanja und das ganze Team
von Bestattungen Fritz,
das Team vom Schloss-Café,
Helge Jepsen,
Frau Dr. Meike Fritz,
das Team von Honey-Hair
und VorOrt

Ensemble

Maggie Abendroth	glaubt, diesmal die Weisheit mit Löffeln gefressen zu haben
Herr Matti	glaubt immer noch an ein Happy End
Wilma	glaubt, dass alles nach ihrer Pfeife tanzt
Kommissar Winnie Blaschke	glaubt nicht wirklich an die Existenz von Liebeskummer, wird aber eines Besseren belehrt
Oma Berti	glaubt immer noch, dass die Punktekartei in Flensburg nicht existiert
Rudi Rolinski	glaubt an gar nichts mehr, seit Elli erst doppelt und dann rotsieht
Elli Ruschkowsky	glaubt, was sie sieht, statt zu sehen, woran sie glaubt
Raoul, Koch	glaubt, er sei vor den Bochumern in Sicherheit
Doktor Thoma	glaubt, ein Meisterdieb über den Dächern von Bochum zu sein
Gerrit van Sandt	glaubt, er sei im falschen Film

Hassan	glaubt zu lange an Märchen aus Tausendundeiner Nacht
Danuta	glaubt alles, was sie im Fernsehen sieht
Kai-Uwe Hasselbrink	glaubt an das Schlechte auf Schalke
Der Tote im Teppich	glaubte, auf der richtigen Fährte gewesen zu sein
Bochum	glaubt immer noch, eine Großstadt zu sein

Kapitel 1

Und da war er: der gefühlte siebenundzwanzigste weiße Albtraum aus Tüll, Taft und Seide, mit dem Wilma aus der Umkleidekabine rauschte. Mir völlig unverständlich, dass auf ihrem sonst so makellosen Gesicht das fahle Licht einer Neonreklame leuchtete, die verkündete: »Sie haben Ihr Fahrziel erreicht«. Und wie man weiß – Neonlicht macht alt.

Meine beste Freundin drehte sich vor dem Spiegel hin und her, die fleischgewordene Vision aller Hochzeitsfanatiker. Die riesengroße Schleife, die ihre Taille zierte, rutschte und kam knapp unterhalb der Hüfte zum Stehen. Die Enden der Schleife fielen schlapp herunter.

»Ach Gottchen, Gottchen, Gottchen, Kindchen, was sind Sie schmaaal. Wie ein Model. Da würde ja Heidi Klum neidisch werden«, flötete die Verkäuferin des Brautmodenladens *Hochzeit's Himmel*, ohne die zehn Stecknadeln aus dem Mund zu nehmen. Bei der Hysterie, die die Dame verbreitete, hätte es auch gerne ›Hochzeitsfimmel‹ heißen können – wenigstens wäre so der Ossi-Apostroph verschwunden.

»Keine Sorge, das ist das Klümchen schon«, sagte ich.

Jede Frau, die Augen im Kopf hat, muss neidisch sein auf Wilma, und Heidi erst recht, weil Wilma glatt noch vier Zentimeter größer ist als Deutschlands Kleiderständer Nummer eins aus Bergisch Gladbach. »Heidi macht nur Karriere, weil unsere Wilma nicht mehr auf den Catwalks dieser Welt läuft, nicht wahr? Außerdem hatte Heidi schon immer zu grobe Fußgelenke.«

Wilma rollte die Augen und schüttelte den Kopf.

Die Verkäuferin blinzelte und starrte der Braut ins Gesicht. »Ach ... ich weiß! Nein, sagen Sie es nicht ... Sie sind dieser, dieser ... Most, ja genau, die sich immer beim Koksen erwischen lässt, aber sehr ähnlich ... oder nee, Moment mal! Waren Sie mal bei *Wetten, dass ..?*?«

Wilma sagte: »Nein«, und mir flüsterte sie zu: »Ich bring dich um, Maggie.«

Tja, knapp daneben ist auch vorbei, hätte ich der Verkäuferin sagen können, aber ich klärte sie nicht darüber auf, dass Wilma eines der erfolgreichsten Katalogmodels in Deutschland und Japan gewesen war, bevor noch Claudia Schiffer meinte, sie müsse für den Otto Katalog posieren.

»Können wir jetzt mal endlich? Die Schleife! Muss da nicht so was wie Draht rein? Die fällt doch immer zusammen«, sagte Wilma und zappelte herum. Ihre schlanken Arme ragten wie Stöckchen aus den überladenen Puffärmeln.

»Momentchen, Momentchen. Das haben wir gleich.« Die Dame setzte ihre Lesebrille auf die Nase, begutachtete den Schaden, den Wilmas Taille verursacht hatte, zupfte daran herum und drapierte die Schleife dorthin, wo sie hingehörte – auf den verlängerten Rücken. »Und dann machen wir noch hier und hier und hier ... ja, das stecke ich fest. Und Draht? Nee, ich mach das schon. Sie sehen aus, Kindchen. Zucker!« Dann wandte sich die Verkäuferin mit strengem Blick zu Winnie um, der es sich in einem riesigen goldfarbenen Ohrensessel bequem gemacht und bislang nichts weiter beigesteuert hatte als ein wissendes Lächeln gepaart mit wohldosiert gequältem Augenaufschlag, wenn Wilma mit ausladenden Schritten und Hüftgewackel in einem Brautkleid ihrer Wahl an uns vorbeidefilierte. An diesem Vormittag hatten wir immerhin schon sieben Walks gesehen, und Heidi hätte Wilma jedes Mal ein Foto dafür gegeben. An der Performance war nichts auszusetzen gewesen, dafür umso mehr an den Kleidern, die zur Auswahl standen.

Winnie machte ein kluges Gesicht, während die Verkäuferin die Augen zusammenkniff und sagte: »Sie sollten überhaupt nicht hier sein, junger Mann. Das gehört sich nicht. Ein Bräutigam, der das Brautkleid vor der Hochzeit sieht, bringt Unglück. Sieben Jahre mindestens.«

»Ich weiß«, sagte Winnie. »Aber das Brautkleid, das mir Unglück bringen würde, sollte ich es denn jemals sehen, wäre ein schwarzer Smoking. Oder vielleicht auch ein weißer.«

Die Stecknadeln zwischen den Lippen der Verkäuferin wanderten alle zum rechten Mundwinkel, und bevor sie sich vor Schreck mit den Dingern selbst entleiben konnte, sagte ich: »Er ist nur als Modeberater hier. Der Bräutigam befindet sich in Südamerika und rast mit seinem Mountainbike den Popocatepetl rauf und runter und wird von dem Kleid bis zum ersten Nä-Nä-NäNäNäää aus der Kirchenorgel nichts mitbekommen.«

Die Dame klatschte in die Hände. »Wenn das so ist. Dann sagen Sie mal was, Herr Modeberater.« Sie beugte sich zu mir herunter und flüsterte, ohne Winnie aus den Augen zu lassen: »Zieht der sich selber so an?«

Ich nickte. »Ja, das macht der ganz alleine. Beängstigend, nicht wahr? Er bekommt jährlich den Pokal für den bestangezogenen Kripobeamten von Bochum verliehen.«

»Oh«, machte die Verkäuferin.

»Hm«, machte Winnie und zupfte an seiner Hose herum, an der es nichts zu zupfen gab. »Hm, Hm ...«

»Er will damit sagen: Du siehst aus wie Daisy Duck auf Koks. Wenn jetzt unter dir eine rosa Spieluhr wäre ... oder eine Sahnetorte ... vielleicht«, kam ich ihm zuvor, um die Sache abzukürzen. »Wilma, du brauchst was ... was ... Ach, Winnie, jetzt mal dein Einsatz. Wozu haben wir dich mitgenommen?«

»Also ... irgendwie ... zu niedlich. Zu viel Zucker. Maggie hat recht, Wilma. Du brauchst etwas weniger Cinderella, dafür etwas mehr Kill Bill.«

»Haben Sie das da?«, fragte ich die Verkäuferin.

»Ist das alles, was ihr beisteuern könnt?«, sagte Wilma, raffte die Röcke und stolzierte zurück in die Umkleidekabine.

»Bist du jetzt beleidigt?«, rief ich.

»Das macht keinen Spaß mit euch. Ich hätte Mia oder Berti mitnehmen sollen. Sogar Elli hat mehr Geschmack.«

»Ja, warum hast du dann nicht? Wenn dir unbedingt der Sinn danach steht, im mauvefarbenen Chiffontutu herumzulaufen, ruf sie doch an.«

Gegen den Modegeschmack der emeritierten Bochumer Kiezkönigin war nichts einzuwenden – vorausgesetzt man war ein Pudel oder über 150 Kilo schwer.

»Ja, hätte ich tun sollen. Die verliert ihre gute Laune wenigstens nicht. Ihr seid beide so ... ich weiß auch nicht. Negativ? Desinteressiert ... ach ...!«

»Aber das waren doch erst sieben Kleider, Kindchen. Für den schönsten Tag im Leben einer Frau muss man das Richtige aussuchen, und das kann dauern. Wir wollen doch keinen Fehler machen, nicht wahr? Immerhin muss man davon ausgehen, dass dieser Tag im Leben nur einmal kommt.« Die Verkäuferin grinste und sah dabei aus wie Hannibal Lecter. »Und Ihre Freunde meinen das nicht so ... nicht wahr?!« Sie zischte die letzten beiden Worte hervor, was aber keinen Eindruck auf uns machte.

»Wenn das so weitergeht, wird es so lange dauern, bis die Hochzeit vorbei ist. Wenn du mich fragst, ich finde, ein Hosenanzug à la Bianca Jagger seinerzeit. Was Cooles, ein bisschen Seventies und so ...«, rief ich in Richtung Umkleide.

»Maggie hat leider recht«, sagte Winnie. »Du wirst wahrscheinlich von Ackis Freunden auf einem Mountainbike entführt werden – da wäre ein Hosenanzug das Beste. So ein Krinolinendings verheddert sich doch nur in den Speichen.«

Der Vorhang der Umkleidekabine öffnete sich und Wilma steckte den Kopf heraus. »Und wohin mit dem Strumpfband?«

»Mein Gott, das sind doch Detailfragen. Tacker es dir an die Stirn«, sagte ich und hätte am liebsten eine Zigarette geraucht. Aber meine Freundin war schon seit Stunden unerbittlich und verlangte von ihrem Hochzeitsteam ständige Anwesenheit.

Die Verkäuferin sah die Falten auf Wilmas Stirn und pfiff aus dem letzten Loch: »Jemand ein Proseccöchen vielleicht? Ich glaube, wir brauchen ein klitzekleines Päuschen.«

»Für mich nicht, aber geben Sie meinen beiden unfähigen Weddingplannern mal einen Schluck, vielleicht hilft es. Oh herrje, es ist ja schon gleich zwölf. Ich muss zurück in den Salon ... aber zwei schaffe ich noch ...«

Der Prosecco wurde serviert, und ich beugte mich zu Winnie hinüber: »Das mit der Hochzeit ist doch eine Schnapsidee, oder? Wilma ist ein Heiratshasser. Ich weiß gar nicht, was das alles soll. Und dann auch noch den Fahrradfreak. Wilma hasst Sport. Können wir nicht irgendwas tun, um die Katastrophe zu verhindern?«

»Die einzige Katastrophe sind die Kleider. Und das werden wir verhindern. Aber ansonsten habe ich den Eindruck, dass Wilma und Acki sehr glücklich sind.«

»Ja super! Wilma wird ein Fisch mit Fahrrad. Toll. Keine Hochzeit – kein Ärger, hat sie immer gepredigt. Aber jetzt!? Sie ist infiziert, vom Wedding-Virus. Seit Wochen gibt es nichts anderes als Blumenarrangements, Ankündigungen für Probeessen, das Studium diverser Speisekarten und Urlaubskataloge für Hochzeitsreisen, Einladungskarten-Casting, mit Goldschnitt oder ohne ... bunt, groß, klein oder gar nicht ... Es gibt mehr Optionen, falsche Einladungskarten zu verschicken, als die ahnungslose Singlewelt sich träumen lässt, Winnie.«

»Mach dir keine Sorgen, Heilung ist in Sicht. Für gewöhnlich genesen die Patienten nach dem Jawort recht schnell.«

»Du bist auch keine Hilfe. Nimm sie in Schutzhaft, die weiß ja nicht mehr, was sie tut.« Meine Laune verschlechterte sich täglich bei diesem Marathon an Glückseligkeit. Nicht, dass ich meiner besten Freundin kein Glück wünschte, aber sie war schon dünner als ich, sah tausendmal besser aus als ich, war pimpillionen mal erfolgreicher als ich, was musste sie auch noch verheirateter sein als ich? Warum musste sie überhaupt einen Mann haben, wo ich keinen hatte? Noch nicht mal in Aussicht, von Herrn Matti mal abgesehen, der mir mit der Sturheit eines Eisanglers Essenseinladungen schickte, die ich höflich ablehnte, weil ich ihn wirklich gern hatte, wie ich mir letztendlich hatte eingestehen müssen. Millimeter für Millimeter hatte er sich im Laufe der letzten Jahre in mein Herz geschlichen. Es gelang mir nicht, an der Tatsache vorbeizukommen, dass Matti etwas an sich hatte, dem auszuweichen mir immer mehr Energie raubte. Die Tatsache, dass er mir schon zweimal das Leben gerettet hatte, konnte es ja nicht sein. Er war so außergewöhnlich, wie ein Finne in Bochum exotisch sein kann, der ein Bestattungsunternehmen führte, für das er sich meinen Namen geliehen hatte. Bestattungen Abendroth klang eben besser als Bestattungen Bietiniemollaiinnen. Aber um der Sache auf den Grund zu gehen, hätte ich mit ihm mehr Zeit verbringen müssen. Und um herauszufinden, warum ich das nicht tat, hätte ich in mich gehen müssen – ein Ort, den ich lieber mied. Mein Selbstbewusstsein war nach allen Debakeln der letzten Jahre (ich hätte ein Buch mit dem Titel *In drei kleinen Schritten zum totalen Fiasko* schreiben können) auf Reiskorngröße zusammengeschrumpft, wohingegen mein Äußeres sich aufblähte wie ein Fesselballon. Na gut, an Elli Ruschkowskys Maßen kratzte ich noch nicht einmal, aber der Zeiger der Waage stolperte schon wieder stetig auf die achtzig Kilo zu. Vielleicht fielen mir deshalb die nächsten Worte einfach so aus dem Mund: »Heiratest du, weil du das Alter spürst? Oder geht's nur darum, mal so einen Tüllfummel zu tragen, bevor es ums letzte Hemd geht?«, fragte ich.

Winnie saß mit einem Mal kerzengerade im Sessel.

»Machst du das eigentlich, weil dich der Neid zerfrisst?«, kam es hinter dem Vorhang zurück. »Ich habe auf allen Laufstegen der Welt Hochzeitskleider präsentiert, falls du das vergessen haben solltest.«

»Dann hättest du eins davon mitnehmen sollen. Models kriegen doch immer was geschenkt. Dann wären wir jetzt hier schon fertig.«

Winnie atmete hörbar aus. »Okay, Ladies. Ein Kleid noch, dann muss ich zurück ins Präsidium. Mein Hintern kriegt schon Sitzfalten.«

»Und meine Schicht fängt in einer Stunde an, also dalli, dalli, Frau Korff, so lange ich noch an die Jungfernschaft in weißen Kleidern glaube.«

Hinter dem Vorhang war ein Rascheln zu hören, dann teilte sich der Stoff, und Wilma schritt heraus wie eine Königin. Die Verkäuferin, die geduldig an den Stecknadeln zwischen ihren Lippen vorbei an ihrem Prosecco genippt hatte, hustete vor Schreck, und die Stecknadeln flogen durch den Laden.

Winnie klatschte in die Hände und rief: »Yes, Baby. Das ist es!«

»Es fehlt natürlich noch das Make-up«, sagte Wilma und zog den wagenradgroßen weißen Schlapphut in die Stirn.

»Hab ich doch gleich gesagt.«

»Das ist nicht von uns!«, rief die Verkäuferin, dabei krabbelte sie auf allen Vieren auf dem Hochflorteppich herum, um die Stecknadeln wieder einzusammeln.

»Das weiß ich«, sagte Wilma. »Das ist Vintage. Bianca Jaggers Hosenanzug, den sie bei der Hochzeit mit Mick Jagger getragen hat ... Also nicht das Original, versteht sich. Aber ...«

Die Verkäuferin nahm uns die halb ausgetrunkenen Proseccogläser aus den Händen und marschierte davon.

»Warum ist sie so sauer?«, sagte Wilma.

»Weil es so aussieht, als würde sie grad nicht über Los gehen und nicht ein paar tausend Euro verdienen. Da kann man schon mal sauer werden. Ich bin Experte für nicht verdientes Geld.«

»Warum hast du das nicht gleich angezogen«, sagte Winnie. »Hätte eine Menge Zeit gespart.«

»Wäre aber nur der halbe Spaß gewesen. Der Anzug muss noch geändert werden. Die Jacke sitzt in den Schultern noch nicht perfekt. Ich dachte, das könnten die hier machen ... Wo ist die Verkäuferin denn jetzt?«

»Schmollecke. Such dir lieber einen anderen Schneider, sonst macht sie aus der Hose Hotpants. Wäre schade um die siebzig Zentimeter Schlag. Sag mal, wo hast du nur die Schuhe her? Dein Bräutigam wird auf einem Hochrad in die Kirche rollern müssen.«

»Aus London! Super, was?« Wilma lüpfte die Megaschlaghose, und Winnie schlug sich vor Begeisterung über die zwölf Zentimeter Plateaustiefel auf die Schenkel. »Lass dir von Elli noch ein paar Swarovskisteine drauftackern, dann passt das schon.«

»Tja, Winnie. Du bist jetzt als Brautführer gefordert. Was wirst du tragen? Ich seh dich schon in einem Elton-John-Gedächtnisfrack und Gary-Glitter-Stiefeln. Und was werde ich als Brautjungfer anziehen?«

»Das ist eine Überraschung. Mia und du, ihr werdet natürlich stilecht gekleidet. Die Sachen kommen noch. Anprobe bei mir nächste Woche. Bei Winnie und Nikolaj mache ich mir keine Sorgen.«

»Ach, so ... Bei uns muss man sich also Sorgen machen. Verstehe. Wenn du mir mit irgendwelchen Abba-Fummeln kommst, steige ich aus.«

»Hast du dich eigentlich schon um die Musik gekümmert?«, wechselte Wilma abrupt das Thema.

»Wenn ich sage, ich kümmere mich, dann mach ich das auch. Jetzt weiß ich ja endlich, um was es geht. Mit *Treulich geführt, ziehet dahin* werden wir nicht punkten. Eher schon mit *White Wedding* von Billy Idol. Wenn der Pfarrer das zulässt ... Dein Handy klingelt übrigens.«

Wilma ging zurück in die Kabine. Keine Minute später kündete ein verzücktes Quieken von irgendeiner positiven Nachricht.

»Hört sich an, als hätte Mick Jagger zugesagt«, sagte Winnie.

»Wenn sie etwas netter zu mir wäre, würde ich ihr sagen, dass ich weiß, wo ein weißer Rolls-Royce steht. Die Tagesmiete ist gar nicht mal so teuer.«

»Aber du wirst es ihr noch sagen, Miss Organizing? Du machst das übrigens gut.«

»Danke für die Blumen, Winnie. Erzähl bitte nicht weiter, dass ich auch was kann. Wäre ein Schock für alle, wenn die Wahrheit über die talentfreie Zone herauskäme.«

»Das nenn' ich mal ein Understatement, Frau Abendroth.«

»Super, super, dass du das einrichten kannst. Ich danke dir ... natürlich«, kam es aus der Umkleide. »Ja sicher. Bitte alles nur in Schwarz-Weiß. Ja, klar. Ich hab den Anzug gekriegt. Danke, dass du das geschafft hast. Toll, toll ... «

In meinem Kopf läutete Quasimodo die ganz große Glocke. Wilma rief: »Ich pack nur schnell zusammen, dann können wir gehen. Maggie, kannst du schon mal ...« Sie reichte mir ihre Handtasche aus der Kabine und ich nahm sie entgegen. Ohne nachzudenken, griff ich hinein. Winnie runzelte die Stirn.

Ich holte das Handy heraus und drückte auf »angenommene Anrufe« und die Telefonnummer, die ich sah, löste ein Erdbeben der Stärke 15 aus. Im nächsten Moment warf meine Hand, ohne vorher Bescheid zu sagen, die Tasche zurück in die Kabine.

»Wilma! Ich stelle nur eine Frage: Kommt der Knipser etwa zur Hochzeit, um die Fotos zu machen?«

»Ja, was ist denn schon ...?«

»Dann such dir gefälligst eine andere Brautjungfer.«

»Maggie ...!« Wilma hoppelte mit halb heruntergelassener Hose aus der Kabine.

»Ich hab mich doch klar ausgedrückt. Mein Ex oder ich!«

»Jetzt komm mal runter. Das ist organisatorisch eine Win-Win-Situation«, sagte sie und stieg ganz aus der Hose. Sie bückte sich, um das edle Teil aufzuheben, und vor dem Schaufenster blieben die ersten Männer stehen, um Wilmas Rückseite, eingepackt in einen champagnerfarbenen Stringtanga, zu bewundern. »Er hat mir den Anzug aus London besorgt. Er musste mächtig Strippen ziehen bei Yves Saint Laurent, um rauszufinden, wo noch ein Exemplar davon existiert! Und da muss ich ihn natürlich einladen ... außerdem macht er die Fotos gratis. Ich muss nur das Material zahlen. Und voilà: Du brauchst dich nicht mehr um einen Fotografen zu kümmern.«

»Das verstehe ich natürlich, Wilma. Der Herr Modefotograf hat sich richtig ins Zeug gelegt für dich, im Fundus von Madame Tussaud vermutlich, oder was? Denkst du überhaupt nicht nach? Reicht es nicht, dass das Schicksal, oder wie auch immer du das nennen willst, mir den Kerl immer wieder vor die Füße wirft, obwohl es nichts, aber auch gar nichts gibt, das mich an der Sache erfreut? Und jetzt bist es ausgerechnet du, die mich in Teufels Küche bringt! Win-Win-Situation! Ich werd dir mal zeigen, was eine richtige Win-Win-Situation ist.«

Ich war laut geworden, weil Wilma mir nicht zuhörte, sondern einfach wieder in der Umkleide verschwunden war. Die Verkäuferin kam angaloppiert, um nachzusehen, was los war.

»Ich werde dir für keine fünf Pfennig bei der Planung helfen! Sieh zu, wie du klar kommst.«

»Jetzt hab ich aber Angst, Maggie. Hilfe, ich kriege meine Hochzeit nicht gestemmt, weil Madame Abendroth den Schuh macht. Ich dachte, du wärst drüber weg.«

»Falsch gedacht. Ich werde drüber weg sein, wenn der Kerl sich atomisiert, vaporisiert und zum Mond appariert hat. Und ja, ich bin bestimmt ersetzbar. Engagier dir doch Froooonck, den Weddingplanner – damit es auch richtig in die Hose geht und der Knipser was abzulichten hat, wenn deine Gäste vorm ausgebuchten Hotel stehen. Ruf doch Sarah Connor an, die weiß, wie man sich dann fühlt.«

Winnie lehnte sich im Sessel zurück und sagte zur Verkäuferin: »Es ist alles in Ordnung – hier wird nur gleich kein Stein mehr auf dem anderen stehen. Was halten Sie davon, noch eine Flasche Prosecco aufzumachen? Oder haben Sie was Stärkeres da?«

»Raus hier. Sie alle drei. Auf der Stelle verlassen Sie meinen Laden.« Um ihrer Aufforderung Nachdruck zu verleihen, zeigte sie mit ausgestrecktem Arm auf die Tür.

Ich nahm meine große Umhängetasche. »Bin schon weg.«

»Was ist denn jetzt, Maggie?«

»Was soll sein? Mach deinen Scheiß alleine. Und ein Geschenk kriegst du von mir auch nicht.«

»Wäre sowieso von Quality-TV gewesen. Wahrscheinlich ein Set Tupperdosen aus dem Angebot«, giftete sie aus der Kabine.

Ich drehte mich um. »Und wenn schon! Die wären wenigstens von Herzen gekommen. Tschüss Winnie. Man sieht sich.«

Hinter mir fiel die Tür des Brautmodengeschäfts zu, und ich zündete mir eine Zigarette an. Aus dem Laden hörte ich Wilma nach mir rufen, und ich gebe zu, dass ich mit Freude registrierte, dass sie etwas kleinlaut klang. »Lässt du mir wenigstens die Planungsmappe da?«

»Aber selbstverständlich, Frau Korff!« Ich holte das dicke Heft mit Adressen, Ideen und Zeichnungen aus meiner Umhängetasche, nahm einen Tiefen Zug aus der Zigarette und riss die Kladde in Stücke. »Da hast du deinen Double-Trouble.«

Auf der anderen Seite der Glastür stand Wilma und bekam große Augen. Ja, die passen zum Anzug, Wilma, dachte ich. Ich ließ die Schnipsel auf den Boden rieseln und ging.

Nach ein paar Metern machte ich die nächste Zigarette an der noch glimmenden an und piekste meiner inneren Stimme mit spitzem Finger in die Brust. Dann sag mal was Schlaues dazu. Hat man noch Worte? Meine beste Freundin verrät mich für einen Fummel von Yves Saint Laurent! Judas!

Darf ich auch mal was sagen?, flüsterte meine innere Stimme.

Aber bitte sehr, wenn es hilft.

Mir ist zum Heulen, wisperte sie.

»Halt die Klappe. Dafür haben wir jetzt keine Zeit!«, rief ich laut, und die Passanten, die mir entgegenkamen, wichen erschrocken aus. Ich war schon losgerannt, um den nächsten Bus zu kriegen, der mich direkt zum Callcenter bringen würde, in dem ich seit Monaten arbeitete.

Als die Türen sich hinter mir mit lautem Zisch schlossen, hatte ich die brennende Zigarette immer noch zwischen den Lippen. Alle im Bus starrten mich an. Durch die Lautsprecheranlage tönte die Stimme des Fahrers: »Die Zigarette oder Sie!«

Die Türen öffneten sich wieder. Zu spät, um auf den nächsten Bus zu warten - ich schnippte sie hinaus. Dann trollte ich mich in die hinterste Ecke des Busses und wischte mir die Tränen mit dem Mantelärmel aus dem Gesicht. Plötzlich erschien ein Papiertaschentuch vor meiner Nase.

»Allergie«, krächzte ich und nahm das Taschentuch.

»Ja, ja, die Allergie kenne ich«, sagte eine Männerstimme.

»Oh, du bist es, Hassan. Wenn du auch nur ein Wort darüber verlierst, mache ich dich kalt.«

Normalerweise freute ich mich, meinen Kollegen Hassan im Bus zu treffen. Da war der Gang in die Legebatterie wenigstens nicht ganz so schrecklich. Ich guckte mich um.

»Keine Gefahr. Keiner hier von der Vollpfostenfraktion«, sagte Hassan. »Und warum sollte ich über so was Langweiliges wie eine Allergie reden. Es verhielte sich natürlich anders, wenn hinter deinen Tränen eine tatsächlich dramatische Geschichte stecken würde. Aber das tut es ja nicht, oder?«

»Nein, tut es nicht«, sagte ich. Wo kein Wille ist, da kann auch kein Drama sein.

Hört, hört, sagte meine innere Stimme und verzog sich in die Schmollecke, um sich ihrem mentalen Schluckauf zu widmen.

Kapitel 2

Kurz vor Weihnachten war in der Bestellannahme von Quality-TV keine Zeit für Sentimentalitäten. Ich warf einen Blick auf die Anzeigetafel: 350 Kunden in der Warteschleife, und ich hatte heute Doppelschicht. Gute Aussichten, am Ende des Tages noch nicht einmal mehr zu wissen, wie man seinen eigenen Namen schreibt. Denn als Callcenter Agent kämpft man einen einsamen Kampf gegen Menschenhass, Hörsturz und Zungenlähmung.

»Guten Tag, Quality-TV, mein Name ist Maggie Abendroth. Was kann ich für Sie tun?«, leierte ich die Begrüßung herunter, bog dabei eine Büroklammer auf und zu und wartete darauf, dass der Anrufer mir seine Wünsche mitteilte. Mir tat der Nacken weh, und ich hatte den Eindruck, bereits mit halb Deutschland telefoniert zu haben.

Statt einer Begrüßung wurde mir ohne Vorwarnung ein Niesanfall ins Ohr geblasen. Ich zog das Headset weg und wartete. Nach mehreren Sekunden sagte ich: »Gesundheit.«

»Da-Dan... Arch ... Tschi!«, kam es vom anderen Ende. Na gut, ich hatte heute nicht mehr so viel vor. Eingepfercht in einer Ein-Quadratmeter-Box, genannt Cube, bestehend aus einem Schreibtisch, umgeben mit siebzig Zentimeter hohen Schallschutzwänden, hing ich wie ein Kettenhund an einem Spiralkabel, das meinen Kopfhörer mit dem Telefon verband, und war der Kundschaft ausgeliefert. Denn sobald ein Anrufer aufgelegt hatte, war automatisch schon der nächste in der Leitung. Was zur Folge hatte, dass man während einer sogenannten Warteschleife von seinem Cube nur wegkam, wenn man nach dem Notarzt rief oder entkräftet vom Stuhl fiel.

Der Niesanfall meiner Kundin verschaffte mir eine Verschnaufpause, und ich trank einen Schluck Wasser. Der Geist der Weihnacht hatte die Geschäftsleitung gnädig gestimmt, und irgendjemand in den oberen Etagen des Hühnerstalls hatte angeordnet, dass das Wassertrinken am Arbeitsplatz ausnahmsweise so geräuschlos wie möglich, bitte, gestattet sei. So lautete die Mitteilung, die vor ein paar Tagen jeder Mitarbeiter in seinem Fach gefunden hatte. Auf dem Wisch hatte auch gestanden, dass in den Großraumbüros, wo immerhin über achtzig Callcenter Agents pro Etage saßen und ebenso viele Computer heiß liefen, die Fenster nicht geöffnet werden durften, weil sonst die Klimaanlage durchdrehte. Dementsprechend roch es in allen Etagen nach schlampiger Bodenhaltung mit gebietsweisem Missbrauch von billigem Parfüm, und die Luftfeuchtigkeit tendierte gegen null. Welche Systeme bei uns, dem lebenden Inventar, in absehbarer Zeit durchdrehen würden, interessierte niemanden.

»Hallo, sind Sie noch dran?«, sagte ich. Ich hörte Geraschel, dann ein nasales »Entschuldigung«, dann trompete die Dame in ihr Taschentuch. »Lassen Sie sich Zeit«, sagte ich und warf einen Blick auf einen der zehn Fernseher, die im Raum unter der Decke verteilt hingen, und schaute unserer Geschmeide-Königin bei der Arbeit zu. Sonja, unterm Solarium dauerangekokelt und bis zum tief liegenden Dekolleté faltig wie ein Elefantenhintern, breitete mehrere Ringe auf einem roten Samtkissen aus und quiekte in den höchsten Tönen ein paar Takte von *Diamonds are a girls best friend.* Ihre haselnussbraunen Falten steckten in einem knallengen roten Santa-Claus-Outfit, und die Zipfelmütze rutschte ihr alle paar Minuten ins Gesicht. Sie ließ ihre blendend weißen Veneers aufblitzen, warf den Bommel wieder zurück und schob ihren hochgepushten Busen noch weiter in die Kamera. »Das alles, meine Damen und Herren – das alles bekommen Sie für den sagenhaften Preis von ...? Na?! Halten Sie sich fest: 299,99 Euro. Vier Weißgoldringe in hochwertiger Ausführung. Die Steine sind Brillanique-Synthes-Steine, nicht zu unterscheiden von richtigen Diamanten«, gurrte sie. »Das ist Qualität, die Ihr Portemonnaie nicht strapaziert. Schauen Sie nur, wie die funkeln. Eins, zwei, drei, VIER RINGE. Meine Herren, denken Sie an Weihnachten, denken Sie an Ihre liebe Frau zu Hause, und machen Sie sich und ihr eine Freude. Das Strahlen von Brillanique wird sich in den Augen Ihrer Frau widerspiegeln.« Sonja rollte ekstatisch mit den Augen. In einem anderen Kontext hätte man auf Tollwut getippt und ihr vorsorglich eine Spritze verpasst. Aber bei Quality-TV war den Moderatoren alles erlaubt außer Sprachlosigkeit und Striptease.

Die Anzeigetafel blinkte rot: 633. Ich hätte nie gedacht, dass in Deutschland ein so deutlicher Mangel an Talmi herrschte.

»Hallo? Sind Sie noch da?«, pfiff es durch den Hörer.

»Aber sicher. Wie kann ich Ihnen helfen?«, nahm ich das Gespräch wieder auf.

»Bestellnummer QTV-6786767787«, rasselte die Kundin. Auf dem Bildschirm wurde die Zahl der noch zur Verfügung stehenden Geschmeide-Sets angezeigt, die rasant gegen null ging.

»Zunächst brauche ich Ihre Kundennummer, bitte«, sagte ich.

Die Dame am anderen Ende keuchte. »Hab ich grad nicht. Aber ich brauche dieses Schmuckset noch für meine Schwiegermutter ... und ich hab heute Morgen schon was bestellt, suchen Sie das doch raus. Bitte, sonst ist es weg.«

Würde ich ja, Gnädigste, aber auch dafür bräuchte ich Ihre Kundennummer. Aber was soll man sich lange mit Erklärungen aufhalten, wenn das Lebensglück der Kundschaft von vier Ringen mit unechten Steinen abhing? »Ihre Kundennummer, bitte.«

Das Pfeifen der Kundin wurde schriller: »Hab ich grad nicht! Sind Sie taub?«

»Nein, wenn Sie Ihre Kundennummer nicht haben, dann sagen Sie mir bitte jetzt Ihren Namen.«

»Maria Mayer, geboren am 16.02.1948, mein Geheimwort ist ... ist ... Moment mal ... ich muss ... Mayer mit A Yps... Haatschi!« Ihr Niesanfall gewann die Oberhand, und ich hatte Zeit, wenigstens ihren Namen einzutippen.

»Wie ist Ihr Geburtsdatum, bitte? Das konnte ich grad nicht verstehen.« Amüsiert verfolgte ich den Countdown auf dem Bildschirm.

Drei ...

zwei ...

eins ...

Keins! Das Wort *Ausverkauft* leuchtete auf. Meine verschnupfte Kundin entließ mich mit einem »Dumme Kuh!« und knallte den Hörer auf.

Sonja lächelte in die Kamera und tröstete all jene, die kein Schmuckset mehr abbekommen hatten mit der Ankündigung weiterer exklusiver Preziosen aus dem Kaugummiautomaten.

»Und jetzt der absolute Hit. Wir haben keine Kosten und Mühen gescheut, Ihr Weihnachtsfest zum Strahlen zu bringen ... Ein Dreier-Sortiment von diamantierten Panzerketten für den gepflegten Gentleman. Welche Frau würde da nicht schwach?«

Ich sehnte einen Ohnmachtsanfall herbei und betete meinen Begrüßungsspruch herunter.

»Passt die Panzerkette wohl auch an mein Arko sein Hals?«, wurde ich unwirsch gefragt.

»Hat der Köter eine Kundennummer?«, antwortete ich und malträtierte die nächste Büroklammer.

»Jasija. Dem sein Hals is achtendreißig Zentimeter im Umfang. Wie viel hat die Kette?«

Ohne mich zu vergewissern, sagte ich: »Ja. Die hat über fünfzig. Das passt dicke.« Wer seinem Köter goldene Panzerketten zu Weihnachten kauft, hat es nicht besser verdient.

Die Frau blökte in den Hörer: »Arko, willze gezz die Ketten? Arko?! ... Sach do ma!«

Mir lief es eiskalt den Rücken herunter – hatte ich etwa im Anfall geistiger Umnachtung soeben ihren Gatten einen Köter genannt? Ich hörte schon das Donnerwetter anrollen, denn unserer Gespräche wurden zwecks Qualitätskontrolle mitgeschnitten, und wir Neuen hatten beinahe täglich Monitoring-Termine. Eine Formulierung, die nicht im Telefonscript stand, wurde schon mit zehn Punkten Abzug geahndet. Für den Köter, sollte es denn jemand mitbekommen haben, könnte ich wahrscheinlich meine Papiere abholen.

Ein lautes Bellen am anderen Ende der Leitung erlöste mich aus der Schockstarre.

»Er hat wirklich einen guten Geschmack«, sagte ich und nahm die Bestellung auf.

Sechsunddreißig Panzerkettensets später loggte ich mich mit Trick 17 (Null drücken, auf die Gabel hauen, Pausentaste betätigen) aus und ging zur Toilette, um eine Zigarette zu rauchen.

Leider hatte die Vollpfostenfraktion dieselbe Idee schon vor mir gehabt.

Als ich zur Tür hereinkam, erstarb das Gespräch auf der Stelle, und ich wurde von drei Augenpaaren kritisch beäugt.

Danuta, eine wasserstoffblonde Polin auf hochhackigen, pinkfarbenen Pumps, die über und über mit den hauseigenen unechten Brillanique-Diamanten behängt war, schnippte ihre Zigarette ins Waschbecken, quetschte sich an mir vorbei und sagte: »Aaaah ... meine RTL ...« Sie warf mir einen vernichtenden Blick zu, und die dicke Walburga, die mit mir im Einführungsseminar gesessen hatte, lachte mit und verließ hinter Danuta den Waschraum. Den Namen der dritten Frau wusste ich immer noch nicht – ich nannte sie »Das Schäfchen«.

»Den Witz versteh ich nicht.« Nie hatte ein Name besser gepasst.

»Es ist auch kein Witz«, sagte ich. »Kommt 'ne Polin zur Polizei und sagt: Mein Auto wurde gestohlen. Das wär'n Witz. Und jetzt mach mal die Klotür frei, bitte.«

Ich drängte sie zur Seite, ging in die Toilettenkabine und knallte die Tür hinter mir zu.

»Was?«, fragte das Schaf, und ich konnte das drei Meter große Fragezeichen über ihrer pickeligen Stirn direkt vor mir sehen.

»Frag Danuta, die ist hier für die Volksbelustigung zuständig.«

Ich hörte die Tür auf- und zugehen und zündete mir eine Zigarette an. Irgendjemand aus der Personalabteilung musste die Information gestreut haben, dass ich mal beim Fernsehen in Köln gearbeitet hatte. Danuta hatte ihre eigenen Schlüsse daraus gezogen und verkündet, ich sei bestimmt nur aus Neugier hier, um Material zu sammeln – von wegen, ich müsse hier arbeiten! Das hätte ich bei meinem Lebenslauf doch gar nicht nötig. Man wüsste doch genau, wie viel die Fernsehfuzzis so verdienen. Ihrer Meinung nach könnte ich mich zur Tarnung in noch so billige Jeans aus unserem Outlet-Shop quetschen, sie würde sich davon nicht an der Nase herumführen lassen. Ich hätte ihr seinerzeit gerne noch weiter zugehört, aber ein paar Kollegen, die mich gesehen hatten, hatten ihr ein Zeichen gegeben. Nicht, dass sie verschämt verstummt wäre, nein, sie hatte sich herumgedreht, mir zugewinkt und gezischt: »Schön, mal richtig arbeiten zu müssen, ne?«

Nun, hatte ich gedacht, ich hab zwar eine Schreibblockade, ein vermurkstes Drehbuchschreiberleben und ich befinde mich garantiert nicht an dem Ort, an dem ich sein will, aber wenn mir eine gut gezirkelte Bananenflanke entgegensegelt, dann versenke ich die Kirsche im Netz.

»Schade, ich hatte grad drüber nachgedacht, was für dich bei *Big Brother* klarzumachen«, hatte ich gesagt und dann hinzugefügt: »Aber leider ist die Zicke schon besetzt, und für das Muttchen vom Dienst taugst du nicht. Wir suchen nur noch die Jungfrau. Und da kann man nicht mogeln, der Produzent vergewissert sich persönlich über den einwandfreien Zustand der Dame, und da dürftest du wohl durchfallen.«

In Danutas Gesicht waren sämtliche Gesichtszüge entgleist, sie war sich nicht sicher, ob ich mir mit ihr einen Scherz erlaubte oder nicht, wagte es aber nicht, noch mal nachzufragen, und entschied sich für: »Da würde ich doch nicht mitmachen. Ich bin doch nicht blöd.« Sie hatte sich Beifall heischend umgesehen, und ihre Clique hatte brav genickt. Das Schäfchen, wie immer auf der Leitung stehend, trompete voller Enthusiasmus: »Aber blond ... und wie ...«

Ich wurde Zeuge, wie unter den tödlichen Sehstrahlen von Danuta Piontek das Schäfchen zu einem Häufchen grüner Asche verdampfte. Drei Tage lang war sie von den Zigarettenpausen der Clique ausgeschlossen und saß in der hinterletzten Ecke, ganz weit weg von allem, was sie für erstrebenswert hielt. Wer noch irgendwelche Fragen zum Rudelverhalten gehabt hätte – hier wurden sie alle auf einen Schlag beantwortet.

»Frau Abendroth, was machen Sie da?«, wurde ich plötzlich angeherrscht. Vor meinem Cube stand der Teamleiter Herr Möhl, ein speckiger, kleiner Mann mit Halbglatze und teigigem, grauem Teint. Er stützte sich auf der Trennwand ab und starrte mich an.

Nun ja, die Frage war nicht unberechtigt, und ich hätte sie mir grad gerne selbst beantwortet. Ich muss wohl völlig geistesabwesend von der Toilette wieder zurückgekommen sein. Meine Kopfhörer hatte ich auf den Ohren, so viel konnte ich feststellen.

»Was meinen Sie denn, nach was es aussieht?«, fragte ich beinahe ehrlich interessiert.

»Nichts jedenfalls, wofür Sie hier bezahlt werden!«

»Aha?«

»Sie sollen zum Monitoring kommen. Der Kollege versucht Sie seit einer Viertelstunde zu erreichen.«

Ich betrachtete die Schwitzflecken auf seinem Hemd, wünschte mir eine Nasenklammer herbei und sagte: »Wir haben eine Warteschleife, ich hab sein Anklopfen im Telefon wohl nicht gehört, Herr Möhl. Aber, wenn Sie wollen, logge ich mich kurz aus.«

»Sie brauchen sich nicht auszuloggen! Sie sind nämlich gar nicht eingeloggt! Im Übrigen riechen Sie nach Zigarette, ich kann mich nicht erinnern, Sie in die Pause geschickt zu haben!«, wetterte er und hüpfte dabei auf und ab.

Tja, schlimm, wenn man als Teamleiter seine Privilegien einklagen muss. Ich hatte schon zwei Anpfiffe bekommen, weil ich nicht bereit war, wie ein Erstklässler aufzuzeigen, um mir eine Pinkelgenehmigung von ihm erteilen zu lassen.

»Und wenn Sie schon hier sitzen, warum loggen Sie sich nicht wieder ein?«, setzte Möhl nach.

Ich guckte auf mein Telefon und stellte fest, dass er recht hatte. Wie konnte mir nicht auffallen, dass ich keine Anrufe bekam, während um mich herum der Hühnerstall auf Hochtouren lief und die Anzeige immer noch 460 Anrufer in Warteposition signalisierte?

»Tja, dann geh ich am besten gleich mal los, was?«, sagte ich und legte mein Headset auf den Tisch. »Falls es um Überstunden geht: Meine Schicht geht bis zweiundzwanzig Uhr. Ich kann heute nicht länger bleiben.«

Möhl guckte umständlich auf seine Armbanduhr und grunzte: »Na schön. Aber morgen erwarte ich, dass Sie sich da flexibler zeigen. Wir machen hier Business und keine Serie auf dem Ponyhof.«

»Und ich weiß, dass nach Doppelschichten Überstunden ausdrücklich verboten sind«, gab ich zurück. »Ach, und bevor ich Sie nachher wieder stundenlang suchen muss ...« Ich schob ihm meinen Stundenzettel hin. Er nahm ihn und drehte sich weg.

»Lernen Sie den auswendig?«

Er fuhr herum. »Ich muss schließlich Ihre Eintragungen kontrollieren«, sagte er und warf mir den Zettel auf den Tisch.

»Unterschreiben, bitte, Herr Möhl«, sagte ich und hielt ihm das Papier wieder hin. Er riss mir den Zettel aus der Hand und ging in Richtung Teamleiterbüro. Danutas Gesicht erschien über der Trennwand ihres Cube. Sie winkte Möhl zu, der prompt in ihre Richtung abdrehte.

»Danke, dass Sie ihn mir in mein Fach legen, wenn Sie unterschrieben haben«, rief ich ihm zuckersüß hinterher. Und tu mir einen Gefallen und brich dir auf deiner Schleimspur das Genick!

Ein paar Kollegen in meiner nächsten Umgebung nickten mir anerkennend zu. Das Schafsgesicht erschien aus dem Cube neben Danuta und verschwand sofort wieder hinter der Trennwand, als Herr Möhl in ihren Gang einbog.

Eine E-Mail von Hassan ploppte auf meinem Bildschirm auf. »Morgen legt dir Danuta bestimmt Reißzwecken auf den Stuhl.«

Ich schrieb zurück: »Pass auf, dass die dicke Walburga sich nicht auf dich setzt.«

Als ich an ihm vorbei zum Ausgang ging, hielt er mitten im Satz das Mikrofon an seinem Headset zu und flüsterte: »Sei bloß vorsichtig. Danuta ist ein *pain in the ass*. Die guckt mich neuerdings immer so an. Ich fange an, mich zu fürchten.«

»Vielleicht ist sie verknallt in dich ... Hüte dich vor dunklen Hauseingängen, mein Wüstensohn.«

»Mich kriegt sie nicht – da müsste sie mindestens zwanzig Kamele abdrücken ... aber sie hat nur ein Schäfchen ...«

Er grinste und sprach schon wieder in sein Mikrofon: »Ich fasse Ihre Bestellung zusammen: Dreimal das Schmuckset *Pain in the Ass* ... wie bitte? Oh, Entschuldigung ... zweimal nur, selbstverständlich ...«

Kapitel 3

Zum großen Erstaunen meiner Freunde hatte ich bis jetzt bei Quality-TV durchgehalten.

»Wat willz du denn den Leuten am Tellefon verkaufen?«, hatte Oma Berti gesagt, als ich erzählt hatte, wo ich mein Geld verdienen würde. »Du warss doch schon im Kiosk 'ne Vollniete.«

Und Wilma hatte nur mild gelächelt. »Ja, ja ... Bestellannahme. Da muss man freundlich sein. Ich hoffe, du weißt das.«

Wirklich gefreut hatte sich nur Matti – auf seine altbewährte Matti-Art. Er hatte mir die Hand geschüttelt und auf Finnisch gesagt: »Onnittelen teitä.« Dann war er wieder in den Katakomben seines Bestattungsinstitutes verschwunden, um die nächste Leiche zu verschönern. Rudi Rolinski, Mattis Mitarbeiter, neuerdings im Besitz eines Bestatterdiploms, entwickelte, nachdem er gehört hatte, wo ich arbeiten würde, prompt eine neue Geschäftsidee

»Man könnte doch bei Quality-TV auch Beerdigungen verkaufen. Das wäre mal eine Vorsorge-Maßnahme. Super! Alles schon bezahlt – auf Abruf. Ich könnte das super anbieten da. Ich weiß, wie man mit den Leuten redet, und telegen bin ich auch. Stell dir mal vor, Maggie, ich vor der Kamera, und dann sage ich: Beim heutigen Angebot legt Herr Rolinski noch was drauf: ein Sarg und nicht nur ein Kranz! Nein, meine Damen und Herren, das Set umfasst drei Kränze mit Grabschleifen, Aufschrift frei wählbar, und dazu bekommen Sie noch die komplette Innenausstattung gratis – inklusive Sargbekleidung für Herren oder Damen – in Ökobaumwolle – bügelfrei.«

»Genau, Rudi«, hatte ich geantwortet. »Schmuck-Urnen oder Eichensärge im Doppelpack als Sonderangebot für Jubilare, die ihre goldene Hochzeit feiern. Sehr vorausschauend. Praktisch denken, Särge schenken.«

»Super Slogan, Maggie. Du hast echt was drauf.« Mit diesen Worten war er in den Keller gerannt, um Matti diese außerordentlich innovative Idee vorzustellen.

Mia Hoffstiepel, Freundin von Oma Berti und Halbtagssekretärin der beiden seltsamen Bestatter, hatte gelacht. »Setzt dem bloß keine Flausen in den Kopf, der macht das wirklich.«

Und warum auch nicht, wenn Broiler-Martin bei Quality-TV seine Hühner-Leichen auf den Grill werfen kann, kann Rudi ferrarirot gesprayte Schmuckurnen anbieten.

Die Szene ging mir durch den Kopf, als ich Mr. Jones gegenübertrat, der sich, als Gesandter vom amerikanischen Mutterschiff, die Ehre gab, mir meine Talentlosigkeit persönlich vorzuhalten. »Sie hätten der Kundin etwas anderes anbieten müssen, wenn etwas ausverkauft ist.«

»Okay, okay. Werd' ich mir merken«, sagte ich.

»*Okay, okay* heißt bei uns in den Staaten: *Kiss my ass*. Ich hoffe, das meinen Sie nicht.«

»Wir sind hier in Deutschland, Mr. Jones. Da bedeutet es: Ja, Chef. Wird sofort erledigt.«

»Arbeiten Sie gerne hier?«

»Nein. Ich arbeite hier, weil ich muss.«

Er blickte von seinem Gesprächsprotokoll auf und kniff die Augen zusammen. Dann lächelte er und sagte: »Guter Gag. Und lernen Sie zu Lächeln beim Telefonieren. Lächeln. *Smile, please.*« Der Subtext allerdings war unmissverständlich: Noch so eine Frechheit, und dann werden wir uns nach dem Weihnachtshorror gerne von Ihnen verabschieden.

»Danke, Mr. Jones. Schönen Abend noch.«

»Moment! Sie hatten vorhin keine Genehmigung, sich für eine Pause auszuloggen.«

»Ein menschliches Bedürfnis, das werden Sie doch verstehen, und Herr Möhl war nirgends aufzutreiben. Soll ich mir etwa in die Hose machen?«

Er erhob sich von seinem Stuhl. »Wenn Sie Ihren Job behalten wollen, dann werden Sie in der Lage sein, Ihren Teamleiter zu finden, wenn Sie ihn brauchen.«

»Ich brauchte nicht *ihn*, ich brauchte eine Toilette«, sagte ich, ohne nachzudenken. Auf Mr. Jones Stirn zog ein Tornado auf, und ich sagte schnell: »Bis man Herrn Möhl gefunden hat, kann man einen Inselstaat bevölkern. Dann ist es für alles zu spät. *You know?*«

Jones räusperte sich. »*You better listen!*«

»Ja, ja ... Hab's kapiert.«

Kaum wieder zurück und eingeloggt, wünschte ich mir, Jones hätte mich auf der Stelle rausgeworfen, denn mein Anrufer gehörte in die Kategorie: Malen nach Zahlen.

»Das Ding da, mit dem man ... na, Sie wissen schon, das vor einer Stunde in der Sendung mit dem Küchenzeug.«

»Küchensendung? Herrje, die war gestern.« Haushaltsputz fürs Christkind – da hatten wir alles, was die Reinigungschemie hergab. »War es für den Garten?«

»Nein, nein, es war fürs Haus. Dieses rosa Zeug ...«

»Blitzblank, fürs Bad?«

»Das ist doch nicht rosa.«

»Rost-Ex-Super Excelsior? Das ist rosa.«

»Nein, nix mit Rost, verflucht und zugenäht! Das andere Rosa.«

»War es flüssig? Ist es ein Gegenstand? Ist es aus Stoff?«

»Was wird das hier?! Ein Quiz?! Wissen Sie noch nicht mal,

was Sie da verkaufen in Ihrem Scheißsender?«

»Wir haben über fünftausend Produkte im Programm, die finden Sie alle auf unserer Website. Sie können ja noch mal anrufen, wenn Sie es gefunden haben.«

»Nein! Dann hänge ich ja wieder in der Warteschleife. Jetzt weiß ich – moment ... Flecko ... dingsbums ... für Polstermöbel.«

»Ach, so. Fleckweck, der rosa Turbo-Polsterschaum für Wohnzimmer und Auto ... Leider ausverkauft. Möchten Sie etwas anderes bestellen? Es gibt noch Clean-Way-Polsterschaum. Der ist sogar auch für Teppiche.«

Jones sollte stolz auf mich sein.

»Nein, meine Frau will dieses rosane Zeug ... So ein Scheiß!«

Aufgelegt. Meine Leitung blieb ruhig. Ich massierte mir den Nacken und streckte kurz die Beine unter dem Tisch aus. Die Anzeigetafel zeigte keinen einzigen Anrufer mehr in der Warteschleife. Hassan ließ seinen Kopf auf die Tischplatte knallen.

»Was machst du? Betest du gen Mekka?«

»Mokka wäre mir lieber. Wie war das Monitoring?«

»Ach, okay. Jones ist da. Wusstest du das?«

»Nö. Und du hast mit Jones selbst gesprochen? Mit der Stimme aus dem Allerheiligsten?«

»Ja, und die Stimme sprach zu mir. Reiß dich zusammen, *girl,* sonst hast du nach Weihnachten keinen Job mehr. Ach, du liebe Zeit. Guck mal, Hassan.« Ich zeigte auf den Bildschirm, auf dem der Präsentator für meine Hassendung Nummer eins erschien. Broiler-Martin.

Seine Sendung glich einer sodomitischen Pornoshow, in der er mehrere blasse gerupfte Hähnchen zunächst mit Öl einrieb und jede Menge Gewürze in verschiedenen Farben, gepulvert, gerebelt und gehackt, auf ihnen verteilte. »... und nicht vergessen, auch unter den Armen pudern ... hahaha.« Dann nahm er die wabbeligen Hühnerleichen und pflanzte sie hochkant auf seinen patentierten Bratständer. »Tut auch der Henne gut, hahahaha ... und jetzt noch den Bürzel abschneiden ...(säbel, säbel) ... uhhhh, meine Herren, Sie gucken jetzt besser weg.« Die Peepshow beendete er mit einem »Ahhh, ein Schelm, wer Böses dabei denkt, hahahah.«

Während die toten Probanden dann im Ofen der Showküche brutzelten, war genug Zeit, mit dem Co-Moderator zu flachsen und ein paar Live-Anrufe von begeisterten Bratgestell-Nutzern entgegenzunehmen. Danach wurde die ›Verkostung‹ zelebriert. Broiler-Martin liebte es, seinem Co-Moderator die fetttriefenden Hühnerteile in den Hals zu schieben. Nach diesem einzigartigen Fernsehgenuss hielt man Ferreris *Das große Fressen* für frei ab 6 Jahren.

Mein Magen, völlig charakterlos, knurrte, als ich Broiler-Martin bei der Arbeit zusah.

»Mir wird schlecht«, sagte Hassan und loggte sich aus.

»Judas.«

»Kann ja gar nicht. Ich bin Moslem.«

»Ihr habt bestimmt auch einen Judas. In jeder guten Story muss es einen Schurken geben.«

Hassan schüttelte den Kopf und legte seine rechte Hand aufs Herz. »Doppelschwör. Nisch bei uns.«

Es war kurz nach 23 Uhr, als ich im *Café Madrid* eintraf. Nach dem Vormittag mit Wilma im Brautmodenladen hätte ich den Termin des Weddingplanner-Teams getrost sausen lassen können, aber ich fühlte mich verpflichtet, der Truppe mitzuteilen, dass meine Entscheidung unwiderruflich war.

Winnie hatte das *Café Madrid* als Treffpunkt vorgeschlagen, obwohl es eigentlich keinen Besuch mehr wert war. Ohne

Chefkoch Raoul war das Lokal dem Untergang geweiht. Wer wollte schon den täglich griesgrämiger werdenden Althippie Kai-Uwe Hasselbrink dabei zugucken, wie er auch die letzten Gäste mit seinen Schimpftiraden über Schalke 04 vergraulte. Egal, womit man ein Gespräch mit ihm begann, es endete bei Schalke. Hasselbrink hatte es sogar geschafft, eine Kneipenschlägerei, die nach einem Unentschieden zwischen Bochum- und Dortmund-Fans entbrannt war, bei Schalke enden zu lassen, woraufhin sich alle gegen ihn verschworen hatten und er die Kneipe im Stich lassen musste, um in den ersten Stock in seine Wohnung zu fliehen. Irgendwann ist eben auch der Geduldsfaden der Fußballfreunde zu Ende, vor allem wenn es nix Vernünftiges zu essen gibt. Das war zwei Wochen her, aber von Aufräumarbeiten im Lokal war immer noch nichts zu sehen. Es sah aus, als hätten die Fans eben erst den Schauplatz der Kriegshandlungen verlassen. Nur die Mitglieder des Hochzeitteams waren da. Oma Berti, Winnie, Rudi, Mia und Elli samt ihrem weißen Königspudel Davidoff saßen am großen Tisch. Von Hasselbrink weit und breit keine Spur. Es lief noch nicht einmal Musik.

»Du musst dir selber was machen«, sagte Rudi. »Kai-Uwe ist nicht da. Aber die Kneipe war offen, und wir sind einfach reingegangen.«

Ich hörte in der Küche Geschirr klappern.

»Dat is Matti. Der brät Pfannekuchen. Kommse ja sonz um hier«, sagte Oma Berti.

Ich ging hinter die Theke und machte mir einen Espresso. Matti kam mit einem Stapel Pfannkuchen aus der Küche und lächelte mich an. Ich tat so, als hätte ich es nicht gesehen. Als endlich alle am Tisch saßen, ging ein Stoßseufzer durch die Runde.

»Wo ist der Maître denn hin?«, fragte ich. »Läuft der Laden

jetzt von ganz alleine?«

»Sieht fast so aus, ich frag mich bloß, wo der die Zigarrenkiste für das Kleingeld hat. Oder glaubt der, wir legen dem Scheine auf die Theke?«, feixte Elli.

»Zuzutrauen ist dem Hasselbrink alles.«

»Der ist stinkesauer, weil Wilma ihre Hochzeit nicht hier feiert«, platzte es aus Rudi heraus.

»Der hat doch tatsächlich geglaubt, die will sich in der Bude hier ihren schönsten Tag versauen lassen. Was hat der denn zu bieten? Der hat keinen Koch, und der wird auch keinen finden, und schon gar nich' kriegt der den Laden bis zur Hochzeit sauber«, ergänzte Elli und tätschelte ihrem Pudel Davidoff den Kopf. »Was glaubt der eigentlich?«

»Und jetzt hat er sich in die Schmollecke gesetzt?«, fragte ich.

Alle am Tisch nickten. Matti nahm einen Pfannkuchen, streute einen Berg Zucker darauf und rollte ihn zusammen.

»Also, nach dem dat Desaster gezz ausreichend besprochen wär', können wir ja ma über Wilmas Hochzeit reden, oder?«, sagte Berti und warf Winnie einen auffordernden Blick zu.

»Genau, Oma, du sagst es. Ich glaube, Maggie hat uns etwas mitzuteilen.«

»Ach, ich dachte, du hättest schon«, sagte ich.

»Was denn?!«, riefen alle gleichzeitig, und Oma Berti erhob die Stimme: »Gezz red doch ma' endlich Klartext!«

»Ich steige aus der Nummer aus. Winnie kann euch erzählen warum – aber, um es kurz zu machen: Wilma hat den Knipser eingeladen. Und die Party ist zu klein für uns beide.«

»Maggie! Kannze nich ma eima' den Typen aussen Spiel lassen? Der is' doch Schnee von gestern ... nee, vorvorgestern.«

Matti starrte an die Decke und summte einen finnischen

Tango.

»Ganz einfach, ich will ihm nicht begegnen. Und Wilma weiß das ganz genau. Was muss sie dann darauf bestehen, dass der kommen darf?«

»Weil es ihre Hochzeit ist? Mit Verlaub ... und da kann sie einladen, wen sie will. Glaube ich jedenfalls«, sagte Mia.

»Aber nicht, wenn ich der Wedding-Planner bin. Ich hab mir in den letzten Wochen für Wilma ein Bein ausgerissen, da ist es doch wohl nicht zu viel verlangt, wenn ein anderer als Mr. Knipser die Fotos macht.«

Matti drehte sich die zweite Zuckerzigarre. Rudi suchte Trost an Ellis Schulter, und so wurde sie von Davidoff auf der einen und von Rudi auf der anderen Seite eingerahmt.

»Und nun die nächste Neuigkeit für die, die noch an Wilmas Hochzeit interessiert sind, versteht sich«, sagte Winnie.

»Muss ich jetzt gehen?«, sagte ich und stibitzte einen Pfannkuchen von Mattis Teller.

»Nein, ich finde, das kannst du dir ruhig anhören. Also: Wilma hat die Faxen dicke und wird ihre Hochzeit nach Spanien verlegen. Sie hat Raouls Restaurant gemietet – er freut sich, uns alle wiederzusehen. Wer ist dabei, die Weihnachtsfeiertage im sonnigen Süden zu verbringen?«

Alle hoben ihre Hände. Nur ich nicht.

Im Hausflur war ein Lachen zu hören. Ich lief zur Tür und riss sie auf. Hasselbrink stand da und gackerte in seinen fusseligen grauen ZZ-Top-Bart, den er sich seit Raouls Weggang hatte wachsen lassen. Seine Hippiemähne stand in wirren Büscheln von seinem Kopf ab. Ich konnte auch nicht umhin festzustellen, dass er mächtig müffelte.

»Jetzt könnt ihr mal sehen, wie sich das anfühlt«, feixte er und schob ein Ziegenbocklachen hinterher. »Da merkt ihr mal, wie das ist ... als Topspieler auf der Ersatzbank ... beim Pokalfinale auf der Ersatzbank.«

»Egal wo. Geh dich waschen, Hasselbrink«, sagte ich und warf die Tür vor seiner Nase zu.

»Wat machen wir gezz?«, sagte Oma Berti. »Ich mein', mit den angebrochenen Abend? Mia und ich buchen die Tickets – Geschenke bringt jeder selber mit, also is dat Hochzeitsteam hiermit aufgelöst.«

»Will nicht zufällig jemand anderer heiraten? Der Zeitpunkt ist grad günstig ... Na? Rudi, wie wär's? Willst du nicht mal kurz vor Elli auf die Knie fallen?«, sagte ich.

»Jederzeit«, sagte Rudi. Aber Elli schüttelte den Kopf und sagte: »Wir brauchen keinen Trauschein.«

Ich rammte meinen Ellbogen in Winnies Seite und sagte: »Wenn Rudi und Elli nicht wollen, wie wäre es, wenn du und Nikolaj die deutsch-russischen Beziehungen ein bisschen aufpeppen würden?«

Mia lachte und sagte: »Na, Berti, das wäre doch was. Du wolltest doch immer, dass Winnie heiratet.«

»Dat hab ich nie gesacht. Ich wollte Enkelkinder. Dat war et. Abber mittlerweile isset mir au'egal. Meinen Segen hättesste, mein Junge.«

»Danke, Oma. Aber wir sind noch nicht so weit.«

»Ich hoffe, ihr habt schon rausgekriegt, wer zukünftig oben liegt.«

»Maggie! Jetzt sei doch nicht so ...« Rudi trat mir unter dem Tisch vors Schienbein.

Elli schüttelte den Kopf. »Nee ... Nee. Wilma kann ja machen, was sie will. Aber ich bin sauer auf die. Wir haben uns so viel Mühe gegeben, und jetzt heißt es einfach: Kommt ma nach Spanien geflogen. Nee, nee, wisst ihr, was ich jetzt mache? Ich geh da hin, und wasch der Madame Friseurmeisterin mal ordentlich den Kopf.« Zur Bekräftigung schlug Elli mit der flachen Hand auf den Tisch, dass die restlichen Pfannkuchen vom Teller hüpften.

»Richtich so, Elli«, sagte Oma Berti, »Ich komm mit, und dann soll'se mir dat ma erklären! Und du Maggie, komms auch mit und entschuldigs dich gefälligst.«

Bevor ich etwas sagen konnte, räusperte sich Winnie und kam mir zuvor: »Bevor ihr jetzt alle in wilden Aktionismus ausbrecht, meine Lieben – spart euch die Energie. Wilma ist weg.«

»Wie? Weg?«, sagte Mia.

»Richtig weg.«

»Wohin?«, fragte ich.

»Ja, wohin wohl?«, sagte Winnie. »Zu Raoul. Auch in Spanien müssen Hochzeiten vorbereitet werden.«

»Hast du sie etwa zum Flughafen gefahren, anstatt ihr das auszureden, Winnie?«

Er nickte.

»Und dat war ganz spontan?«, sagte Berti.

Winnie nickte wieder.

»Judas!«, rief ich.

»Was sollte ich machen? Ich bin ihr Trauzeuge ... Sie hat mich drum gebeten, und ich hab es gemacht.«

»Judas!«, riefen jetzt alle, bis auf Matti. Der rettete einen weiteren Pfannkuchen durch Verzehr, bevor er vom Tisch hüpfen konnte, weil Elli nun mit beiden Fäusten im Takt auf die Tischplatte trommelte und dabei rief: »Ich fass es nicht!«

Davidoff zog den Schwanz ein und verkroch sich unter den Tisch. Rudi sah aus, als wollte er am liebsten hinterherkriechen. Elli hatte zwar zwanzig Kilo abgenommen, blieben immer noch knappe 150, und wenn sie die in Bewegung setzte, entwickelte sie die Power einer Planierraupe. Sie langte unter den Tisch, zog Davidoff aus seinem Versteck und sagte: »Komm da raus, du wirst staubig. Wie soll ich das wieder sauber kriegen?«

Ich schulterte meine Tasche. »Nun gut, da ich ja offensichtlich schuld an Wilmas Flucht bin, gehe ich mal lieber.«

»Ich bin dafür, dass keiner geht«, sagte Winnie. »Das ist doch kindisch. Wir könnten uns ja überlegen, ob wir eine Willkommensparty machen. Als Überraschung. Das wäre doch ganz nett für Wilma und Acki.«

Alle hoben ihre Hand. Meine blieb unten. »Okay – ich bin dann mal weg.«

Vor der Kneipe zündete ich mir eine Zigarette an. Hinter mir öffnete sich die Tür, und Matti kam heraus. »Kommen Sie denn zu unserer Ausstellung?«, fragte er.

Ich hatte keine Ahnung, worüber er sprach, und brachte nur ein »Äh?« heraus.

»Die Einladung liegt seit einer Woche in Ihrem Briefkasten, Frau Margret.«

»Oh ... ja ... Ich, ich ... hab, glaube ich ... habe seit einer Woche nicht mehr ... Ja, dann guck ich mal sofort nach. Und wenn ich keine Schicht habe, dann komme ich ... versprochen. Klar.«

Matti nickte und sagte: »Danke. Wir würden uns freuen. Rudi gibt sich sehr viel Mühe mit den Vorbereitungen. Soll ich Sie nach Hause fahren?«

»Nee, danke. Ich laufe lieber«, sagte ich.

Kapitel 4

Ich schloss die Wohnungstür auf und warf meine Tasche auf das Teakholztelefonbänkchen, das in der Diele stand. Die gesammelte Post rutschte aus der Tasche und verteilte sich auf dem Boden. Obenauf ein Brief von der Bank. Ich hob die Umschläge auf und las als Erstes die Kontoauszüge: desaströs. Immer noch 7.800 Euro Kredit abzuzahlen. Dann riss ich den Umschlag mit dem Absender ›Bestattungen Abendroth‹ auf ... *würden wir uns sehr freuen, wenn Du bei der Ausstellungseröffnung »Sein-Traum-Tod« im Rahmen des Friedhofstages am 18. Dezember, 11 Uhr, dabei sein könntest. Große Trauerhalle, Hauptfriedhof Bochum-Altenbochum. U.A.w.g. Matti Bietiniemolaiinnen, Mia Hoffstiepel, Rudi Rolinski.*

Den Rest der Post deponierte ich, ohne einen Blick darauf geworfen zu haben, in meiner Tasche – sollte ich jemals bei einer der nächsten Schichten im Callcenter Langeweile haben, wäre immer noch Zeit für die Lektüre. Mir stand nur noch der Sinn danach, mich ins Bett zu werfen und die Augen zu schließen, denn der Anblick von Winnies ehemaliger Wohnung, die er mir selbstlos überlassen hatte, bescherte mir einen dauerhaften Schockzustand. Unvermutet war ich aus dem Anbau von Elli Ruschkowskys Pudelsalon *Schickobello* in die Klauen der Mittsechzigerjahre geraten. Als Winnie mir den Schlüssel ausgehändigt hatte und fröhlich mit Nikolaj davongefahren war – vor sich eine rosige Zukunft in einem architektonisch wertvollen Loft in Essen –, hatte ich die Tür aufgeschlossen und war erst mal zurückgeschreckt. Kaum war ich wieder zu Atem gekommen, hatte das grüne Telefon auf dem Teakholztischchen in der Diele geklingelt. Ein Telefon mit Wählscheibe!

Mit zitternder Hand hatte ich abgehoben. Man soll ja in Museen nicht alles anfassen – das weiß man doch.

Winnie war am Apparat und sagte: »Und?«

»Was, und?«

»Wie gefällt's dir?«

Ich ging, soweit es die Telefonschnur zuließ, ins Wohnzimmer, und beim Anblick von Teakholzregalen und grünem Tweed-Sofa fiel mir nur eine Erklärung ein: »Du hast hier nicht gewohnt.«

»Warum denn nicht?«

»Das hier ist ein Museum.«

»Die Wohnung meiner Mutter selig. Ich hab sie so gelassen. Oma Berti hat gesagt: Junge. Trauern dauert so lange, wie es dauert. Wenn du damit fertig bist, wirst du es merken.«

Berti hatte die Wohnung nach dem Tod von Winnies Mutter sozusagen ›aufbewahrt‹, damit er irgendwann, wenn er alt genug war, trauern konnte?!

»Ja, hat sie«, sagte Winnie, ohne dass ich irgendwas gefragt hatte. »Und ich habe da gewohnt – das geht hervorragend. Mach dich mit allem vertraut. Und vor allem, mach nichts kaputt. Das ist das Einzige, worum ich dich bitte. In einem Jahr, wenn ich immer noch mit Nikolaj zusammen bin und nicht wieder einziehen will, dann können wir über eine Neugestaltung reden. Aber vorher – bitte nix verändern. Und ja, der Fernseher ist schwarz-weiß, und es gibt keinen Internet- und keinen Kabelanschluss.«

»Und was mach ich mit diesem Wählscheibentelefon, wenn am anderen Ende der Leitung eine Stimme zu mir sagt: Drücken Sie bitte die Eins?«

»Ich hab nicht gesagt, dass es perfekt ist. Es ist warm im Winter, und es ist alles da, was man braucht, um zu überleben.«

»Das wäre es in einem Wohnwagen auf dem Campingplatz auch, da haben die meisten sogar eine Satellitenschüssel auf dem Dach.«

»Du musst mein Angebot nicht annehmen«, hatte er gesagt und aufgelegt.

Wenn man keine Wahl hat, geht auch ein Museum, zumal wenn es so verkehrsgünstig gleich um die Ecke vom Schauspielhaus liegt. Also war ich geblieben, hatte Raouls Kochbuch, das er mir zum Abschied geschenkt hatte, auf den Resopaltisch in der Küche gelegt und mir eingeredet, dass es ein unglaublicher Vorteil war, eine dicke Wohnungstür hinter mir zumachen zu können, auch wenn das bedeutete, dass ich dabei in einem Time Tunnel in eine andere Dimension geschleudert wurde. Eine Brotmaschine mit Drehkurbel, eine Waschmaschine, die nicht schleuderte. Die Schleuder stand im Bad direkt daneben und musste immer ordentlich ausgewogen befüllt werden, sonst fing sie an, eiernd herumzutanzen. Auch durfte ich nicht vergessen, das Wasser zum Duschen im Boiler vorzuheizen. Dabei machte das Gerät Geräusche wie ein Klabautermann, aber nach einer Stunde Ächzen und Stöhnen war er dann so weit, ich konnte mir zehn Minuten lang in einer zartrosafarbenen Badewanne die Haut verbrühen, wenn ich wollte. Die Idee einer Mischbatterie war seinerzeit zwar schon aufgekommen, aber noch nicht endgültig ausgereift gewesen. Den allergrößten Respekt aber zollte ich dem alten Küppersbusch Gasherd. Aber was sollte ich machen, wenn ich Espresso trinken wollte? Ich musste den Gashahn aufdrehen, Streichhölzchen in das ausströmende Gas halten und das Beste hoffen. Ab und an gab es eine Verpuffung, aber bis jetzt hatte ich mich noch nicht ernsthaft verletzt. Auch hier galt: Man gewöhnt sich an alles. Angesengte Pulloverärmel und angekokelte Gerichte. Ja, ich hatte mithilfe von Raouls Kochbuch sogar begonnen, Töpfe und Pfannen zu füllen, von denen es in der Küche genug gab. Aber Gasherde sind verdammt gut darin, Spiegeleier in Asche zu verwandeln und Pfannkuchen in schwarze Frisbeescheiben. Und so war ich bis dato immer noch die Essenseinladung an meine Freunde schuldig geblieben, die ich vor ein paar Monaten angekündigt hatte. Solange meine Probeläufe samt und sonders in Verklumpungen endeten, wollte ich keine Zeugen und keine Kritik.

Im brummenden Kühlschrank lagerte ein Hühnerbein und harrte seiner Verwertung. Gegrilltes Hühnerbein mit Fertigpommes – aber nur, wenn mir beim Entzünden der Backofen nicht um die Ohren flog. Da ich vorhatte, das Experiment zu überleben, stand danach TV-Dinner auf dem Programm. (*Vier Hochzeiten und ein Todesfall* in der x-tausendsten Wiederholung – aber man will ja nicht meckern.) Ich hatte heimlich einen DVBT-Receiver samt Antenne in die Wohnung geschmuggelt. Gegen irgendeine Regel muss man ja verstoßen.

Das mit der Antenne war Hassans Idee gewesen, und er hatte auch zufällig was Passendes für zwanzig Euro im Outlet-Shop von Quality-TV ergattert. Der Outlet-Shop war eigentlich das Beste an meinem Job. Wo sonst hätte ich für ganz wenig Geld meine Garderobe aufstocken können? Wenn man am Rande des Existenzminimums lebte, so wie ich, kaufte man eben einen flusigen braunen Wintermantel mit Bärchenapplikation für zehn Euro und verwendete einen ganzen Fernsehabend darauf, die Bärchen mit einer Nagelschere abzutrennen, bis man einen Mantel hatte, der helle Flecken im Wollstoff aufwies, die eindeutig eine Bärchenform hatten.

»Im Outlet-Shop gibt's noch ein paar Hogwarts-Aufnäher, allerdings nur noch Slytherin und Hufflepuff«, hatte Hassan bei meinem Anblick gesagt.

»Das muss so – und das dunkelt mit der Zeit nach«, hatte ich geantwortet. »Der Dreck heiligt die Mittel.«

Heftiges Klopfen an der Wohnungstür riss mich aus meinen Überlegungen. Ich öffnete. Vor mir stand Winnies Lieblingspsychologe und mein derzeitiger Nachbar, Gerrit van Sandt, der im Erdgeschoss wohnte und seine Praxis betrieb.

»Ah, Professor Pimp van Grachten. Sie haben mir grad noch gefehlt«, sagte ich.

Gerrit hielt mir mit ausgestreckten Armen meinen Kater Doktor Thoma entgegen. Sowohl Gerrits als auch Doktor Thomas Gesichtsausdruck zeugte davon, dass gleich ein Krieg ausbrechen würde. Ich hörte aus dem dicken Bauch meines Katers bereits finsteres Grollen aufsteigen, das in wenigen Sekunden in Fauchen, Spucken und Gekreisch übergehen würde. Doktor Thoma mag es gar nicht, bei seinen Geschäften, in denen er unterwegs ist, gestört zu werden.

»Ich war nur ein paar Minuten weg, um eine Zeitung zu kaufen! Das Mistviech hat mein Rumpsteak gefressen!«, sagte Gerrit.

»Setzen Sie ihn lieber ab, sonst nimmt er Ihre Hände zum Nachtisch. Und ich hab Ihnen gesagt, Sie sollen die Terrassentür zumachen.«

»Und ich hab Ihnen schon tausendmal gesagt, Sie sollen Ihr Fenster im Bad zumachen.«

»Das Badezimmerfenster war zu! Er kriegt alles auf, was soll ich denn machen?«

Gerrit setzte Doktor Thoma ab, der fauchend in die Wohnung galoppierte.

»Zunageln könnte eine Option sein!«

»Das darf ich nicht. Winnie hat mir verboten, hier irgendwas zu verändern. Warum lassen Sie denn auch Ihre Terrassentür auf? Es ist Winter.«

»Ich kann mit meiner Terrassentür machen, was ich will.«

»Natürlich. Dann machen Sie doch eine Kette an Ihren Kühlschrank oder ein Vorhängeschloss!«

Gerrit runzelte die Stirn und wies mit ausgestreckter Hand hinter mich: »Das sollten Sie auch besser machen.«

Ich drehte mich um. Der Kühlschrank stand sperrangelweit auf, Doktor Thoma saß auf dem Küchentisch. Das rohe Hühnerbein in seinem Maul. Als ich einen Schritt auf ihn zuging, sauste er an mir und Gerrit vorbei in den Hausflur und die Treppe hinunter. Aus dem Parterre hörte man ein Poltern, dann ein empörtes Miauen ... vermutlich hatte sich der Kater grad mitsamt dem Hühnerschenkel auf der Treppe überschlagen.

Ich seufzte. »Pommes? Herr van Sandt? Mit Ketchup und Mayo?«, hörte ich mich ein Friedensangebot machen. »Und hören Sie endlich auf zu lachen.«

»Pommes mit Ketchup und Mayo und *Vier Hochzeiten und ein Todesfall*, aber in Farbe. In einer Viertelstunde auf meiner Couch ...«

Er hielt ganz plötzlich inne, als sei ihm aufgefallen, dass er sich doch etwas zu weit aus dem Fenster gelehnt hatte.

»Was?«, fragte ich.

»Ich sag es mal lieber gleich: Ich hoffe nicht, dass Sie zu der Sorte Frauen gehören, die einem in einen Film reinquatschen.«

»Sie können beruhigt sein. Tu ich nicht.«

»Und Dialoge sprechen Sie auch nicht mit?«

»Auf gar keinen Fall.«

»Na, dann ...« Er wandte sich ab und lief die Treppe hinunter. Von unten rief er: »Können Sie vorher bitte das Skelett aufsammeln? Und ich glaube, der Kater kann nicht mehr laufen. Er braucht einen Lift nach oben.«

»Fassen Sie ihn jetzt bloß nicht an.«

»Bewahre.«

Als ich eine Viertelstunde später mit zwei Flaschen alkoholfreiem Bier und einer Schüssel Pommes im Arm vor Gerrits Tür stand, saß Doktor Thoma wie ein nasser Sack an die Wand gelehnt im Flur.

»Das hast du jetzt davon. Monster.«

»Maohhh«, kam es ganz dünn aus seinem feisten Körper, und es klang wie: »Es ist nur ein Streifschuss ... Lasst mich hier liegen ...«

Schwule Psychologen sind gar nicht so übel, vor allem wenn sie außer Dienst sind. So kam es, dass ich für meine Verhältnisse bester Laune am nächsten Tag zur Arbeit erschien. Ein Zustand, den Herr Möhl dringend torpedieren musste. Beobachtet von der Danuta-Gang kam er auf mich zu, kaum dass ich meinen Stundenzettel und die dazugehörige Information über das Tagesprogramm aus meinem Fach geholt hatte. Er baute sich neben meinem Cube auf und grinste. Dann, als ich gedacht hatte, ich hätte mit einem »Guten Tag, Herr Möhl, tolles Hemd« seiner Eminenz ausreichend gehuldigt, hielt er mir einen Flyer vor die Nase und sagte: »Das wussten wir ja gar nicht.«

Ich erkannte die Ankündigung für den Friedhofstag. Herr Möhl faltete den Flyer auf und zeigte mit seinem Wurstfinger auf das Logo von Bestattungen Abendroth. »Sie machen ja Sachen. Ich hoffe, Sie wissen, dass Nebenjobs mit Ihrem Vertrag nicht erlaubt sind. Die Geschäftsleitung wird sicherlich noch auf Sie zukommen.«

»Wie spannend«, sagte ich. »Wie kommen Sie drauf, dass ich was damit zu tun habe? Abendroth kann doch jeder heißen.«

»Ich habe natürlich da angerufen, und ein Herr Rolinski hat mir bestätigt, dass er Sie kennt. Und ja, dass das Bestattungshaus Ihren Namen trägt.«

Danuta, ihr Headset noch auf dem Kopf, war näher gekommen und feixte: »Gehört dir die Leichenfledder-Bude etwa?« Und weil ich nicht antwortete, kam sie noch einen Schritt näher und sagte: »Laufen die Geschäfte grad nicht, oder warum musst du hier arbeiten?«

Ich sah, wie sich das Spiralkabel, das ihr Headset mit ihrem Telefon verband, immer weiter dehnte.

»Und wenn es so wäre? Hast du irgendwo 'ne Leiche liegen, die weg muss? Oder soll ich dir 'ne billige Urne besorgen? Oder Eiche rustikal? Ich mach auch in Gebrauchtsärge ...«

»Man wird ja noch mal fragen dürfen, mit wem man es zu tun hat ... Ist in Wirklichkeit 'ne Leichengräberin und erzählt hier rum, sie hat beim Fernsehen gearbeitet«, kam es von der dicken Walburga, die sich jetzt auch einmischte. »Möchte nicht wissen, was an deiner Bewerbung noch alles gefälscht war.«

»Nur fürs Protokoll: *Ich* habe gar nichts erzählt, und ich habe auch nichts gefälscht. Einer von euch hat herumerzählt, dass ich beim Fernsehen war – was ja auch stimmt. Woher ihr allerdings die Information habt, weiß ich nicht, aber die Wege des Flurfunks sind ja manchmal unergründlich, nicht wahr? Sehen Sie das auch so, Herr Möhl?«, sagte ich und setzte meinen Kopfhörer auf. »Sie haben doch bestimmt beste Beziehungen zur Personalabteilung, da liegt mein Curriculum Vitae. Meinetwegen kopieren Sie es und verteilen es in der Abteilung – falls Sie es noch nicht getan haben. Viel Spaß damit. Und jetzt möchte ich gerne ein bisschen arbeiten, wenn es recht ist.«

Ich sah das vor Empörung rot angelaufene Gesicht des Schäfchens über den Rand eines Cube hervorlugen. Sie schnappte nach Luft und sagte: »Solche Schweinereien müssen wir uns nicht gefallen lassen!«

Bevor ich überhaupt begriff, um was es ging, fauchte Danuta: »Du meinst wohl, du bist oberschlau und könntest hier mit deinen Fremdwörtern um dich werfen ... Was heißt denn Circulus dingsbums? Kannst du uns mal aufklären, womit du uns beleidigst?«

Herr Möhl wollte antworten und hob beschwichtigend die Arme, aber bevor ich ihm einen Tipp für ein garantiert funktionierendes Deo geben konnte, hatte Danuta das Headsetkabel überdehnt. Das Ding flog ihr vom Kopf, schnackte zurück und traf das Schäfchen mitten ins Gesicht. Blut schoss aus ihrer Nase, und sie sank mit einem empörten Quieken zusammen.

Herr Möhl eilte der Verunglückten zu Hilfe, nicht ohne mir vorher noch anzudrohen, dass wir uns noch sprechen würden. Walburga rannte zum Erste-Hilfe-Kasten. Danuta richtete erst mal ihre Frisur, bevor sie sich an der Rettungsaktion beteiligte, und ich konnte mich endlich einloggen.

Das Schäfchen kam an diesem Tag nur noch einmal ins Großraumbüro, um ihre Tasche zu holen. In ihrer Nase steckte Watte, und sie hatte ein blaues Auge. Danutas Enthusiasmus war seit dem Crash gedämpft, aber es reichte immer noch, sich mit den anderen zu unterhalten und ihnen Flyer in die Hand zu drücken und dann mit spitzen Fingernägeln auf mich zu zeigen. Ich winkte zurück und sonnte mich in meinem neuen morbiden Glanz, so lange es noch ging.

Als Hassan zur Schicht erschien, tippte er mir auf die Schulter und bedeutete mir, mich auszuloggen. Als ich das Gespräch beendet und die Bestellung abgeschickt hatte, sagte er: »Ich habe eben einen von der Personalabteilung auf dem Gang getroffen. Du sollst mal raufkommen. Jones will dich sehen.«

»Jetzt? Gleich fängt die Diamantenstunde an ... da wird es brennen.« Er zuckte die Schultern. »Die Personalabteilung sagt: Sofort! Was hast du jetzt wieder angestellt?«

Ich gab ihm den Flyer, den Möhl auf meinem Tisch hatte liegenlassen. »Die glauben, ich hätte noch einen Zweitjob, und jetzt wollen sie mich an den höchsten Baum hängen, den sie haben. Schade, dass du nicht dabei sein kannst.«

»Ich geb' dir mein Handy mit, zeichne das Gespräch doch auf«, sagte Hassan und drückte mir das Telefon in die Hand. »Das wird ein Partykracher, bitte tu mir den Gefallen.«

Ich loggte mich aus, steckte das Handy ein und ging nach oben.

Kapitel 5

Das Meeting in der Personalabteilung dauerte keine zehn Minuten, dann hatte ich das Missverständnis aufgeklärt. Ganz unnötig, dass sich der Personalchef Mister Jones und Herr Möhl es sich am großen Konferenztisch auf ihrer Seite mit Kaffee und Mineralwasser für die Exekution bequem gemacht hatten, während sie mir auf der anderen Seite des Tisches einen Hocker zugewiesen hatten. Fehlte nur noch das Blenden der Delinquentin mit einer 1000-Watt-Lampe. Zum Abschied sagte ich: »Sie können gerne zu dieser Ausstellung kommen, Mister Jones. Meine Freunde sind sehr gute Bestatter. Ich meine, wenn Sie die deutsche Bestattungskultur interessiert ... Könnte doch ein neues Segment für Quality-TV sein. Urnen lassen sich prima mit der Post verschicken.«

Möhls Kopf schwoll auf die doppelte Größe an und war so rot, dass ich, um Hassan eine Freude zu machen, das Handy unauffällig aus der Hosentasche holte und Möhl heimlich aus der Hüfte abschoss, als er um Fassung ringend das Personalbüro verließ. Bevor ich an meinen Arbeitsplatz zurückging, genehmigte ich mir noch eine Zigarette auf der Toilette der Firmenleitung und ließ mir dabei jede Menge Zeit. Eine Warteschleife läuft so schnell nicht davon.

Vielleicht hatte jemand meine Gebete erhört, denn als ich ins Callcenter zurückkehrte, waren Danuta und Walburga verschwunden. Hassan nahm sein Handy wieder in Empfang und machte unter dem Tisch das Victoryzeichen, als er den Schnappschuss unseres geliebten Teamleiters sah. Möhl saß an seinem Schreibtisch und ignorierte mich, so gut er konnte.

Mein nächster Kunde wollte es wohl besonders spannend machen und sagte erst mal nichts. Ich wartete.

»Wie bitte? Entschuldigung, ich kann Sie kaum verstehen«, sagte ich.

»... die Polizei?«

Ich warf einen Blick auf das laufende Fernsehbild, wer weiß, was ich im Angebot verpasst hatte? Polizeispielzeugautos mit Sirene und Blaulicht? In diesem Laden war schließlich alles möglich. Ich sah unsere Diamantenlady Sonja, die eben ein Collier über ihre runzelige Hand gleiten ließ.

»Nein, hier ist nicht die Polizei. Hier ist Quality-TV. Möchten Sie etwas bestellen? Wie heißen Sie, bitte?«

»Da ist was ...« Die Stimme des Anrufers war sehr, sehr leise, und ich glaubte noch immer nicht, was ich hörte.

»Sie haben sich bestimmt verwählt.« Ich wollte den Anruf beenden, Irre gab es immer wieder, besonders in der Vorweihnachtszeit. Aber der Mann flüsterte: »Nein! Rufen Sie die Polizei!«

Irgendwie klang es ernst. Also tat ich, was die Notrufzentrale vielleicht auch getan hätte, und fragte: »Wo wohnen Sie und wie heißen Sie?«

»Taubenstraße 14 ... Hallo, die Polizei ... stopp! Nicht!«

»Welche Stadt?«, rief ich.

Hassan rollerte auf seinem Stuhl rückwärts aus seinem Cube und guckte mich unverwandt an. Ich kritzelte auf einen Zettel den Straßennamen und das Wort ›Polizei‹ und hielt es ihm hin. Am anderen Ende der Leitung hörte ich ein Poltern, als würde ein Stuhl umfallen.

»Sprechen Sie mit mir. In welcher Stadt wohnen Sie, wie heißen Sie?«

Hassan rollerte kopfschüttelnd wieder zurück. Er hatte einen Kunden in der Leitung.

»Bochum ... Es geht um Sch ...«, rief der Mann. Dann folgte ein Schrei ... jemand fluchte ... ein Stöhnen ... »Hilfe ...!«, ein dumpfer Aufprall, und dann war die Leitung tot.

»Scheiße! Hallo, hallo!?«

Und schon hatte ich den nächsten Anrufer am Ohr. Ich unterbrach das Gespräch, loggte mich aus und winkte Möhl zu. »Ich muss dringend telefonieren. Hier ist jemand in seiner Wohnung überfallen worden.«

»Was Sie nicht sagen.«

»Während ich mit dem telefoniert habe!«

Möhl verschränkte seine dicken Ärmchen vor der Brust.

»Ist ja unglaublich. Wenn Ihnen langweilig ist, Frau Abendroth, denken Sie sich doch was Interessanteres aus. Und jetzt bitte weiterarbeiten.«

Ich schnappte mir sein Telefon, das einzige in der Etage, mit dem hinaustelefonieren konnte, und wählte Winnies Handynummer. Dort sprang die Mailbox an. Ich erklärte ihm, was passiert war und dass er mich dringend unter der Teamleiter-Telefonnummer im Callcenter zurückrufen solle. Möhl war aufgestanden und versuchte, mir den Hörer aus der Hand zu nehmen.

Hassan kam und hielt mir einen Zettel hin. »Glück gehabt. Hier, ich hab die Straße und die Hausnummer bei Klicktel aufgerufen. Da wohnen vier Parteien im Haus. Hast du einen Namen?«

»Irgendwas mit Sch... dann war Ende ... Als ob der eins über den Schädel gekriegt hat.«

»Können Sie endlich mal mit der Posse aufhören? Herr Al-Kindi, von Ihnen hätte ich was anderes erwartet«, rief er.

Hassan ignorierte Möhls Gezeter und sagte: »Es gibt einen

Schmicke, Hugo in der Taubenstraße 14. Sonst niemanden mit S C H.«

Ich wählte die Telefonnummer von Hugo Schmicke. »Anrufbeantworter. Ich ruf jetzt die 110 an.«

Möhl schlug mit der Faust auf seinen Schreibtisch. In den Cubes wurde schon gekichert und getuschelt.

Nach ein paar Minuten hatte ich meine Geschichte erzählt, und der Diensthabende versprach, sobald wie möglich einen Streifenwagen zu schicken. Seinem Tonfall konnte ich entnehmen, dass er mir nicht so recht glaubte. Erst als ich sagte: »Soll ich selber hinfahren und nachgucken? Am besten schicken Sie Hauptkommissar Winnie Blaschke von der Mordkommission direkt dorthin, ich kann ihn grad nicht erreichen«, wurde er etwas freundlicher. »Oder bitten Sie seine Kollegen, irgendeiner wird ja wohl da sein!«

»Ja, ja«, sagte er und legte auf, nachdem er die Adresse und den Namen wiederholt hatte.

Ich gab Möhl den Telefonhörer zurück. »Danke.«

»Das wird ein Nachspiel haben!«, sagte er.

Hassan und ich gingen zu unseren Arbeitsplätzen zurück.

»Das wird Danuta umbringen, dass sie das nicht miterleben durfte«, sagte er.

»Das hoffe ich doch für sie«, antwortete ich.

Alle Augenpaare folgten uns, bis wir wieder in unseren Cubes saßen. Ich setzte mein Headset auf. Mir zitterten plötzlich die Hände. War da wirklich ein Mann am anderen Ende der Leitung überfallen worden? Verletzt oder sogar getötet? So was sieht man doch sonst nur in schlechten Krimiserien, dachte ich. Dein Leben ist eine schlechte Krimiserie, Maggie Abendroth, sagte meine innere Stimme.

»Mir ist übel ...«

»Hallo, junge Frau. Ich möchte was bestellen und nicht wissen, wie es Ihnen geht!«

Ich erschrak, ohne überhaupt nachzudenken, hatte ich mich wieder eingeloggt. »Guten Tag, Quality-TV, Sie sprechen mit Daniela Übel«, improvisierte ich. »Da haben Sie wohl den ersten Teil meines Satzes nicht mitbekommen, Entschuldigung, die Leitungen sind überlastet.«

Meine Kundin war nicht beeindruckt, sondern ratterte professionell ihre Bestellung herunter.

»... das ergibt dann eine Gesamtsumme von eintausendsechhunderteinundsechzig Euro und vierundzwanzig Cent. Ich bedanke mich bei Ihnen für Ihren Einkauf bei Quality-TV.«

»Werden die Sachen auch garantiert vor Weihnachten noch geliefert?«, fragte sie.

»Selbstverständlich«, log ich, wie es die Firmenleitung verlangte. Egal, wann jemand etwas bestellte, und sei es am Heiligen Abend, wir mussten immer sagen, dass die Sachen rechtzeitig unterm Weihnachtsbaum liegen würden. Wie die Kollegen vom Kundenservice nach den Feiertagen mit den Beschwerden klarkamen, war ja nicht mehr unser Bier.

Die Warteschleife nahm kein Ende. Nachdem die Diamanten vom Bildschirm verschwanden, erschienen die Spielzeuge für die Männer: Videokameras, Fotoapparate, Festplatten und Laptops. Es gab kein Entrinnen, es sei denn, in ganz Bochum würde der Strom ausfallen. Möhl hatte jeden, der noch sprechen konnte, dazu verdonnert, so lange zu bleiben, wie er es für richtig hielt.

Ich hatte schon eineinhalb Stunden zusätzlich auf dem Buckel und Fusseln am Mund. Möhl ignorierte mein Winken. Schon hatte ich den nächsten Kunden in der Leitung und sagte mein Sprüchlein auf, hackte eine Videokamera und drei Packungen Autolackstifte flaschengrün (für die schnelle Reparatur) ins System, und sagte nur ja, ja, als der Mann mir mitteilte, dass er die Lackstifte für seine Frau kaufe, die täglich neue Schrammen ins Auto fuhr. Das würde ja ein sehr schönes Weihnachtsfest werden, dachte ich, drückte auf *Enter*, schickte die Bestellung ab und loggte mich aus. Als ich mich von meinem Stuhl erhob und reckte und streckte, um die verspannten Nackenmuskeln etwas zu lockern, sah ich, dass Hassan das Foto von Möhls roter Birne bereits als Bildschirmschoner auf seinen Computer geladen hatte. Auch kam aus einigen Cubes ein Kichern. Hassan wusste, wie man die Kollegen bei Laune hielt, und schickte den Schnappschuss herum.

Ich gab Möhl meinen Stundenzettel. Er unterschrieb und verzichtete auf einen Kommentar. Ich war mir sicher, dass er schon alles für meine Personalakte formuliert hatte. Ein weiterer Eintrag, ein weiterer Nagel an meinem Sarg.

Kaum hatte ich meinen Mantel angezogen und meine Tasche geschultert, flog die Tür auf und herein kamen Karin und Peter, Winnies Kollegen aus dem Präsidium. Die Präsenz zweier Polizeiuniformen weckte die allerletzte Schnarchnase in ihrem Cube auf. Hälse wurden gereckt, während professionell weiter in die Computer eingegeben und das Skript abgetextet wurde.

Karin und Peter hier zu sehen, konnte nur heißen, dass mein Tipp ein Volltreffer gewesen war. Vielleicht hatten sie den Mann noch retten können? Keine Sekunde später kam Winnie mit wehendem Kaschmirmantel durch die Tür, sah mich und nickte seinen beiden Kollegen zu. Die zwei nahmen Haltung an, und Peter winkte mich heran. Ein paar Damen zogen beim Anblick von Winnies Erscheinung die Luft durch die Zähne.

Irgendetwas an diesem Szenario beunruhigte mich. Ich wollte Hassan Tschüss sagen, aber er war nicht an seinem Platz.

Eben war er doch noch ... dann sah ich das Kabel seines Headsets über die Tischkante nach unten gehen. Er saß unter seinem Schreibtisch, das Keyboard auf den Knien, in das er eine Bestellung eintippte. Er legte einen Finger an seine Lippen.

»Kannst wieder rauskommen, die sind wegen mir hier und nicht wegen deiner Aktivitäten für al-Qaida.«

Ich begrüßte Karin und Peter, die sich in meine Richtung in Bewegung gesetzt hatten, bevor sie die Reihe mit unseren Cubes erreichen konnten. Egal, warum genau Hassan unter dem Tisch verschwunden war – das musste nicht jetzt in dieser Sekunde geklärt werden. Peter raunte mir zu: »Leg die Ohren an. Winnie ist etwas verspannt.«

Karin zog ihre linke Augenbraue hoch, was sie hervorragend beherrschte. Ihre Warnung war unmissverständlich.

Bevor Winnie etwas sagen konnte, fiel ich ihm um den Hals, wie einem lang erwarteten Freund, der mich von der Schicht abholt. Dann ging ich schnell hinaus. Winnie folgte mir. Karin und Peter bildeten das Schlusslicht. Vorm Aufzug angekommen sagte Winnie: »Ich hätte gerne eine Erklärung.«

»Ich auch«, sagte ich und drückte mehrmals auf den Knopf, um den Lift zu rufen.

»Der kommt dadurch nicht schneller.« Winnies Sommersprossen waren beinahe nicht mehr zu sehen – ein sehr schlechtes Zeichen. Auch sah sein rotblonder Haarschopf, bei dem sonst nicht ein Haar aus der Reihe tanzte, zerwühlt aus. Monsieur haben schlechte Laune. Aber anstatt in Deckung zu gehen, sagte ich: »Was hab ich denn jetzt wieder gemacht? Warum bist so ... so ... verspannt?«

Peter guckte auf den Fußboden, und Karins Augenbraue wanderte noch einen Zentimeter höher.

Der Aufzug kam, wir stiegen ein. Die Tür schloss sich. Warum war ich nicht einfach die Treppe runtergerannt?

»Frau Abendroth: Wenn irgendjemand mir eine Leiche verspricht und dann ist da keine, dann bin ich ... wie soll ich sagen? Enttäuscht. Verstehst du? Wie ein kleiner Junge, dem man ein Eis verspricht – und dann kriegt er keins, obwohl er brav seine Hausaufgaben gemacht hat. Und das hatte ich – wir sind mit großem Aufgebot da angerückt, aber bei Schmickes erfreuen sich alle bester Gesundheit. Weit und breit keine Leiche. Gar keine. Keine verräterischen Flecken auf dem Teppichboden, keine Tatwaffen, kein Blut an den Wänden oder Händen, noch nicht mal ein Toter in der Badewanne ... Nichts. Nada. Niente. Nothing! Was hast du dir dabei gedacht?«

»Ich hab gedacht, da ist jemand in Not, dessen Name mit S C H anfängt.«

»Also hat er gar nicht den ganzen Namen gesagt?«

»Äh ... nein. Nur die Straße. Die aber ganz deutlich ...«

»Und wo hast du den Namen her?«

»Aus dem Telefonbuch.«

»Dann hat er vielleicht nur ... Scheiße oder Shit oder was auch immer sagen wollen.«

»Und bei den anderen Hausbewohnern, die nicht mit S C H anfangen? Hast du da nachgeschaut.«

»Nicht unter den Betten, aber im Haus waren alle lebendig.«

Während Winnie mich in aller Seelenruhe demontierte, schrumpfte ich zu einem Klumpen Peinlichkeit in Stanniolpapier zusammen. Bevor wir das Erdgeschoss erreicht hatten, war ich nunmehr unsichtbar und hoffte, von einem Windhauch hinaus auf den Vorplatz geweht zu werden, um mich in irgendeinem Müllhaufen verkriechen zu können.

»... und wenn du das nächste Mal vorhast, mir meinen Feierabend zu verderben, den ich in gemütlicher Runde bei einem Abendessen mit meinen Freunden zu verbringen gedacht hatte, sorge bitte dafür, dass deine angekündigte Crime Scene aussieht, als hätten die Ausstatter von CSI-Miami ihr Bestes gegeben. Ihr Allerbestes. Okay?«

Vor der Tür traf mich ein eiskalter Windhauch nebst Schneewolke.

»Tut mir leid, aber nach allem, was ich am Telefon gehört habe ...«

»Gute Nacht«, sagte Winnie und stieg in seinen alten Saab. Karin und Peter nahmen hinten Platz, und so dachte ich, dass Winnie mich in dem Schneegestöber nach Hause bringen würde, und ging um den Wagen herum, um vorne einzusteigen. In dem Augenblick, als ich die Tür berührte, rasselte die Zentralverrieglung und ich war ausgesperrt. Winnie legte den Rückwärtsgang ein und fuhr davon. Kurz vor der Ausfahrt legte er noch einen Powerslide hin und stob davon.

»Eitler Fatzke ... *den ich in gemütlicher Runde bei einem Abendessen mit meinen Freunden zu verbringen gedacht hatte ...*«

»Was ist los?«, sagte plötzlich Hassan neben mir. Er zündete sich eine Zigarette an.

»Dasselbe könnte ich dich fragen. Was machst du unterm Tisch?«

»Ich hab zuerst gefragt. Was ist mit dem Typ in der Taubenstraße?«

»Gab keine Leiche, deswegen ist dieser schnuckelige Herr Kommissar ja auch so sauer. Ich hab ihm seinen Abend verdorben.«

»Verstehe«, sagte Hassan. »Hatte er mal einen freien Abend von dir und wollte sich vergnügen – und dann schickst du ihn an die Arbeit.«

»Das ist nicht witzig. Und er ist nicht *mein* Freund, sondern *ein* Freund. Und er ist schwul. Vielleicht wäre der ja was für dich? Ihr könntet verhaften spielen, mit Handschellen und so ...«

»Aber ich bin doch gar nicht schwul!«

»War das je ein Hindernis? Besonders in orientalischen Provinzen?«

»He – meine Führer, lass ma sein die Sprüch, he«, rief Hassan und lachte. »Isch hol meine Brüder, he ...«

Ich lachte mit.

»Was soll ich denn morgen bloß Danuta sagen, wenn ich sie sehe?«

»Sag ihr doch, dass mich der bestangezogene Kriminalkommissar, den Bochum zu bieten hat, abgeführt hat, um ganz schlimme Dinge mit mir zu machen ... in einer Zelle ... du weißt schon. Denk dir was aus, Hassan.«

»Die wird platzen.«

»Sei so gut und mach ein Foto davon. Das wäre das allerschönste Weihnachtsgeschenk für mich. Bis morgen. Wann hast du Schicht?«

»Um drei.«

»Dann sehen wir uns. Und ich will wissen, warum du unterm Tisch gesessen hast.«

»Mal sehen.«

»Ich hoffe nicht, dass ich dein Gesicht demnächst auf Al-Jazeera sehe.«

»Du meinst die Show *Mitarbeiter des Monats* bei der Hamas?«

»Nee, als Double von *Achmed the dead terrorist*.«

Kapitel 6

Meine Nase war ein Eiszapfen, als endlich der Bus kam. Ich stieg ein und stand im Dampf, der aus nassen Wintermänteln aufstieg. Die Leute starrten mit finsteren Mienen auf beschlagene Fensterscheiben. Weihnachten konnte definitiv nicht mehr weit sein. Der Bus rumpelte über die große Kreuzung am Schauspielhaus und bremste abrupt an der Haltestelle. Meine Schienbeine machten Bekanntschaft mit einem Kinderwagen. »Können Sie denn nicht aufpassen?«, blaffte die Mutter und warf sich schützend über ihr Balg.

Die Türen öffneten sich mit einem Zischen, und ich stieg aus. Meinethalben konnte man Weihnachten abschaffen – ersatzlos aus dem Kalender streichen. Die Fußgängerampel war rot. Ich überlegte. Die Taubenstraße war nur einen Katzensprung entfernt. In ein paar Minuten könnte ich dort sein. Nur mal gucken. Kaum hatte ich den Gedanken zu Ende gedacht, fegte ein Auto an mir vorbei, der Schneematsch spritzte, und ich war von oben bis unten mit brauner, kalter Soße geduscht. Der Matsch schmolz und tropfte aus meinen Haaren in den Mantelkragen. Es hätte nicht besser kommen können – die hellen Bärchenstellen waren weg.

Das war ein würdiger Abschluss für diesen miesen Tag. War vielleicht doch besser, nicht zur Taubenstraße zu gehen. Könnte ja sein, dass die Bewohner des Hauses nach dem Aufstand, den Winnie dort abgefackelt hatte, für den nächsten ungebetenen Besucher siedendes Pech bereithielten.

Ich musste sowieso erst mal trocken werden, und zu essen brauchte ich eigentlich auch was. Aber nach meinem Ausstieg aus dem Hochzeitsteam sollte ich in den nächsten

Tagen besser Abstand davon nehmen, mich bei meinen Freunden zu einem Abendessen einzuladen. Schade eigentlich, denn heute wäre bei Oma Berti Kartoffelsuppenabend. Es gab jeden Donnerstagabend Kartoffelsuppe, aber nie dieselbe. Angestachelt von Raoul hatte sie geschworen, erst damit aufzuhören, wenn sie sich wiederholen müsste. Offensichtlich gibt es kein Gericht auf der Welt, das so viele Variationen zulässt wie die gute alte Potage Parmentier. Die hochtrabende französische Bezeichnung für die simple Kartoffelsuppe kannte ich, weil Raoul mir in seinem Rezeptbuch die Anweisung für die Basissuppe hinterlassen hatte. Ich war über verkokelte Pampe nicht hinausgekommen. Oma Berti hatte mich immerhin so weit aufgeklärt, dass es keinen Sinn hat, die gekochten Kartoffeln mit einem Stabmixer zu zerkleinern, anstatt sie mit einem Stampfer zu zerdrücken und dann durch eine *Flotte Lotte* zu quetschen. Ich hatte mal wieder eine Abkürzung nehmen wollen, und alles, was ich erreicht hatte, war: Kleister. Angebrannter Kleister. Nachdem ich ihren Tipp befolgt hatte, war es jetzt gequetschter und passierter Kleister. Noch nicht einmal Doktor Thoma wollte davon kosten. Um die Tradition aufrechtzuerhalten, aber ohne Gefahr zu laufen, wieder alles falsch zu machen, lenkte ich meine Schritte zum nahe gelegenen Supermarkt. Dann wird es eben eine Dosensuppe. Ist ja völlig gleich, wovon mir schlecht wird.

Wenig später stand ich mit dem Einkauf vor meiner Wohnungstür. Im Erdgeschoss, vor Gerrits Tür, hatte es verführerisch nach Braten gerochen, aber hier im ersten Stock mischte sich ein verdächtiger Duft in das Aroma. *Halston*. Ganz eindeutig. Winnie war hier gewesen. Oder war er es noch? Ich schloss die Tür auf – der Duft wurde stärker. Aber von Winnie keine Spur. Alles dunkel, alles sah so aus, wie es immer bei mir aussieht. Der Wäscheberg im Badezimmer, das zur TV-Burg zurechtgeknautschte Lager auf der Couch, garniert mit jeder Menge Katzenhaare, mittendrin Doktor Thoma, der noch nicht einmal ein Auge öffnete, als ich durch die Wohnung ging. Ich warf einen Blick hinter den Fernsehschrank – der DVBT-Empfänger und die Antenne waren noch da.

Was fällt diesem Blaschke eigentlich ein, hier einfach aufzutauchen und rumzuschnüffeln? Ich wusste natürlich, dass er noch einen Schlüssel hatte, aber ebenso sicher war ich mir, dass es ein ungeschriebenes Gesetz gibt: Man geht nicht einfach in anderer Leute Wohnungen. Das macht man einfach nicht.

Ich drehte mich auf dem Absatz um, knallte die Tür zu, rannte die Treppe hinunter und klingelte bei Gerrit.

Er öffnete und guckte mich einigermaßen erstaunt an. Ich war nicht weniger erstaunt, ihn in einer Kochschürze zu sehen. In der Linken hielt er einen großen Holzlöffel.

»Kann ich Ihnen helfen?«, sagte er.

»Kann ich mal reinkommen, ich muss Sie was fragen.«

»Das ist jetzt ein wenig ungünstig. Ich habe Besuch, und ich koche grad.«

»Ja, okay ... verstehe. Dann ein andermal.«

»Kein Problem«, sagte er. »Morgen Vormittag vielleicht? So um elf Uhr rum? Oder ist es dringend?«

»Nein, nein«, sagte ich. Der Bratenduft zeigte Wirkung. Mein Magen knurrte so laut, dass sogar Gerrit es hören konnte.

»Ja, tschüss dann«, sagte ich. »Hat Zeit bis morgen.«

Er hatte die Tür schon fast zugemacht, da hörte ich plötzlich Stimmen aus seiner Küche. Jemand sagte in einem fröhlichen Singsang, den ich nur zu gut kannte: »Gerrrrrriiiiit ... das Ossobuco. Komm schnell, das Torrrrtiki isst alles allein.«

Oh ja – das Tortiki isst alles allein! Das war Nikolajs Stimme und Nikolajs russischer Akzent. Und wen er mit Tortiki meinte, wusste ich auch. Das war sein Kosename für seinen Lover Winnie Blaschke. Da war sie also, die Runde der Freunde, mit denen er seinen Feierabend verbringen wollte – und wie es aussah, war er ja, trotz des von mir verschuldeten Einsatzes, noch rechtzeitig zur Fressorgie erschienen, um sich mit Ossobuco den Bauch vollzuschlagen.

Jetzt mischte sich mein Magenknurren mit Zähneknirschen. Da war der Kerl doch tatsächlich hierher gefahren und hatte mich einfach vor dem Callcenter stehen gelassen! In einem Schneesturm!

Ich drängte mich an Gerrit vorbei, ging in die Küche und sagte zu Winnie: »Und wenn du das nächste Mal meine Wohnung visitierst, ohne mich zu fragen, dann ruf ich die Polizei!«

Nikolaj war aufgesprungen und schwebte auf seinen Tänzerbeinen heran. Dabei breitete er seine Arme so elegant aus wie ein Albatros seine Flügel.

Ich verschränkte die Arme vor meiner Brust, was Nikolaj mitten im Begrüßungstänzchen stoppte.

»Und wenn du jetzt ein Wort sagst, Blaschke, dann spuck ich in die Kasserolle.«

Ohne eine Antwort abzuwarten, ging ich hinaus und sagte zum Abschied: »Ich weiß, dass Sie nichts dafür können, Gerrit. Viel Spaß noch. Bis morgen.«

Ich lief die Treppe hinauf und knallte die Wohnungstür hinter mir zu.

Der Anblick von Doktor Thoma, der sich wie ein Berserker in meine große Umhängetasche verkrallt hatte, um an den Inhalt zu gelangen, dabei aber kläglich am Reißverschluss scheiterte, sogar so kläglich, dass er, kaum war ich in die Küche gekommen, mit einem lauten Maooooo um Hilfe rief, ließ mich laut auflachen. Ich scheuchte ihn weg, holte die Dose aus der Tasche, entfernte das Papieretikett und hebelte sie auf. Der Gasofen machte nur einmal Puff, und ich stellte die Dose auf die Flamme. Bei Dosenfraß wird für den Preis wenigstens gleich der Topf mitgeliefert, da muss man nirgendwo einbrechen, um sich einen zu besorgen!

»Ich glaube nicht, dass Sie unter Halluzinationen leiden«, sagte Gerrit und klopfte mit seinem Bleistift gegen seine obere Zahnreihe.

Ich saß ihm gegenüber in einem roten Ledersessel und betrachtete den professionellen Gerrit van Sandt, der, ohne Kochschürze, an diesem Vormittag eine Zierde für die Kaste der gut angezogenen Männer war. Besonders anbetungswürdig fand ich Gerrits Burberry-Socken. Pink mit Grün muss man erst mal mit Würde tragen können, ohne einen Job beim Zirkus zu haben.

»Äh ... das meine ich auch. Wenn man so was am Telefon hört, und ich bin mir sicher, dass ich es gehört habe, dann muss man doch die Polizei rufen. Aber Winnie ist sauer, weil er vor Ort nichts gefunden hat. Ich bin ja noch nicht mal dazu gekommen, ihn zu fragen, ob er auch richtig gesucht hat.«

»Na ja ... ich meine ... auf der einen Seite können Sie ihm vertrauen, dass er seinen Job gut macht. Auf der anderen Seite ... wenn Sie sich nicht sicher sind, dann gehen Sie doch einfach hin und gucken selber nach.«

»Einfach so?«

»Einfach so. Warum denn nicht?«

»Ich könnte mich in Gefahr begeben – das wissen Sie doch, und wie sauer Winnie dann erst wird, will ich mir gar nicht ausmalen.«

»Sie sollen ja nicht einbrechen. Wie wäre es mit einfach klingeln?«

»Okay. Vielleicht haben Sie recht. Aber jetzt zum wirklich wichtigen Teil der Veranstaltung: Stichwort Einbruch. Was soll ich davon halten, dass Winnie in meiner-seiner Wohnung rumschnüffelt?«

Gerrit biss auf das Ende seines Bleistifts. »Lenken Sie jetzt vom Thema ab?«

»Nein. Sie haben mir für das eine einen Rat gegeben, und jetzt zum nächsten Thema.«

»Okay.«

»Also: Winnie schnüffelt in meiner-seiner Wohnung herum.«

»Hat er das?«

»Ich hab sein Aftershave gerochen.«

»Soweit ich weiß, sind Sie dort Gast ...«

»Sagen Sie es deutlich, Herr van Sandt – sagen Sie doch bitte noch das Wörtchen *nur* Gast. Aber das ist eine Definitionsfrage. Andersherum: Dürfen Freunde in den Sachen ihrer Freunde herumwühlen? Unangemeldet und ungefragt? Spaziert er auch bei Ihnen rein und guckt mal kurz in die Schränke?«

»Nein.«

»Eben. Weil er Ihre Privatsphäre respektiert. Meine aber nicht. Ich finde das übergriffig. Das macht man auch bei Gästen nicht.«

»Nur, um Sie zu beruhigen ... er hat nicht herumgeschnüffelt.«

»Ach, waren Sie etwa dabei?«

»Nein, aber ich weiß, was er geholt hat. Die große Kasserolle aus dem Küchenschrank. Meine war zu klein für das Ossobuco. Und im Übrigen hat es nur eine Minute gedauert.«

»Und wenn ich jetzt genau an diesem Abend ...«

»Maggie! Egal ... wollen Sie wegen eines Schmortopfes ein Drama machen?«

»Ist wenigstens noch was übrig von dem vielen Ossobuco?«

»Nicht, dass ich wüsste.«

»Sehen Sie.«

Wir schwiegen. In mir simmerte der Groll, und die schwerverdauliche Potage de boîte vom gestrigen Abend gab immer noch Pfötchen. Bevor ich überhaupt wusste, wie mir geschah, spuckte mein innerer Geysir eine kleine Dampfwolke hervor, und ich hörte mich sagen: »Ich verstehe nicht, warum er immer gleich stocksauer auf mich wird. Sagen wir mal, ich habe gestern wirklich alles falsch verstanden, am Telefon, das mit dem Typ in der Taubenstraße ...«

Gerrit schaute mich mit leerem Blick an.

»Sie kennen seine Version. Tun Sie nicht so unschuldig. Das steht Ihnen nicht.«

Gerrit nickte, und ich fuhr fort: »... Ja, also er ist immer gleich sauer auf mich ... aber das passiert anderen Leuten doch auch mal. Dass man sich vertut oder was falsch mitkriegt. Und die Polizei sagt ja, dass man lieber einmal zu oft anrufen soll als einmal zu wenig.«

Gerrit lehnte sich in seinem Sessel zurück.

»Müssen Sie darüber nachdenken?«, fragte ich nach einer Weile. »Oder können Sie nicht antworten, weil Winnie Ihr Freund ist?«

»War das schon alles?«, gab er zurück.

»Nein.«

»Also?«

»Warum fährt er meine Freundin Wilma zum Flughafen, anstatt sie zu überreden, noch mal drüber nachzudenken, ob sie ihre Hochzeit nicht vielleicht doch hier feiern will. Ich hätte mich schon noch mit ihr wieder vertragen ... Das ist auch so was – ich sage was, und dann dreht sie gleich durch ...«

»Kommt ganz drauf an, würde ich sagen.«

»Auf was?«

»Na, was Sie ihr gesagt haben.«

Die Schaltkreise in seinem Hirn liefen allmählich heiß. Meine allerdings auch und ich gestand: »Es war eine Entweder-oder-Ansage.«

»Ein Ultimatum?«

Ich nickte.

»Also hat sie sich entschieden.«

»Nein, hat sie nicht. Sie ist einfach abgehauen. Das ist keine Entscheidung, das ist Flucht.«

»Okay – sie hat sich entschieden zu fliehen – auch ein Ergebnis. Aber ich höre, dass es nicht nur um Winnie geht, wenn ich das recht verstehe.«

»Möglich. Ja, kann sein.«

»Sie fragen sich also, was mit Ihren Freunden generell los ist?«

»Könnte man so formulieren. Alle ziehen ihren Streifen durch ... und ... und ... ich, ich hechele hinterher. Immer krieg ich nur die Hälfte der Spielregeln erklärt ... oder ein Zehntel der Informationen ... und dann werde ich ausgepfiffen, wenn ich in ein Fettnäpfchen trete ... was ja kein Wunder ist! Ich meine das Fettnäpfchen. Woher soll ich wissen, wo die sind – ohne Lageplan! Das ist wie Schiffe versenken!« Ich hatte mich in Rage geredet und machte den Mund zu, bevor mir noch mehr Geständnisse herausfallen konnten, die ich nie mehr würde zurücknehmen können, weil Gerrit fleißig mitschrieb. »Das ist keine Therapiestunde«, sagte ich schnell.

»Was dann?«

»Ich wollte nur mal ... also einen Rat. Das müssen Sie alles nicht aufschreiben.«

Gerrit lächelte. »Und was ist mit Ihren Spielregeln? Sind die klar? Ich meine, Ihren Freunden klar?«

Die sind dir doch noch nicht mal selber klar, sagte meine innere Stimme. Jetzt war es an mir, Gerrit mit einem leeren Blick zu bedenken, während er auf meine Antwort wartete. Da kann er lange warten.

»Okay ... zum Thema Winnie«, sagte er. »Und das ist jetzt ganz privat, das hat mit Therapie gar nichts zu tun: Er mag Sie. Aber so wenig, wie Sie ihn verstehen, kapiert er, warum Sie sich konsequent in Schwierigkeiten bringen. Sie beklagen sich über mangelnde Kommunikation der anderen Seite. Wie sieht denn Ihre aus? Sie bringen sich fortlaufend in Lebensgefahr. Ihre Freunde hätten alles Recht der Welt, Ihnen vorzuwerfen, hinter Ihnen herhecheln zu müssen. Ist Ihnen das eigentlich klar? Sie nennen diese Menschen um sich herum Freunde. Matti, Rudi, Berti, Winnie, Wilma, meinetwegen auch Mia und Elli, Carmen und Ihren Anwalt, diesen Doppeldoktor Herzig ... Haben Sie den Eindruck, diese Leute wollten Ihnen irgendwas antun, wenn sie versuchen, Ihr Leben zu retten? Und das auch noch meistens im wortwörtlichen Sinne.«

»Nein ...«

»Was an diesen Leuten ist dann falsch?«

»Nichts«, sagte ich kleinlaut.

»Nehmen Sie denen irgendetwas übel?«

»Nein.«

»Aber aus irgendeinem Grund sind sie für Sie unerträglich?«

Ich nickte.

»Warum?«

Bevor ich die Notbremse ziehen konnte, hatte meine innere Stimme die Oberhand gewonnen und gestand: »Weil ich nicht will, dass sie mir beim Scheitern zugucken.« Irgendetwas hielt meine Kehle umklammert und drückte immer fester zu.

»Und haben Sie Erfolg mit Ihrer Methode?«

»Nein«, krächzte ich. Ganz im Gegenteil, schnarrte meine innere Stimme: Deine Freunde haben dich mittlerweile bei allen Peinlichkeiten dieser Welt gesehen. Einfach, weil sie mussten – sonst wärst du schon längst tot. Mit einem Taxi in der Ruhr versoffen, von durchgeknallten Metzgerfrauen zu Wurst verarbeitet, und, und, und ...

»Also ist Ihre Taktik nicht sinnvoll. In einer Freundschaft sollte es möglich sein, sowohl Applaus als auch das Ausgebuhtwerden ertragen zu können. Dafür sind Freunde da. Auf Ihrer Lebensbühne ist nun mal der Scheinwerfer nur auf Sie gerichtet. Ob Sie wollen oder nicht. Das ist durchaus akzeptabel. Falls nicht, kann ich Ihnen nur empfehlen, in die Wüste zu ziehen ... oder an den Nordpol.«

Ich erhob mich. »Sehr poetisch, Gerrit. Gut, dass wir mal drüber geredet haben.«

»Nicht zynisch werden. Wo wollen Sie überhaupt hin? Wir haben noch zwanzig Minuten.«

»Sie haben noch zwanzig Minuten, ich nicht.«

»Okay. Stunde beendet. Sehen wir uns am Sonntag? Es läuft dieser schwedische Krimi ... mit diesem wahnsinnigen Typen ... wie heißt der noch gleich? Wow, diese Augen!«

»Kommissar Beck.«

»Nein, sein Assistent.«

Plötzlich war Gerrit wieder ganz privat und schwärmte von einem schwedischen Schauspieler. Ich nahm es ihm übel, dass Mikael Persbrandts Augen in ihm größeres Interesse auslösten als mein chaotisches Leben.

»Ich mach uns Pommes mit ...«

»Nein, danke. Ich hab genug gehört. Ich muss jetzt los.«

Kapitel 7

Zu viel Erkenntnisgewinn kann einen auch ganz schön durcheinanderbringen. Ich setzte mich mit Kaffee und Zigaretten in die Küche und starrte die Wand an. Aber alles, was ich herausfand, war, dass auf den grünen Kacheln hinter der Spüle 36 Prilblumen klebten, und zwar nur solche mit orangefarbenem Außenrand. Ob Winnie die gesammelt hatte, als er noch klein war?

Doktor Thoma umrundete derweil den Tisch, wie ein Hai sein Opfer umkreist. Offenbar störte ich ihn bei irgendwas. Ich öffnete eine Dose Katzenfutter und füllte seinen Napf. Er warf mir einen Blick zu, als hätte ich ihm den Schierlingsbecher gereicht.

»Wenn du es nicht isst, ess' ich es selber.«

Doktor Thoma setzte sich vor den Kühlschrank und starrte die Tür an.

»Da ist nichts drin«, sagte ich. »Und im Übrigen weiß ich, dass du die Tür aufmachen kannst. Wenn du nachgucken willst, tu es gefälligst selbst.«

Doktor Thoma ging um den Tisch herum, nahm Anlauf, und mit einem Satz sprang er am Kühlschrank hoch, umfasste mit beiden Vorderpfoten den Griff, stemmte sich mit den Hinterbeinen an der Tür ab, und es machte Klack. Die Kühlschranktür ging auf.

Der Kater schnurrte wie ein Außenbordmotor in Erwartung einer Lobeshymne. Mitten im ansonsten leeren Kühlschrank stand der Schmortopf des Anstoßes.

»Wie konnte ich nur an dir zweifeln?«, sagte ich zu Doktor Thoma, hob den Deckel und schnupperte.

Ossobuco. Wann hatte Winnie das gebracht? Während ich schlief oder während ich mich auf Pimp van Grachtens

Psychocouch gewunden hatte? Das Aroma lenkte mich davon ab, der Sache auf den Grund gehen zu wollen. Ich schaffte es, mit nur einer Verpuffung den Backofen zu entzünden, und wenig später teilte ich mir mit Doktor Thoma eine hervorragende Mahlzeit.

Und na ja – ein Friedensangebot, wenn es mit so einer großen weißen Fahne daherkommt, muss man würdigen.

Gesättigt und zufrieden bewaffnete ich mich mit frischem Espresso, Papier und Stift. Mir war danach, mein Leben neu zu ordnen.

Als ich nach einer Stunde fertig war, hatte ich herausgefunden, dass ich nur ungefähr täglich eine Doppelschicht und an jedem Wochenende würde arbeiten müssen, um mir eine Wohnung leisten zu können. Mir war auf Gerrits Couch klar geworden, dass ich nicht mehr Gast sein wollte, abhängig von der Gnade anderer. Nett von Winnie, mich in seiner Wohnung leben zu lassen. Nett von allen, mir in irgendeiner Art und Weise helfen zu wollen. Nett, aber auf Dauer nicht gut für meine Seele. Mir fiel ein, dass ich mal gelesen hatte, dass diejenigen, die immer beschenkt werden, irgendwann ein Opfer der Freigebigen werden oder so ähnlich, und ich fragte mich, wann ich das letzte Mal jemandem was geschenkt hatte. Und noch eins fiel mir auf – wenn man tatsächlich bedürftig ist, kann man Geschenke kaum ablehnen, sonst bekommt man schnell das Etikett *undankbar*, und das war es dann mit den freundlichen Zuwendungen. Musste ich am Ende des Tages noch froh sein, dass meine Freunde in der Lage waren, einigermaßen nützliche Geschenke zu machen? Sie könnten mir auch abgelatschte Schuhe schenken ... oder hässliche Blusen mit Blumenmustern ... oder Tütensuppe, deren Haltbarkeitsdatum abgelaufen war.

Du und Geschenke machen? Bis auf Zeit und Freundlichkeit hast du nichts zu verschenken, sagte meine innere Stimme.

Du bist so ein Klugscheißer, gab ich zurück und sah Doktor Thoma dabei zu, wie er den Reißwolf gab und meine Berechnungen zu Konfetti verarbeitete. Die Wucht der Erkenntnis lähmte mich für drei weitere Zigarettenlängen, aber dann rappelte ich mich auf, wählte die Nummer von Quality-TV, Abteilung Schichtpläne, und fragte nach, ob noch etwas frei wäre. Die Auskunft war ernüchternd – ich bekam keine zusätzlichen Stunden für Dezember und Januar.

»Warum?«, fragte ich. »Ihr ruft doch alle naselang an, weil Leute ausfallen.«

»Weiß ich nicht. Ich habe einen Vermerk von Jones.«

Ich verabschiedete mich und legte auf.

Ich hatte noch über zwei Stunden Zeit und wollte, bevor mein Enthusiasmus zu einem Häufchen Asche verbrannt war, zu Elli, um sie zu fragen, ob sie nicht eventuell noch eine Aushilfe im Pudelsalon bräuchte. Es konnte ja nicht so schwer sein, einen Hund zu duschen oder Regenmäntelchen für Vierbeiner zu verkaufen. Ich fand Elli mit Davidoff im Hinterzimmer, was mir sehr entgegenkam, denn vor Zeugen hätte ich meine Bitte um einen Job nicht vortragen wollen. Und die kleine aprikosenfarbene Pudeldame, die zitternd auf dem Frisiertisch stand, würde bestimmt nicht tratschen, wenn ihr ihr Leben lieb war.

Ich begrüßte Elli und trug ihr ohne Umschweife mein Anliegen vor. Sie unterbrach ihre Schnippelei und guckte mich an, als hätte ich ihr einen unsittlichen Antrag gemacht. »Was is' denn mir dir los?«

»Nix, ich will mir eine Wohnung suchen, und deswegen muss ich mehr Geld verdienen. Das ist los. Ich kann nicht ewig in Winnies Bude rumhängen. Ich ersticke in dem Mama-Museum.«

»Ach so ... Also nee, ich brauche keinen. Läuft hier alles grad super.«

Die Pudeldame warf mir einen Blick zu: Rette mich!, schien sie sagen zu wollen.

»Wenn du meinst?! – Dein Opfer da auf dem Tisch hat übrigens einen Irokesen, ist dir das schon aufgefallen?«

Elli guckte den Hund an. Der senkte die Augenlider, als wollte er sagen: »Von mir hat sie's nicht.«

»Ach, du Kacke«, entfuhr es Elli. Sie holte eine rosafarbene Karteikarte aus einer ihrer vielen Gürteltaschen. »Das sollte ein Continental Clip A werden. Sorry, Lady Godiva.«

»Offensichtlich ist damit kein Irokese gemeint ... Bevor es hier hektisch wird, geh ich mal bei Berti im Kiosk vorbei und frag die.«

Elli streichelte die leicht entstellte Lady Godiva und sagte: »Kannst du mir einen Gefallen tun, Maggie?«

»Und der wäre? Dem Pudel ein paar Locken von mir für eine Transplantation spenden?«

»Nee, das krieg ich schon wieder hin. Das Frauchen von Lady ist sowieso fast blind.«

»Okay.«

»Nich' okaaaay ... Ich muss wissen, ob du die Klappe halten kannst.«

»Kann ich. Sprich zu mir, Elli.«

Sie seufzte. Ihr riesiger Busen hob und senkte sich, dann sah sie Davidoff an, als erwartete sie eine Antwort von ihm. Seine Knopfaugen guckten unter einem schwarz-weiß gefärbten Krönchen hervor. Es sah aus, als habe er einen Fußball auf dem Kopf.

»Spucks endlich aus, Elli.«

»Kannst du mir so'n Stretchdingens besorgen?«, sagte Elli.

»Stretchdingens?«

»Ja, wie aus der Sendung bei euch – so'n Fettweg-Teil, was die immer unter diesen T-Shirts tragen ...«

»Warum?«

»Weil ich schick aussehen will bei der Ausstellung. Für Rudi«, sagte Elli.

»Du siehst doch schick aus. Da gibt es nichts zu verbessern.« Und ich sagte in diesem Augenblick durchaus die Wahrheit. Ich kannte niemanden, der mit seiner Körperfülle besser umzugehen wusste als Elli. Heute steckte sie in einem Overall aus froschgrünem Jeansstoff, um ihre (noch) nicht vorhandene Taille hatte sie einen orangefarbenen Lackledergürtel geschlungen, an dem diverse Arbeitsgeräte für die Hundeverschönerungen hingen, und ihre Füße steckten in orangefarbenen Lackclogs. Ich fand, sie sah perfekt aus. Und man konnte deutlich sehen, dass sie abgenommen hatte.

Elli nahm eine große Bürste zur Hand und fing an, die kleine Lady Godiva zu bearbeiten, die spontan den Schwanz einkniff. »Is' schon gut. Wenn du nicht willst.«

»Hab ich nicht gesagt. Ich frag mich nur, warum du meinst, dich aufpimpen zu müssen.«

»Darum.«

Die Pudeldame zappelte herum, um der Bürste zu entkommen. Ich konnte kaum noch hinsehen und sagte: »Elli – lass den Hund am Leben! Was ist los? Rudi betet dich an, dein Hundesalon brummt, worum geht es also?«

Sie schniefte, ließ endlich das Hündchen los und fischte ein pinkfarbenes Taschentuch aus ihrem Gürtel. Lady Godiva machte Anstalten, vom Tisch zu springen, aber Elli griff zu, bevor sich der Hund ins Unglück stürzen konnte. Resigniert legte sich die Pudeldame platt auf den Tisch und streckte alle Viere von sich.

»Ist was mit Rudi?«

Als Antwort bekam ich ein noch heftigeres Schniefen.

»Habt ihr euch gestritten?«

Elli schüttelte den Kopf, nahm den Hund, setzte ihn in das große Hundewaschbecken und drehte den Wasserhahn auf.

»Was denn dann? Hat er eine andere?« Kaum ausgesprochen, musste ich lachen, so absurd hörte sich das an.

»Ich ... glaub ... ja ... und du lachst.«

»Ich lache, weil es so ... abwegig wie sonst was ist.«

Ein großer Klacks Shampoo landete auf dem Kopf der Pudeldame.

»Doch. Ich hab den gesehen. Mit 'ner anderen ...« Elli walkte wie besessen auf der nassen Lady herum. Die hatte sich in ihr Schicksal ergeben und machte keine Anstalten mehr, dem Waschgang zu entkommen.

»Wo?«

»In der *Roten Laterne*. Is' auch egal!« Elli fuchtelte mit dem Duschkopf in der Luft herum. Davidoff bekam eine Ladung Wasser ab und verkroch sich in sein Körbchen.

»Nee, Elli. Ist nicht egal. Erzähl.«

»Und du sagst es bestimmt nicht weiter?«

»Ich schwöre.«

Sie drehte das Wasser ab und guckte mich aus verheulten Augen an. Ich biss mir auf die Unterlippe, um nicht loszulachen, denn wie begossene Pudel sahen jetzt alle drei aus: Elli, Davidoff und Lady Godiva.

»Ich war mit dem Davidoff unterwegs nach'en Westpark. Ist schon ein paar Tage her ... Da lauf ich immer über die Gußstahlstraße, is' doch klar. Und da geh ich an der *Roten Laterne* vorbei und wink dem Typ zu, der da hinterm Tresen steht, und da dreht sich der Kerl auf dem Hocker, also der saß da an der Theke, verstehste, also der dreht sich um, und lässt der blonden Tussi ihren Arsch noch nicht mal los und grinst mich an. Ich starr den an wie'n Geist. Weil ... das war Rudi. Aber der grinst nur breit und prostet mir zu. Stell dir das mal vor. Mit Likör. Der hatte so'n kleines Likörglas in der Hand, mit rotem Zeug drin. Und das alles, als wär' nix passiert.«

»Das glaube ich nicht. Welcher Kerl, der was auf sich hält, trinkt Likör in der Öffentlichkeit? Ich hab Rudi noch nie Likör trinken sehen. Du hast dich bestimmt verguckt.«

»Nee. Ich hab mich nicht verguckt. Und es geht doch Herrgott noch mal nicht um den Likör, sondern um die blonde Tussi!«

»Weiss ich doch. Und dann? Was hast du gemacht?«

»Bin ich weitergegangen. Glaubst du, ich mach da noch den Affen und geh rein und sag Hallo?«

Die beiden Hunde verfolgten unser Gespräch gespannt. Ihre Köpfe wanderten hin und her, als verfolgten sie ein Tennismatch.

»Hast du Rudi denn gefragt? Ich meine später, oder so?«

»Bin ich noch nicht zu gekommen.«

»Feige?«

Elli zuckte die Achseln.

»Aber vorgestern, im *Café Madrid*. Da saht ihr beide doch aus wie ein Herz und eine Seele. Und er will dir jederzeit einen Heiratsantrag machen. Du warst diejenige, die ihm in die Parade gefahren ist.«

»Dat is' ja das Komische. Der tut so, als wär' nix passiert. Da kann ich doch nicht Ja sagen.«

»Du hast dich geirrt. Glaub es mir.«

Die Türglocke bimmelte. Elli warf Lady Godiva ein Handtuch über und sagte: »Kundschaft. Ich muss weitermachen. Also, bringst du mir so'n Ding mit?«

»Werd' sehen, was sich machen lässt. Und jetzt rubbel dem Hund das Fell nicht weg.«

»Sag du mir nicht, wie ich meinen Job machen soll.«

Ich quetschte mich an der Kundin vorbei, die fünf kleine weiße Fellknäule an der Leine führte, und war froh, dass Elli anderweitig in Beschlag genommen war.

Ich hatte gehofft, Berti würde etwas entgegenkommender sein. Aber kaum hatte ich mein Sprüchlein aufgesagt, war die Inquisition in vollem Gange.

»Wie kommsse überhaupt auf die Idee? Wat is los?«, sagte Berti.

»Ich will eine eigene Wohnung. Ist das so abwegig?«

»Wat stimmt denn nich mit Winnies Wohnung? Is dir die nicht gut genuch?«

»Berti«, sagte ich so ruhig wie möglich, »Berti, ich brauch mein eigenes Körbchen. Ich will nicht mehr Gast sein. Nur noch, wenn ich freiwillig eingeladen werde und vor allem – wenn ich frei bin, mich zu entscheiden, ob ich die Einladung annehmen oder ablehnen will.«

Sie holte eine Lakritzschnecke aus einem Bonbonglas und sagte: »Wusste gar nich, dat'n Therapeut au' Fernheilungen zustande bringt – oder hasse dich etwa bei Gerrit auffe Couch geleecht?«

»Mach dich nur lustig.«

»Mach ich ja gar nich ... Sonne Einsichten traut man dir ja gar nich zu ... von alleine.«

»Berti, du bist gemein.«

»Nee, nur ehrlich. Dat is' allet. Willze au'eine?« Sie hielt mir eine Lakritzschnecke hin, und ich nahm sie an.

»Und gezz erzähl ma', wat da los war inne Taubenstraße.«

»Frag lieber Winnie. Sonst trete ich noch ins nächste Fettnäpfchen.«

»Hab ich schon. Ich frag abber gezz dich. Weil ich den Hugo Schmicke nämlich kenn. Der kam früher öfters anne Bude. Aber seit'n paar Monaten nich mehr. Fast seit'm Jahr. Nu, hab ich gedacht, der wird au'alt, ne? Oder vielleicht hatter die Bude gewechselt ... Dat is ja'n freiet Land hier ... kannze ja einkaufen, wo'sse willz.«

»Und weißt du, ob der Herr Schmicke zu doofen Telefonstreichen neigt?«

»Würd' ich eher nich' sagen. Dat is eigentlich'n ruhiger Vertreter, au'schon'n bissken wackelig auffe Beine. Aber'n Freund von diese billigen Pornoheftchen, Schlüsseloch und so ..., wenn'e verstehss, wat ich meine. Und damit dat keiner mitkriegt, hat er die immer inne Anglergazette versteckt, der alte Schlawiner.«

Ich zog die Lakritzschnecke auf. »Was willst du mir damit sagen?«

»Ich wollt damit sagen, dat ich mitkommen würde, wenn du meinz, dat man da noch ma hingehen sollte.«

»Ohne Winnie.«

»Ohne Winnie.«

»Ist dir langweilig?«

»Nee. Abber wat is dagegen einzuwenden, ma'n alten Stammkunden zu besuchen? Verstehsse?«

»Aha. Dann sag ich dir jetzt mal was: Ich halte mich da raus. Und es wäre besser, du tätest das auch. Winnie war da, hat nachgeguckt und nix gefunden. Und damit hat sich die Sache. Ich muss jetzt zur Arbeit. Und wenn ich darf, komme ich nächste Woche gerne zur Kartoffelsuppe.«

»Ich versuch 'ne Thailändische. Mit Ingwer. Kannz dich schomma drauf freuen. Bissitage und bleib sauber. Ach, und wenn'ze noch'n Job brauchss, also beim Matti, da wär' ja immer ...«

»Ich weiß.«

»Der Job is krisenfest. Gestorben wird immer«, rief sie mir hinterher. Das wusste ich selbst, aber heißt, etwas zu wissen auch automatisch, dass man danach handeln muss?

Der Lärmpegel im Callcenter pendelte gegen Massendemonstration. Ein Blick auf den Fernseher: Geschenke aus der Keramik- und Porzellanmanufaktur Paolo L. Zwei Stunden lang Piepmätze, Vogelhäuschen, tanzende Ballerinen und Aschenbecher in der Form von Italien. Hassan hatte mir den Cube neben sich freigehalten. Als wir nach drei Stunden Dauerquasselei eine Pause machen durften, war mein Gehirn ausgehöhlt bis auf die letzte Nervenzelle. Wir rannten zum Aufzug. Schnell eine Zigarette und einen Kaffee aus dem Automaten, bevor der Wahnsinn weiterging. Auf dem Weg ins Freie fragte ich Hassan, wie ich so schnell wie möglich an ein Stretchmieder kommen könnte.

»Frag Walburga, die hat davon jede Menge im Schrank«, feixte er.

»Ich will kein Gebrauchtes, du Heiopei ... ist für eine Freundin.«

»Frag Walburga, sag ich.«

»Und ich hab gesagt ...«

Hassan zündete zwei Zigaretten an, gab mir eine und rollte die Augen. »Vom Lastwagen gefallen«, raunte er. »Sei nett zu ihr. Da kommt sie schon.«

Walburga versuchte an uns vorbeizugucken. Ich stellte mich ihr in den Weg und sagte: »Hallo. Ich hab da mal eine Frage.«

Sie blieb stehen und fixierte mich, als sei ich ein fieses Insekt, das auf ihrem Nutellabrot herumkraucht.

»Ich brauche einen Stretchbody in XXXL, und ich hab gehört ...«

»Dann bestell einen.«

»Walburga«, sagte Hassan. »Alle wissen, dass du immer was auf Halde hast.«

»Aber nicht für jeden.« Sie quetschte sich an uns vorbei. Als sie schon am Aufzug angekommen war, sagte ich so beiläufig wie möglich: »Ich hätte ihr Karten für *Wer wird Millionär?* besorgt, aber so ...«

Im nächsten Moment stand sie wieder vor uns. »Ich hab nur noch einen in XXL – zu knapp für dich«, sagte sie.

Ich schluckte die Beleidung herunter und sagte freundlich: »Kannst du noch ein X drauflegen? Ist für eine gute Freundin.«

Walburga schien enttäuscht, weil sie keinen Streit vom Zaune brechen konnte. »Muss ich nachgucken. Ich fahr nachher noch mal nach Hause, weil ich geteilte Doppelschicht hab. Dreißig Euronen, cash, versteht sich.«

»Ist gut«, sagte ich schnell. »Farbe ist egal.«

Als sie weg war, fragte Hassan: »Und wie kommst du jetzt an die Karten für *Wer wird Millionär?*?«

»Gar nicht. Hab ich irgendwas zu *ihr* gesagt?«

Wir schnippten die Zigaretten in den Aschenbecher und gingen zum Lift. Das Klappern hoher Absätze kündigte die Ankunft von Danuta an. Hassan hielt die Aufzugtür auf. Sie kam um die Ecke gesegelt, sah uns und hätte am liebsten verzichtet.

»Hallo«, sagte Hassan. »Spät dran heute?«

Sie warf sich in Positur und stöckelte in die Kabine. Ein süßlicher Duft machte sich im Aufzug breit.

Hassan lächelte und sagte: »Danuta! Du duftest mal wieder wie die Gärten des Orients.«

Der Aufzug sauste aufwärts. Sie rückte näher an Hassan heran und säuselte: »Ganz neu. Kommt erst heute Abend in der Sendung. Weihnachtsspecial. Super, ne? Pötti Papa Nöll.«

»Wie?«, sagte ich.

»Dass du das nicht weißt ...! Das ist Französisch«, wurde ich von ihr belehrt. »Die sagen da zum Nikolaus Papa Nöll. Und Pötti heißt klein.«

Wir starrten angestrengt an die Decke, und Hassan sagte unter Aufbietung aller Selbstbeherrschung: »Das wusste ich gar nicht.«

Danuta öffnete ihre weiße Lackledertasche und holte den Flakon hervor. Ein Nikolaus aus bemaltem Pressglas. Die Kriegsbemalung überdeckte noch nicht mal die wulstige Naht der Flasche. Wenn sie zu viel davon hatten, würden sie die Dinger zu Ostern umlackieren auf Hase, und dann würde das Zeug bestimmt *L'eau de Rammlér* heißen.

Der Aufzug hielt, und unsere polnische Prinzessin schwebte in ihre Nöll-Wolke gehüllt in die Legebatterie.

Walburga hielt tatsächlich Wort. Kurz bevor meine Schicht zu Ende war, stand sie mit einem Päckchen neben meinem Cube. Ein XXXL-Zauber-Body in Nude. Ich holte dreißig Euro aus meinem Portemonnaie. Der Body verschwand in meiner großen Tasche, bevor Möhl, der seit einer Stunde wie ein Zerberus hinter seinem Schreibtisch am Kopfende des Callcenters saß, es sehen konnte. Walburga steckte das Geld ein und zischte: »Und vergiss nicht - drei Eintrittskarten, sonst kostet der Body sechzig.« Dann walzte sie stracks an ihrer Freundin vorbei, die dank Pötti Papa Nöll in ihrem Cube saß wie Robinson Crusoe auf seiner einsamen Insel. Selbst ihre versklavten Freitage Walburga und Schäfchen brachten es nicht über sich, direkt neben ihr zu sitzen.

Als ich ging, fand ich in meinem Postfach eine Nachricht. Aus der möhlschen Krakelei entzifferte ich: *20 Uhr Hauptfriedhof, Große Trauerhalle. Rudi.*

Ich nahm den Zettel, ging zu Möhls Tisch und hielt ihm sein Gekritzel unter die Nase. »Noch irgendwelche sachdienlichen Hinweise dazu, Herr Möhl?«

Er starrte das Papier an. Ich wartete.

»Nein«, sagte er schließlich. »Ich hab den kaum verstanden, der redete so schnell. Außerdem bin ich nicht Ihr Telefonfräulein. Wo ist überhaupt Ihr Stundenzettel?«

»Da, wo er immer ist. Vor Ihnen auf dem Schreibtisch. Wenn Sie sich von Rudis Tempo erholt haben, können Sie ihm ja nacheifern und unterschreiben. Und heben Sie sich auf dem Weg zu meinem Postfach bloß keinen Bruch.«

Kapitel 8

Der Leichenwagen von Bestattungen Abendroth stand abfahrbereit hinter dem großen Tor.

Walburga und Schäfchen bewachten den Aschenbecher auf dem Hof und beobachteten jeden meiner Schritte, den ich Richtung Ausgang lief. Erst als ich schon in der Einfahrt neben dem Auto stand, rief das Schäfchen: »Ist da etwa 'ne Leiche in deiner Firmenkarre, Maggie?«

»Ja, was glaubst du denn?«, sagte ich.

»Und was machst du damit?«, setzte sie nach und vergewisserte sich mit einem Blick auf Walburga, ob die das auch okay fand.

»Normalerweise waschen, alle Löcher zustopfen und den Mund zutackern, damit der im Sarg nicht anfängt zu blubbern.«

Das Schäfchen würgte und Walburga sagte: »Maggie erzählt doch totalen Mist! Glaub das doch nicht.«

»Dumme Frage, dumme Antwort«, sagte ich zu ihr und lief durch das Tor nach draußen. Ich hatte die Autotür schon in der Hand, da rief Walburga: »Stinkt's da drin nicht fürchterlich?«

»Nicht mehr als im Dunstkreis von eurer besten Freundin. Wir verwenden gegen störende Gerüche Pötti Papa Mausetot, falls dir das was sagt.«

Das Schäfchen warf ihre Zigarette in den Aschenbecher und rannte ins Haus. Walburga drehte sich noch mal um und rief: »Du bist echt 'ne Perverse.«

»An deiner Stelle würde ich die dreißig Euro desinfizieren. Wer weiß, wo ich die vorher liegen hatte ...«

Ich stieg in den Wagen. Rudi fuhr los und sagte: »Sind deine Kollegen immer so?«

»Nein, meistens sind die noch schlimmer.«

»Du musst ja voll fertig sein, hast du überhaupt noch Lust, mit zum Friedhof zu kommen?«

Eigentlich hatte ich vorgehabt, auf der Stelle ins Bett zu gehen – aber meine innere Stimme hatte gesiegt mit ihrem Außer-Zeit-hast-du-nicht-viel-zu-verschenken. Also sagte ich: »Aber ja. Kein Problem. Was willst du denn machen?«

»Wirste sehen. Ich hab mir da was super Irres ausgedacht. Matti ist schon da und macht die Särge fertig. Wart's ab, das wird kolossal ...«

Rudis Enthusiasmus kannte mal wieder keine Grenzen. Ich drehte mich um und sah im hinteren Teil des Wagens eine Art großes Taufbecken und jede Menge Urnen, eine Plastiktüte und ein kahles Baumgerippe in einem großen Keramiktopf. Na ja, egal, was es werden soll – Matti wird es abgesegnet haben.

Im Gegensatz zum Leichentransporter war es in der Trauerhalle am Hauptfriedhof eiskalt. Trotz der späten Stunde waren noch einige Bestatter dabei, ihre Ausstellungsflächen für den Friedhofstag herzurichten. Da wurden Kissen aufgeschüttelt, Rüschen gebügelt und Särge poliert, als ginge es um die Eröffnung der Automobilausstellung. Matti stand in einer leeren Ausstellungsfläche und guckte an die weiße Decke.

»Was macht er da?«, fragte ich Rudi.

»Er ist von der Farbe sehr angetan. Der Architekt, so steht es jedenfalls in der Information, hat versucht, das Weiß des Himmels für die Deckenbemalung zu mischen. Und Matti findet, dass es dem finnischen Himmel schon sehr nahe kommt.«

»Aha ... ich dachte immer, der Himmel ist blau, auch in Finnland.«

»Bin ich Architekt?«, sagte Rudi.

Matti beendete seine stillen Betrachtungen, kam uns entgegen und nahm mir das Taufbecken aus der Hand – es war ganz leicht, weil Rudi es aus Pappmaché gebaut hatte – ein Original aus Marmor oder Granit, das man hätte ausleihen können, war nicht aufzutreiben gewesen. Was für eine Überraschung.

»Was willst du denn damit? Ich denke, es geht um Bestattungen?«

»Jeder Tod beginnt mit der Geburt, Maggie. Ist doch klar. Was nicht geboren wird, kann auch nicht sterben. Also, das verstehst du doch, oder?«, erklärte Rudi.

»Äh ... ja. Irgendwie«, stotterte ich und war überrumpelt von diesem messerscharfen Gedankengang. »Und was ist mit dem armen Bäumchen?«

»Das symbolisiert das Leben – also die Zeit zwischen Geburt und Tod.«

»Es sieht aber ziemlich tot aus, wenn du mich fragst. Und was machen wir damit?«

»Es kommt in die Mitte. Links steht das Taufbecken, in der Mitte der Baum, und rechts steht eine Urne auf einer Stele.«

»Das ist alles?«

»Das ist alles.«

»Kein Sarg?«

»Kein Sarg«, sagte Matti, und Rudi nickte. »Unsere Särge stehen auf der anderen Seite – da, wir haben noch eine Ausstellungsfläche«, sagte Rudi. »Wir haben das geteilt, weil alle haben ja Särge ... aber ich wollte was anderes machen.«

»Ist dir bis jetzt gelungen«, sagte ich. Gegenüber standen drei wunderbare Särge, die auch von den anderen Bestattern interessiert bis neidvoll begutachtet wurden. Ein dunkler Lärchensarg mit aufwendiger Engelschnitzerei auf den Seiten, ein schwarzer, hochglanzpolierter Mafiasarg mit geteiltem Deckel für die Abschiednahme am offenen Sarg und dazwischen ein sogenannter Papstsarg, bestechend in seiner Schlichtheit und Eleganz.

»Guck mal«, erklärte Rudi, »den hab ich selbst gebaut in der Werkstatt. Da ist kein einziger Nagel drin. Alles gezinkt.«

»Das wäre mal eine Idee für Ikea. Modell ›Bullerbü‹ in unbehandeltem Nadelholz – und für die Übergewichtigen ›Skrollan‹, alles zum Mitnahmepreis und kinderleicht zusammenzustecken: Keine Schrauben, kein Verdruss«, sagte ich.

»Musst du dich immer lustig machen, Maggie? Das ist Zypressenholz, das ist megateuer ... aber ich mach den auch in Kiefer, wenn einer will.«

Matti hatte inzwischen den Plastikbeutel aus dem Wagen geholt und drückte mir und Rudi eine Schere in die Hand. Wir brauchten über eine Stunde, bis wir aus buntem Papier genug Blätter ausgeschnitten hatten, um das Taufbecken halb voll zu machen.

»Das müsste reichen«, sagte Rudi, »wenn nicht, muss ich morgen eben nachschnippeln.«

»Es erschließt sich mir noch nicht«, sagte ich.

»Aber gleich«, antwortete er. »Wenn die Besucher kommen, dann können sie auf die Blätter einen Lebenswunsch schreiben, und ich hänge den mit einem Faden«, Rudi hielt mir eine Rolle Zwirn entgegen, »an den Baum. Wie Laub. Dann bekommt er nach und nach Leben. Kapiert?«

»Und dann?«

»Trägt der Wind die Wünsche und Träume der Menschen ins Universum, und dann werden sie wahr. Ist doch ganz einfach.«

Bis auf die Tatsache, dass in der Trauerhalle kein Lüftchen wehte, fand ich Rudis Idee geradezu poetisch.

»Am Ende der Ausstellung kommen die Zettel mit den Wünschen in die Urne, und dann werden sie auf dem Friedhof unter einem Baum vergraben«, sagte Matti.

»Genau. Das ist dann ein vollständiger Zyklus von Wunsch, Werden und Vergehen.« Rudi verschränkte seine Arme vor der Brust und sagte: »Da bin ich ganz allein drauf gekommen.«

Und dieser Mann soll fremdgehen?, dachte ich.

Matti hielt mir ein Blatt und einen Bleistift hin. »Wenn Sie einen Wunsch haben, Frau Margret ...«

»Ich? Äh ...«

»Sie müssen nicht sagen, was es ist.«

Rudi war begeistert und sagte: »Super, zum Abschluss schreiben wir drei jeder einen Wunsch auf und hängen ihn an den Baum. Das ist doch toll.«

»Ein schöner Anfang«, sagte Matti und nahm den Lärchensarg als Schreibunterlage. Als wir fertig waren, falteten wir die Blätter in der Mitte. Dann befestigte Rudi unsere Wünsche am obersten Ast des Bäumchens.

»Fertig«, sagte er.

»Danke«, sagte Matti und verabschiedete sich.

»Wo geht er denn hin?«, fragte ich Rudi.

»Die Bestatter machen noch eine Schlussbesprechung. Soll ich dich nach Hause fahren?«

»Wäre nett. Aber ich muss vorher noch zu Elli.«

»Kein Problem«, sagte Rudi und ging voraus. Ich konnte beim besten Willen keine Irritation bei der Erwähnung ihres Namens ausmachen. Kaum saßen wir im Auto, sagte ich: »Rudi, ich muss dich mal was fragen.«

»Nur zu. Frag.«

»Trinkst du Likör?«

»Äh, bäh! Nein!«

»Kennst du eine blonde Frau?«

»Ich kenn viele blonde Frauen«, sagte er und startete den Wagen.

»Ich meine eine ganz bestimmte blonde Frau. Eine, mit der du ... na ja, ab und zu in der *Roten Laterne* sitzt?«

Rudi trat auf die Bremse. »Was soll das denn jetzt?«

»Kann ich dir nicht sagen. Sag doch einfach ja oder nein.«

»Nein. Ich war seit der Beerdigung von diesem Oberluden, diesem ... du weißt schon ... nicht mehr in der *Roten Laterne*.«

Und wie ich mich erinnerte. Da hatte ich für den Caterer geschuftet, der das Buffet dafür geliefert hatte. Das war der Abend gewesen, an dem es zwischen Elli und Rudi gefunkt hatte.

»Okay, dann kann ich dir nur raten, mit Elli darüber zu reden. Sag ihr das. Und sag ihr vor allem nicht, von wem du es hast. Okay? Haben wir uns verstanden?«

Er gab wieder Gas. Der Wagen schlingerte auf der glatten Straße. »Ich versteh hier mal gar nix«, sagte er.

»Vielleicht ist das auch besser so.«

»Also, wenn was mit Elli ist, will ich es wissen. Tu doch nicht so geheimnisvoll. Ich krieg Angst.«

»Rede mit ihr.«

»Ich rede andauernd mit ihr. Aber alles, was ich so raushöre, redet sie grad nicht mit mir.«

»Möchte sie ja, aber irgendwie traut sie sich nicht.«

Rudi biss sich auf die Unterlippe und schwieg, bis wir vorm *Schickobello* standen und er Anstalten machte, auszusteigen.

»Musst du nicht zurück?«, fragte ich.

»Nee, wenn ich so ein verquastes Zeug höre, dann gehen bei mir alle Alarmglocken an. Ich geh jetzt mit.«

»Tust du nicht. Ich gehe rein ... muss nur was abgeben. Dauert fünf Minuten, und wenn ich wieder rauskomme, kannst du machen, was du willst. Ich hab keine Lust auf Beziehungsdramen.«

»Also was? Beziehungsdramen?! Du hast damit angefangen!«

»Tut mir auch schon leid«, sagte ich, knallte die Tür zu und ging ins Haus.

Als ich keine fünf Minuten später wieder rauskam, war Rudi nicht mehr da.

Den Samstagvormittag verbrachte ich mit einem altbackenen Brötchen und Gerrits abgelegter Zeitung. Es hatte sich eingebürgert, dass er mir seine ausgelesene Tagespresse auf die Fußmatte legte. An manchen Tagen, und heute war so ein Glückstag, hatte Doktor Thoma eine Maus mit durchgebissener Kehle als Sonderbeilage neben die Zeitung drapiert. Ich entsorgte die Maus mit einer Kehrschaufel in den Mülleimer, ging wieder ins Bett und studierte die Wohnungsanzeigen. Noch hatte ich keine weitere Einnahmequelle aufgetan, da war es eigentlich auch egal, wie viel so eine Wohnung kosten sollte, in welchem Stadtteil sie lag, und ob der Vermieter auf Nichtraucher bestand.

Nach einer halben Stunde warf ich die Zeitung aus dem Bett und zog mich an. Es war seltsam, einen freien Vormittag zu haben. Ich hob sogar den Hörer des Telefons ab, um zu horchen, ob die Leitung nicht eventuell tot war. Denn bislang hatte ich an meinen freien Tagen spätestens beim zweiten Kaffee einen hysterischen Disponenten von Quality-TV am Apparat gehabt, dessen Schichtplan zusammengebrochen war und der mich angefleht hatte, doch bitte ins Callcenter zu kommen, um wenigstens zwei Stunden auszuhelfen.

Das Telefon funktionierte, ich hatte schon den dritten Espresso intus und fing an, mich zu langweilen. Doktor

Thoma lag auf dem Sofa und war auch nicht zum Spielen aufgelegt. Ich konnte ihn noch nicht einmal damit locken, dass ich die Kühlschranktür auf- und zumachte. Der Kater wusste, dass nichts drin war, was für ihn von Interesse sein könnte.

Ich hatte noch zwei Stunden bis zur Eröffnung des Friedhofstages und beschloss, mir die Zeit ein wenig damit zu vertreiben, nach möglichen Weihnachtsgeschenken für die lieben Freunde Ausschau zu halten. Kein Geschenk durfte mehr als fünf Euro kosten. Die Geste zählt, sagte ich mir, und hörte ein hämisches Kichern in meinem Hinterkopf. Ja, lach du nur, dachte ich. Ich werde für jeden was finden. Und es wird sinnvoll sein, und jeder wird sich freuen.

Tja, vielleicht ist irgendwo auf dem Weihnachtsmarkt ein Pfund soziale Kompetenz für fünfzig Euro zu kriegen. Die Freude wäre so groß, dass es Geschenkpapier und Schleife gar nicht mehr braucht.

Nach einer Stunde im Gedränge der Bochumer Innenstadt und dem Besuch mehrerer Geschäfte hatte ich gar nichts außer Hunger und kaufte mir einen Paradiesapfel. Mir war kalt, und meine Laune fuhr mit mir Schlitten. Das Gedränge und die Preise ließen meine Contenance in den Keller rauschen. Du könntest Topflappen häkeln ... oder sag doch ein Gedicht auf, das kostet gar nichts. Oder geh in den Resteverkauf von Quality-TV, vielleicht gibt es dort noch ein paar angeschlagene Porzellanfigürchen oder verbogene Hähnchenbratgestelle.

Zu allem Überfluss wurde ich unsanft angerempelt und verlor im Gedränge die Reste meines Paradiesapfels. Ich guckte dem Rempler hinterher und erkannte den Teamleiter meines Vertrauens, Herrn Möhl. Er hatte an jeder Hand fünf volle Tüten, blieb ein paar Meter weiter stehen und sah sich suchend um. Ich folgte seinem Blick. Danuta kam durch die Menge getrippelt und stopfte ihm eine weitere Tüte unter den Arm. Möhl lächelte gequält, und Danuta kniff ihn aufmunternd in die Wange. Möhl spitzte die Lippen in Erwartung eines Kusses, aber sie drehte den Kopf weg, wies mit ausgestreckter Hand auf den nächsten Stand und stöckelte davon. Möhl nahm mit hängenden Schultern die Tüten auf und stolperte hinter ihr her. Das hätte man filmen sollen. Möhl gibt den Tütensklaven in Erwartung ... von was? Glaubt der etwa, Danuta steht auf den? Wenn das mal nicht böse enden wird, dachte ich. Wenn der nicht so dämlich wäre, könnte er einem richtig leidtun. Ich kaufte eine Tüte gebrannte Mandeln und schob mich durchs Gedränge. Auf der Brüderstraße verlangsamte ich meine Schritte und blieb vor der Buchhandlung Janßen stehen. In der Auslage winkte mir eine Phalanx von Kochbüchern entgegen. Große, kleine, bunte, edle ... Mein Magen knurrte. Ich zündete mir eine Zigarette an. »*Wasse brauchte de Menss? Was machte glucklich? Gute Essen! Du kannsse nich habe jede Tag Sex – aber du kannsse habe lecker Essen.*«

Irgendwie hatte Raoul ja recht. Und ich musste mir kein Kochbuch kaufen – ich hatte ja seines. Und schon nach der dritten Zigarette war mein Plan fertig. Ich würde alle am Heiligen Abend zum Essen einladen. Oder am ersten oder zweiten Weihnachtstag, wenn sie das lieber wollten. Die Einladung sollte mein Geschenk sein. Und ich würde mir richtig Mühe geben. Das Abendessen wird mein persönliches Weihnachtswunder. Ohne Klumpen, ohne Kleister, ohne Anbrennen. Wenn die anderen die Getränke mitbringen, würde ich sogar mit dem Budget auskommen. Dieses Argument überzeugte mich am allermeisten. Aber auch, dass ich etwas tun wollte, was ich noch nie getan hatte und von dem bekannt war, dass ich es eigentlich auch lieber lassen sollte. Ich weiß nicht, wo mein Enthusiasmus so plötzlich herkam – er war einfach da, und ich war der Überzeugung, die genialste Idee seit der Erfindung des elektrischen Brotmessers gehabt zu haben. Ich sah mich bereits in der Küche stehen, und den Kochlöffel mit elegantem Sssst, Sssst schwingen wie Luke Skywalker sein Jedi-Schwert.

Tja, *möge die Macht mit dir sein. Du kannst nix machen falsch, junger Skywalker ..., weil Freunde deine werden sein in Universum anderes.*

Wenn man sich selbst die Laune so verderben kann, ist es Zeit, aus dem Fenster zu springen oder was noch Schlimmeres zu machen.

Ich lief zur Taubenstraße, um mir Herrn Schmicke vorzuknöpfen. Und ein paar Minuten später stand ich vor dem Haus Nummer 14 und klingelte. Ich ließ meinen Finger auf der Schelle, vielleicht war der Herr etwas schwerhörig? Ich trat einen Schritt von der Haustür zurück. Dann eben nicht, Herr Schmicke, Pornoheftchenliebhaber. Ich drehte mich auf dem Absatz um und prallte in die Fleischberge von Walburga.

»Aua«, rief ich, denn sie hatte mich mit ihrem Ellbogen in der Magengrube getroffen.

»Was machst du hier?«, sagte sie unfreundlich.

»Dasselbe könnte ich dich fragen.«

»Lass meine Freundin in Ruhe, du hast hier nichts zu suchen.«

»Ich kenn deine Freundin überhaupt nicht. Was redest du für einen Quatsch?«

»Ach? Du hast ihr doch die Bullen auf den Hals gehetzt, inklusive Hausdurchsuchung. Hat Möhl mir erzählt. Die halbe Straße war auf den Beinen. Tolle Idee, Maggie. Die Gerti hatte beinahe einen Herzinfarkt.«

»Woher sollte ich denn wissen ...?«

»Aber jetzt weißt du es, und hau endlich ab. Hier gibt's keine Leiche. Und wenn du noch mal so'n dämlichen Scherz machst, dass die Bärbel kotzen muss, dann knall ich dir eine.«

»Wer ist denn Bärbel? ... Oh, das Schäfchen, verstehe.«

Walburga schnaubte und verpasste mir einen Schubs. Ich suchte mein Heil in der Flucht.

»Und deine Dreckskarten für *Wer wird Millionär?* kannst du dir sonst wo hinstecken! Von so 'ner Leichentussi will ich die nicht mal geschenkt! Und außerdem: Wir haben VIP-Karten für *Nur die Liebe zählt* und Autogramme von Kai Pflaume persönlich!«, rief sie. »Und ich hab den gefragt: Der kennt dich gar nicht.«

»Na, Gott sei Dank.«

Manche Probleme erledigen sich von ganz allein. Alles eine Frage der Moderation.

Kapitel 9

An der Haltestelle Freigrafendamm stieg ich aus der Bahn und lief durch die Platanenallee, die direkt zum Friedhof führte. Unter meinen Stiefeln knirschte der frisch gefallene Schnee. Ich wunderte mich über die große Menschenmenge, die vorm Hauptportal des Friedhofs stand. Dass sich ein Friedhofstag so großer Beliebtheit erfreute, hätte ich nicht gedacht. Dem Gedränge nach zu urteilen, sah es so aus, als würde gleich ein Rockstar in der Trauerhalle auftreten.

Ich kämpfte mich durch die Menge. »Tut mir leid – ich gehöre zu den Ausstellern. Könnten Sie bitte mal ... Entschuldigung ...«

Kaum hatte ich das große Friedhofstor hinter mir gelassen, empfing mich die Lightshow einer Armada von Polizeiwagen. Und mitten drin Winnie Blaschke. Er überragte mit seinen knapp zwei Metern alle Umstehenden, und es schien, als würden seine Kollegen um ihn kreisen wie die Planeten um die Sonne. Winnie hatte die Hände tief in die Manteltaschen vergraben. Seine beiden Kollegen, Karin und Peter, in ihren Uniformen kamen aus der Trauerhalle gelaufen. Die drei sprachen miteinander und waren offensichtlich nicht hier, um sich die Sargausstellung anzuschauen. Ein Polizist stellte sich mir in den Weg und sagte: »Die Ausstellung ist geschlossen. Es hat einen Unglücksfall gegeben. Gehen Sie bitte wieder.«

»Mein Name ist Abendroth, von Bestattungen Abendroth, ich gehöre zu den Ausstellern.«

Er schaute sich suchend um, nicht schlüssig, ob er mich nun weitergehen lassen sollte oder nicht.

»Was ist denn passiert?«, fragte ich, bevor er zur Besinnung kommen würde.

»Dazu darf ich Ihnen keine Auskunft geben.«

»Na, hören Sie mal! Man wird ja wohl noch mal fragen ...« Meine Stimme wurde ganz dünn, als ich sah, wie Matti und Rudi einen Zinksarg hinaustrugen. »Das da ist Hauptkommissar Winnie Blaschke, und der ist ein Freund von mir. Und offensichtlich sind das da meine Mitarbeiter ... ja, die mit dem Sarg, Herr Bietiniemollaiinnen und Herr Rolinski. Würden Sie mich jetzt bitte ...!«

Bevor er widersprechen konnte, war ich schon an ihm vorbeigehuscht.

Ein paar Besucher kamen mir entgegen.

»Was ist denn passiert?«, fragte ich einen Mann.

»Sie haben eine Leiche gefunden.«

»Große Überraschung auf einem Friedhof«, gab ich zur Antwort.

Der Mann schüttelte den Kopf und murmelte irgendwas von ›pietätlos‹, hakte seine Frau unter und schob sie eilig von mir weg.

Winnies Kollegen schwärmten aus, Matti und Rudi schoben den Transportsarg in ihren Leichenwagen. Winnie drehte sich um und sah mich. Ich winkte. Er winkte nicht zurück, sondern zeigte erst auf mich und dann mit ausgestrecktem Arm auf den Ausgang und ging in die Trauerhalle. Matti und Rudi schlossen die Heckklappe und folgten ihm.

Ich beschloss, Winnies Aufforderung zu ignorieren, und lief ihnen hinterher. Die Beklommenheit, die mich erfasste, wurde durch die meterhohen Figuren, die den Besucher der Trauerhalle zu beiden Seiten des Eingangs empfingen, noch verstärkt. Die eisernen Wächter blickten starr geradeaus – vermutlich der Ewigkeit entgegen.

Drinnen war es trotz der vielen Menschen, die sich dort aufhielten, sehr still. Man hörte nur ab und an ein Flüstern. Es war so kalt, dass man seinen Atem sehen konnte. Die Aussteller hatten sich in einer Ecke versammelt. Der Schock stand ihnen ins Gesicht geschrieben. An dem schwarzen Mafiososarg auf Mattis Ausstellungsfläche machten sich die Mitarbeiter der Spurensicherung zu schaffen.

Rudi ließ sich auf einen Stuhl neben seinem Lebensbäumchen fallen und vergrub seinen Kopf in den Händen. Matti schenkte aus einer Thermoskanne Kaffee in zwei Becher ein und reichte einen davon an Winnie weiter, den anderen bot er Rudi an, der aber nur den Kopf schüttelte.

Ich wollte Winnie fragen, was passiert war, da flog die Tür auf und Berti, Elli und Mia rauschten herein. Allen voran Davidoff in einem schwarzen Samtmantel, dessen Knöpfe kleine silberne Totenköpfe zierten. Elli war ebenfalls in ein schwarzes Samtcape gehüllt und genoss ihren Auftritt offensichtlich, obwohl der Enthusiasmus der drei Damen bereits etwas gedämpft war.

»Wat is hier denn los?«, sagte Berti.

Elli grüßte winkend, woraufhin die Traube Aussteller noch näher zusammenrückte. Einige Männer drehten sich demonstrativ in die andere Richtung.

»Feiglinge«, murmelte Elli, zeigte alle Zähne und machte noch mal winke, winke.

Im selben Augenblick stolperte ein Polizist in Uniform in die Trauerhalle. »Hauptkommissar Blaschke! Tut mir leid, die drei Damen sind einfach an mir vorbei ... und ... Hunde sind auf dem Friedhofsgelände verboten.«

»Schon gut«, sagte Winnie mit Resignation in der Stimme. »Oma, Mia, Elli – schön euch zu sehen. Aber es ist grad ungünstig. Würdet ihr bitte wieder gehen? Wir haben zu tun.«

»Dat seh ich selber. Wat war denn los?«

»Sie haben eine Leiche gefunden«, sagte ich zu Berti. Winnie rollte die Augen.

»Aber ich hab sie nicht gefunden«, schob ich hinterher.

»Wer denn?«, fragte Berti.

»Ich ... ich hab die Leiche gefunden«, erklärte Rudi. »Wir wollten hier alles startklar machen für die Ausstellung. Die Sargdeckel hoch und so ... und dann mach ich den Mafioso 2000 auf ...«

»Heißt der wirklich so?«, fragte Winnie.

»Nee, der heißt Milano Schwarz ... ich nenn' den eben so. Is ja auch egal.«

»Wann war das?«

»Vor einer Stunde, oder Matti?«

Matti nickte, und Rudi fuhr fort: »Ich mach also den Deckel auf, und da liegt der da. Besser gesagt, da wusste ich noch nicht, dass das ein Mann ist. Ich seh also erstmal'n ollen Teppich im Sarg. Ja? Und ich denk noch – was ist das denn für'n schlechter Scherz, jetzt ist die ganze Innenverkleidung ruiniert ... und was ist das für rote Farbe?! Und dann rieche ich das plötzlich, dass das Blut ist ... oh, nee ...«

Berti nahm Winnie den dampfenden Kaffeebecher aus der Hand und trank einen Schluck. »Ah ... lecker. Und wat war dann, Rudi?«

»Oma, wenn ich mal kurz anmerken darf. Ich führe hier die Ermittlungen. Und Rudi und ich, wir ziehen uns jetzt mal kurz zurück, um in Ruhe zu reden. Die anderen Herren bleiben bitte solange hier. Karin, Peter – stellt bitte fest, wann jeder hier angekommen ist usw. Ihr wisst schon.« Die beiden nickten und zückten ihre Schreibblöcke. Die Aussteller sahen allesamt aus, als wären sie gern ganz woanders.

»Rudi, ich komm mit«, sagte Elli, aber Winnie entgegnete:

»Nur über meine Leiche. Und Matti, Sie können jetzt in die Rechtsmedizin nach Essen fahren. Und ... Oma, lass die Jungs von der Spurensicherung ihren Job machen! Komm von dem Sarg da weg, oder ich leg dir Handschellen an.«

»Man wird doch nomma gucken dürfen.« Berti rückte anstandshalber einen Millimeter vom Mafioso 2000 ab und lächelte den Mann von der Spurensicherung an, als sei sie die Unschuld in Person. Der Mann lächelte gequält zurück.

Matti nahm seinen Mantel, klopfte Rudi freundschaftlich auf die Schulter, drückte ihm seinen Kaffee in die Hand und wandte sich zum Ausgang. Dabei war sein Gesicht wie tot. Die sonst so strahlenden dunkelblauen Augen hatten fast keine Farbe mehr. Sie sahen aus wie Gletschereis. Irgendetwas schien ihn zu beunruhigen – weit über die Irritation hinaus, morgens eine Leiche in einem Sarg zu finden, die nicht dorthin gehörte.

Berti hieb mir mit dem Ellbogen in die Seite und flüsterte: »Mach, datte weggkomms. Fahr mit dem nach Essen, sonnz erfahren wir gar nix. Winnie zieht schon widder sonne Schnute. Solange der uns nich rausschmeisst, hören wir uns hier mal um.«

»Er hat dich schon gebeten zu gehen – nicht mitgekriegt?«

»Ach, dat meint der nich' so. Und gezz ab mit dir.«

»Berti, ich kann doch nicht einfach ...«

»Worauf wartesse noch? Information is alles. Und mach'n Foto von der Leiche ... Mit Mattis Handy.«

»Einen Teufel werd' ich ...«

»Feige«, zischte sie, packte mich bei den Schultern, drehte mich herum und schob mich in Richtung Ausgang.

Ich stolperte hinaus, rannte zum Wagen und setzte mich kurzerhand auf den Beifahrersitz. »Ich bin nicht freiwillig hier. Spezialauftrag von Oma Berti. Ich soll die Leiche fotografieren.«

Matti schwieg. Für mich ja nichts Neues.

Ich drehte eine Zigarette, zündete sie an und hielt sie ihm hin.

»Zu therapeutischen Zwecken«, sagte ich. Matti nickte und nahm sie an. Bis wir die Auffahrt zur Stadtautobahn in Richtung Essen erreicht hatten, versuchte ich perfekte Rauchkringel zu produzieren, während ich darauf wartete, dass Matti wieder in den Gesprächsmodus wechseln würde.

Erst als er die Zigarette im Aschenbecher ausgedrückt hatte, sagte er: »Danke, Frau Margret.«

»Gern geschehen. Also, was ist passiert?«

»Wie Rudi schon sagte. Er hat den Sarg aufgemacht – und da lag der Mann in einen Teppich eingerollt darin.«

»Gestern war der aber noch nicht da.«

»Richtig. Bevor ich gegangen bin, habe ich die Särge selbst zugemacht.«

»Wissen Sie schon, wer der Tote ist?«

»Nein. Bis auf Unterwäsche hatte der Mann lediglich den Teppich am Leib, sonst nichts.«

»Uhhh. Und sonst?«

»Der Arzt hat gesagt: Schlag auf den Hinterkopf. Vermutlich ein Hammer. Ich habe mir, so gut es ging, die Leiche angesehen, als der Arzt sie oberflächlich untersucht hat.«

»Ja, und? Was gab es zu sehen?«

»Ein gepflegter Mann. An der Leiche haftete natürlich Blut und Schmutz vom Teppich, aber ansonsten: Fingernägel, Haarschnitt grundsätzlich gepflegt. Die Unterwäsche eine gute, solide Marke. Nicht abgetragen. Der Mann war gut genährt. Abgesehen von den Totenflecken und der Verletzung am Hinterkopf sah er für sein Alter, das ich auf circa Mitte fünfzig schätze, fit und gesund aus.«

Ich starrte Matti an.

»Was ist, Frau Margret? Sie sehen so betroffen aus.«

»Äh, nein. Doch. Ich bin natürlich betroffen. Auch wegen der Leiche. Ich meine ... Die werden rausfinden, wer er war, und Winnie wird seine Arbeit machen. Zahngutachten, DNA und den ganzen rechtsmedizinischen Zirkus eben. Aber ... Sie haben grad geredet wie ein Wasserfall.«

»Rudi hat gesagt, das könnte helfen. Er macht zurzeit einen Kurs für Trauerredner.«

»Aha? Und schon ist er Kommunikationsexperte? Ich meine, nicht, dass mich das stören würde, wenn aus Ihnen mal was rauszukriegen ist ...«

»Ich übe.«

»Sie haben den besten Lehrmeister, der zu kriegen ist. Rudi kann dem gemeinen Plapperkäfer von Traal Konkurrenz machen.«

Matti schaute mich unverwandt an, und ich sagte: »Ich leihe Ihnen das Buch mal. Sehr lustig. *Per Anhalter durch die Galaxis*.«

»Eine interessante Vorstellung.« Und damit war die kleine Plauderei beendet.

Kurz bevor wir das rechtsmedizinische Institut in Essen erreichten, sagte er: »Warum lag er ausgerechnet in unserem Sarg?«

»Hatten Sie deswegen diese Eisaugen?«

»Es kommt vor – manchmal bin ich ... etwas emotional. Ich hoffe nicht, dass ich Sie damit erschreckt habe. Aber es macht mir wirklich Sorgen, dass der Tote ausgerechnet in einem unserer Särge lag.«

»Zufall?«, sagte ich und dachte: *etwas emotional?* Was wird mit seinen Augen passieren, wenn es ihn mal richtig erwischt?

Matti schüttelte den Kopf. »Stellen Sie sich die Trauerhalle vor: Unsere Ausstellungsfläche ist vom Eingang aus gesehen die letzte vor der Empore, da wo die Särge für die Trauerfeiern aufgestellt werden. Direkt über dem Krematoriumsaufzug. Wenn jemand eine Leiche loswerden will und in die Trauerhalle kommt, warum wählt er nicht den ersten Sarg, direkt neben der Tür?«

»Stimmt – wenn es so war. Was, wenn derjenige aber aus dem Gang kam, der zu den Aufbahrungsräumen führt? Der geht hinter der Empore links ab. Dann ist logischerweise Ihre Ausstellungsfläche die erste. Wäre doch auch möglich. Vielleicht war das nur ein übler Scherz, eine Leiche aus einem Aufbahrungsraum zu holen, um sie in einen Sarg in der Ausstellung zu legen. Grober Unfug.«

»Dagegen spricht, dass der Arzt gesagt hat, dass der Schlag auf den Schädel ausgeführt wurde, als der Mann lebte. Die Wunde hat geblutet, was sie post mortem nicht getan hätte. Und wenn diese Leiche in einem Aufbahrungsraum gelegen hätte, wäre sie fachgerecht ausgestattet, angekleidet und hergerichtet gewesen. Das ist hier aber nicht der Fall. Außerdem fehlt in den Aufbahrungsräumen kein Toter.«

»Hm, also kein grober Unfug. Trotzdem, die Halle hat vielleicht noch mehr Eingänge. Winnie wird es rausfinden. Notfalls machen die von der Spurensicherung diesen Test. Wie heißt das Zeug noch? Luminol? Damit sprühen die den Boden ein. Und wenn das Opfer getropft hat, wird man das sehen, egal, ob der oder die Täter aufgewischt haben.«

»Ja«, sagte Matti nicht eben begeistert.

Während der Leichnam übergeben wurde und Matti die Formalitäten erledigte, blieb ich im Wagen sitzen und dachte über das nach, was er gesagt hatte. Warum ein Sarg aus Mattis Ausstellung? Wenn ich ein Mörder wäre, würde ich zusehen, das Corpus Delicti so schnell wie möglich loszuwerden.

Warum fährt man dazu überhaupt zum Friedhof? Oder ist der Mord auf dem Friedhof passiert, und wenn ja, wo? Und falls es irgendwo auf den ich-weiß-nicht-wie-viel-Hektar-großen Gelände passiert war, würde die Polizei die Kleidung finden? Den Tatort? Dagegen sprach allerdings der Teppich – wer geht mit einem Teppich ausgerüstet auf den Friedhof, um sein Opfer nach getaner Tat darin einzuwickeln?

Und dann wird man Leichen doch grundsätzlich überall los. Also, wenn man wirklich will. Und warum muss man eine Leiche an der einen Stelle loswerden, um sie dann auf einem Präsentierteller wieder abzulegen? Weil der Mord an einem Ort stattgefunden hat, von dem aus man sofort auf den Mörder schließen könnte? Eventuell.

Oder man wählt einen speziellen Auffindeort, weil man was damit sagen oder jemandem richtig Ärger machen will.

Diesen Gedankengang legte ich Matti dar, kaum dass er wieder eingestiegen war. Ich schloss meinen Vortrag mit der Frage: »Herr Matti, haben Sie Feinde?«

Er schüttelte den Kopf.

»Aber es sind doch einige Bestatter neidisch auf Ihren Erfolg. In kürzester Zeit ... Sie wissen selbst, dass Geld ein großer Motivator ist. Vielleicht sind Sie doch jemandem so dermaßen auf die Zehen getreten ... Sie haben den Polizeiauftrag gekriegt, den ein anderer jetzt nicht mehr hat. Sie haben einige Bestattungen gemacht, die normalerweise an die ganz Großen in Bochum gegangen wären. Denken Sie darüber nach.«

»So einen Gedanken möchte man gar nicht denken«, sagte er.

»Muss man aber manchmal.«

»Soll ich Sie nach Hause bringen, Frau Margret?«

»Weiß nicht ... Und Sie, was machen Sie jetzt? Findet der Friedhofstag gar nicht mehr statt? Ich kann auch zur Trauerhalle mitfahren, vielleicht müssen Sie jetzt alles ganz schnell wieder rausräumen. Schade um Rudis schöne Idee. Wissen Sie was, ich komme erst mal mit. Hab heute eh nichts mehr vor.«

Matti nickte und begann, einen seiner finnischen Tangos zu summen. Ich öffnete das Handschuhfach und kramte im Süßigkeitensortiment herum.

»Gummibärchen?«

Kopfschütteln.

»Schokolade? Mit oder ohne Nüsse?«

Kopfschütteln.

»Oma Bertis Lakritzsärge ... und Brausekürbisse ... sind die etwa noch von Halloween übrig?«

Matti nickte. Bertis persönlich gestaltetes Brausesortiment wurde jährlich um eine neue Kreation erweitert. Ich hatte Berti in der Brauseengelära kennen gelernt. Mittlerweile gab es zu Ehren von Harry Potter schon Brausebesen, für Ellis *Schickobello* Brausepudel in verschiedenen Geschmacksrichtungen bis hin zu Leberwurst, und in diesem Jahr waren es zu Halloween prickelnde Kürbisse, Totenkopfketten und kleine schwarze Särge mit Lakritzgeschmack.

Ich hielt Matti die Tüte hin, und er schob sich einen Brausekürbis in den Mund.

»Darf ich ein Totenkopfarmband haben? Die Dinger waren so schnell ausverkauft, dass ich gar keins abbekommen habe.«

»Natürlich«, sagte er und legte noch einen Kürbis nach.

»Sagen Sie mal, Herr Matti, wer war denn gestern der Letzte in der Trauerhalle?«

»Wir.«

»Oh«, sagte ich.

»Sehen Sie?«, gab er zurück und schwieg den Rest des Weges beharrlich.

Der Platz vor der Trauerhalle war leergefegt. Keine Schaulustigen mehr, keine Einsatzwagen, keine Polizisten. Rudi kauerte, eingemummelt in einen dicken Winterparka, die Fellkapuze tief ins Gesicht gezogen, auf den Treppenstufen. Ein Häuflein Elend vor dem monumentalen Portal, das dunkel hinter ihm aufragte. Als er den Wagen bemerkte, sprang er auf und rannte uns entgegen.

»Ich durfte gar nichts zusammenpacken. Die Ausstellung ist abgesagt – wir dürfen frühestens morgen erst wieder hier rein. Winnie hat Siegel auf die Türen geklebt. Was machen wir denn jetzt?«, sprudelte es aus ihm heraus, kaum dass Matti den Wagen zum Stehen gebracht hatte.

»Steig erst mal ein«, sagte ich.

»Ich hab mir den Arsch abgefroren.«

»Warum bist du nicht mit Berti mitgefahren? Die hätte dich doch nach Hause bringen können.«

»Ich konnte doch nicht einfach hier abhauen!«

Rudi zappelte im Fond auf dem Notsitz herum. »Und wie die Bullen mich wieder angeguckt haben ... also Winnie nicht, aber die anderen – als wäre ich ein Verbrecher!«

»Aber für die bist du ein Verbrecher«, gab ich zurück. »Die vergessen nicht so schnell, dass deine Bewährung mal grad eben rum ist.«

»Ich hab gesessen, und ich hab gebüßt«, rief er mit schriller Stimme. »Ich bin rehabilitiert! Ich hab einen Job und ich hab eine Ausbildung zu Ende gebracht, und jetzt komm mir nicht mit: Ich wär'n Verbrecher! Das mit meiner Mutter und dem

Hammer war im Affekt! Vor acht Jahren! Im Anfall geistiger Umnachtung!«

»Jetzt halt mal den Ball flach – du hörst dich an, als wärst du gleich wieder so weit.«

Matti reichte ihm eine Tafel Schokolade nach hinten und sagte: »Beruhige dich, Rudi. Wir holen morgen alles ab, sobald wir dürfen. Es ist schade um deine Idee – aber wir können den Baum auch bei uns in der Sargausstellung aufstellen.«

Rudi biss in die Schokolade und war endlich still.

»Tut mir leid, so hatte ich das nicht gemeint ...«, sagte ich zu Rudi. »Nur Bullen sind schlimmer als Elefanten, das weißt du doch. Die vergessen nie.«

»Und ich erst«, nuschelte er mit vollem Mund.

»Was jetzt?«, fragte ich Matti.

»Zu Berti«, kam es vom Notsitz. »Vorgezogener Kartoffelsuppenabend, hat sie gesagt ... Kann ich noch so'n Brausekürbis – ich brauch Nervennahrung.«

Kapitel 10

Das Kartoffelsuppenmeeting bei Oma Berti verlief informativer, als mir lieb war. Wir bekamen von Rudi den Verlauf des Tages in allen Einzelheiten geschildert. Besonders die Leiche im Teppich hatte es ihm angetan. Er hatte die von Oma Berti so heiß begehrten Fotos auf seinem Handy.

»Du hast auch noch die Nerven, Fotos zu machen, nachdem du eine Leiche entdeckt hast?«

»Warum denn nicht? Ich hab für meine Ausbildung jede Menge Vorher-Nachher-Fotos von Toten gemacht«, sagte Rudi, und das Handy machte die Runde am Tisch. Die Suppe, von der ich reichlich gegessen hatte, forderte Tageslicht zu sehen, und zwar auf schnellstem Wege. Aber bevor sie Pfötchen geben konnte, sagte ich: »Den Teppich kenn' ich, der ist von Quality-TV.«

»Woran siehsse dat denn gezz?«, fragte Berti, rückte ihre Lesebrille zurecht und studierte das Foto eingehend.

»Am Aufkleber mit dem Q-TV-Siegel. Da, auf der Rückseite, wo die Ecke umgeschlagen ist.«

»Ach, so ...«, sagte sie. »Hasse au' dat Muster mit drauf, Rudi?«

»Nein. Aber es war ein brauner Teppich mit Dreiecken drauf.«

»Pseudodesigner-Quark. Gab's nur in diesem Kackbraun mit den roten Dreiecken. Die letzten davon sind vor zwei Wochen in der Weihnachtsschnäppchensendung weggegangen. Angeblich echt aus einer Seidenteppichweberei in Absurdistan. Wer es glaubt ...«

»Und wat hat der gekostet?«

»Knappe fünfhundert, einsachtzig mal zwei Meter. In der Schnäppchensendung dann dreihundertneunzig.«

»Dat solltesse Winnie sagen«, schlug Berti vor.

»Wo ist der überhaupt?«, fragte ich.

Berti zuckte die Schultern. Matti erhob sich und sagte. »Danke für die Suppe, Frau Berti, aber es war ein anstrengender Tag.«

»Ich geh zu Elli. Die muss ja den totalen Schock haben«, sagte Rudi.

Berti verzog das Gesicht.

»Was?!«, fragte ich, als die beiden hinausgegangen waren.

»Nix«, sagte Berti.

»So, wie du guckst, ist nicht nix! Geht's um Elli und das, was sie angeblich gesehen hat?«

Berti räumte die Teller ab und gab keine Antwort.

»Also hab ich recht. Mir hat er gesagt, dass er seit Ladislaus' Trauerfeier nicht mehr in der *Roten Laterne* war. Und ich glaube ihm das. Vor allem, weil er keinen Likör trinkt.«

»Und ich glaube, dat der Rudi den Tach nich überlebt, wenn die Elli den inne Zange nimmt. Die hat Beweise in Aussicht.«

»Ach. Und da lässt du den einfach so rausmarschieren, obwohl du weißt, dass Elli den dritten Weltkrieg ausgerufen hat? Was für Beweise denn überhaupt, und was heißt ›in Aussicht‹?«

»Datte ausse Latschen kipps, wenn'e die siehss. So! Und gezz hab ich schon zu viel gesacht. Wär besser, du würdes' gezz au'nach Hause gehen.«

»Das glaube ich allerdings auch. Danke für die Suppe.«

»Nix'ze danken. Bissitage.«

In der Diele schwebte der Duft von *Halston*. Manchmal ist die Polizei da, obwohl man sie gar nicht gerufen hat. Winnie lag in meinem Bett und telefonierte. Er hatte mich nicht hereinkommen hören, und so wurde ich Zeuge deutsch-russischer Differenzen. Winnie versuchte Nikolaj davon in Kenntnis zu setzen, dass er sich nicht auf den Weg nach Essen machen würde.

Ich schlich mich in die Küche und füllte meine Espressokanne mit Kaffeepulver. Doktor Thoma saß auf der Spüle und meditierte den Kühlschrank an. Ich versuchte den Gasherd anzuzünden, aber statt einer Flamme produzierte ich einen Knall und verbrannte mir die Finger. Im Schlafzimmer wurde das Telefonat in nicht sehr freundlichem Ton beendet, und in der nächsten Sekunde stand Winnie, nur bekleidet mit einer Schlafanzughose, in der Tür.

»Hat der Russe dir Feigheit vorgeworfen?«, fragte ich.

»Warum sollte er?«

»Weil es hier noch nicht mal Wölfe gibt, die dein Auto auf der A 40 hätten angreifen können. Was ist los mir dir – du bist doch sonst immer nach Essen gefahren.«

»Nichts ist los. Ich wollte heute Abend nicht mehr fahren. Morgen geht es früh los, und ich kann jede Mütze Schlaf gebrauchen, die ich kriegen kann.«

»Verstehe ich. Du hättest mir ruhig sagen können, dass du hier übernachten willst, da hätte ich dir die Couch gerichtet.«

»Und die DVBT-Anlage verschwinden lassen.«

»Genau.«

»Also freust du dich gar nicht, dass ich hier bin«, sagte Winnie.

»Wie lange hast du vor zu bleiben?«, fragte ich und konnte einen genervten Unterton in meiner Stimme nicht unterdrücken. Die Aussicht, die nächsten Tage oder Wochen mit Winnie in einer Wohnung zu verbringen, die er immer noch als seine ansah, versprach nicht sehr viel Spaß. Er hatte schon die Küche aufgeräumt, gespült und das Katzenklo sauber gemacht, was er mir in den nächsten Minuten sicherlich würde vorhalten wollen. Daher sagte ich, um ihm zuvorzukommen: »Hättest du das alles nicht einfach stehenlassen können?«

»Nein«, sagte er und schob sein Sixpack an mir vorbei, um den Ofen anzuzünden. »Lass mich das machen – ich hab vor, den morgigen Tag zu erleben.«

»Du würdest damit mehr Erfolg haben, wenn du mich gefragt hättest.«

»Ich soll fragen, ob ich in meiner eigenen Wohnung übernachten darf?«

»Ja. Weil ich jetzt hier wohne. Es ist deine Wohnung, aber ich wohne jetzt hier. Nicht, dass ich grundsätzlich was dagegen hätte, sie mit dir zu teilen – aber ich wäre gern zumindest informiert worden.«

»Jetzt weißt du es doch«, sagte er und lachte, aber seine Augen lachten nicht mit. »Ich weiß gar nicht, was du hast.«

»Was ich nicht hab ist Privatsphäre, Herr Kommissar. Du marschierst hier einfach rein, leihst Bratentöpfe aus, stellst heimlich Essensreste in den Kühlschrank ...«

»Komm. Das Ossobuco war der Brüller, sag nicht ›Essensreste‹ dazu.«

»Okay, leckere Reste ... und jetzt stehst du halbnackt hier rum, und machst mich total ...« Ich hatte »wahnsinnig« sagen wollen, aber Winnie ergänzte das fehlende Wort: »Wuschig?«

»Nein. Weder wuschig noch nervös noch sonst was aus der erotischen Abteilung. Im Gegenteil: Ich fühle mich ... überrumpelt.«

»Oh. Tut mir leid. Wird jetzt öfter vorkommen.«

Ich riss die Kühlschranktür auf, obwohl ich wusste, dass nichts drin sein konnte, weil ich nichts eingekauft hatte. Ich wollte nur irgendwas tun, damit Winnie meine Wut nicht sah.

Aber der Kühlschrank war voll. Ich griff hinein, holte einen Erdbeerjoghurt heraus, und meine innere Stimme schlug den Gong, der zuweilen eine spontane Erkenntnis ankündigte. Und die war in diesem Moment: Es liegt gar nicht am Wetter – und es liegt auch nicht an seinem neuen Mordfall.

»Was? Kann öfter vorkommen? Raus mit der Sprache, Herr Kommissar. Warum bist du hier? Du warst im Supermarkt, du hast eingekauft. Das bedeutet Planung. Du hast vor, dich hier für die nächsten hundert Jahre zu verschanzen. Irgendwas mit Nikolaj? Zu nah, zu eng, zu Beziehung?«

»Das ist mein Erdbeerjoghurt, du hättest Fragen können.«

»*Su casa es mi casa* – inklusive Kühlschrank«, sagte ich, holte einen Löffel aus der Schublade, ging ins Wohnzimmer und machte es mir auf dem Sofa bequem. »Ich gehe also recht in der Annahme, dass es im Paradies kriselt.«

Statt einer Antwort kam aus der Küche der nächste Knall einer Verpuffung, und Winnie fluchte.

»Darf ich mal raten? Nikolaj ist eine Dramaqueen und somit anstrengender, als du dir jemals vorgestellt hast, dass ein russischer Künstler sein könnte.«

In der Küche schepperte Porzellan.

»Hör auf, die Küche zu zerlegen, und gib mir eine Antwort.«

»Ich geh mein Feierabendbier woanders trinken.«

Die Wohnungstür wurde zugeschlagen, und Winnie polterte die Treppen hinunter. Ich schaltete den Fernseher ein und löffelte den Joghurt aus. Dann ging ich zur Wohnungstür und öffnete, obwohl es gar nicht geklopft hatte. Winnie stand barfuß vor der Tür, immerhin hatte er sich vor seinem Abgang noch einen Pullover übergezogen.

»Ich könnte jetzt lachen, Winnie. Tu ich aber nicht. Pimp van Grachten ist nicht da. Der ist zum Abtanzen im *Riff*. Das macht er jeden Samstagabend. Ich dachte, du weißt das.«

»Kann ich reinkommen?«

»Aber sicher. Der Kaffee ist fertig.«

Die Lage zwischen Winnie und Nikolaj war ernst bis hoffnungslos, wie sich herausstellte. Der Russe tanzte nicht nur Pas de deux mit Winnie, er tanzte sozusagen auf mehreren Hochzeiten. Und die nächste Bühne, die er mit seiner Kunst beehren wollte, lag noch nicht einmal in Deutschland. Ohne Winnie Bescheid zu sagen, hatte er ein Angebot aus Kanada angenommen – der Vertrag war schon unterschrieben.

»Winnie, auch ohne im Kaffeesatz zu lesen, gibt es darauf nur eine Antwort: Such das Weite. Der Typ liebt dich gar nicht. Der macht seinen Job, und du spielst nur die zweite Geige. Warte nicht darauf, zu einem Überraschungsbesuch in Kanada aufzulaufen, denn der Erste, der dir die Tür aufmacht, ist Nikolajs neues Tortiki, vermutlich so ein Wayne Gretzky, und der gibt dir mit seinem Eishockeyschläger was auf die Nuss.«

»Er wird ja auch nicht ewig da bleiben. Ein Jahr oder zwei. Und er sagt, er liebt mich.«

»Tut er nicht. Wenn er eine Zukunft mit dir gewollt hätte, hätte es jetzt nicht Kanada sein müssen.«

»Woher willst du das wissen? Du kennst ihn doch gar nicht richtig.«

»Doch, den Typ Mann kenne ich zur Genüge. Den gibt's in den Ausführungen von hetero bis schwul und alles dazwischen. Schon vergessen? Der Knipser! Der Job geht vor –

Geburtstage? Feiertage? Gebuchte Urlaube? Alles Pillepalle. Und dann kam noch lange nicht ich, sondern diverse Mädels ... Grazia und wie sie alle hießen? Glaub mir, hätte ich damals eine Waffe gehabt, er wäre tot. So musste nur seine Hasselblad dran glauben.«

Winnie nippte an seinem Kaffee. Wir setzten uns an den Küchentisch. Ich drehte mir eine Zigarette, und er protestierte noch nicht einmal.

»Was hast du mit der Kamera gemacht?«

»Von der Terrasse unserer Penthousewohnung geschubst.«

»So was tust du? Und was hat er dann gemacht?«

»Hat rumgebrüllt, meine Sandalen von Prada hinterhergeworfen, dann seine Versicherung angerufen und sich eine neue Kamera bestellt. Als ich unten auf der Straße war, waren meine Sandalen weg. Und die bezahlt keine Versicherung.«

»Hm. Vielleicht liegt's ja an mir, dass es zwischen Nikolaj und mir nicht funktioniert.«

»Winnie, guck mich an. Was siehst du?«

»Du rollst mit den Augen.«

»Und was heißt das?«

»Du bist genervt.«

»Genau. Weil du redest wie ein Mädchen. *Vielleicht liegt's an mir...* Blahblahblah. *Vielleicht bin ich nicht sexy genug? Oder nicht gut genug im Bett? Oder vielleicht bin ich langweilig oder zu dick?* Vergiss es. Der Typ ist ein Beziehungsvampir. Er hat einen Job in Essen? Hurra, dann sucht er sich dazu den passenden Lover. Jetzt geht's eben ans andere Ende der Welt ... ihm doch egal, was aus dir wird. Ersatz für dich gibt es überall. Der denkt mit seinem Schwanz, das ist alles.«

»Vielleicht passen ein Polizist und ein Tänzer auch nicht zusammen. Er ist ein Künstler und ich bin ein Bulle.«

»Ja, ich glaube, daran liegt's. Du tanzt zu schlecht. Genau, daran wird es liegen. Deswegen fragt er dich erst gar nicht, ob du mitgehst. Winnie!«

»Er sagt: Es hätte nichts zu bedeuten. So sei sein Job nun mal.«

»Und im Subtext steht: Du bedeutest mir nichts.«

»Du bist zynisch, Maggie.«

»Ich bin Realistin. Du kannst mir alles vorwerfen: dass ich nicht kochen kann, chaotisch bin oder sonst was ... aber ich seh doch, wie unglücklich du bist.«

»Ich bin ratlos.« Winnie sagte es in einem Ton, als sei das eine sehr schlechte Angewohnheit.

»Natürlich bist du das. Dein Lover packt die Koffer und sagt nicht Bescheid. Da kann man schon mal ratlos sein. Pass auf dich auf, Winnie, der Typ ist Gift für dich. Du bleibst hier, und ich suche mir so schnell wie möglich eine Wohnung. Bis dahin hoffe ich, werden wir es hier irgendwie geregelt kriegen. Und versuch nie wieder, mir was vorzumachen. Und die DVBT-Anlage bleibt angeschlossen.«

Winnie nickte nur und legte den Kopf auf die Tischplatte wie ein müdes Kind. Sein strubbeliger roter Haarschopf hing halb in der Kaffeetasse, aber er schien es nicht zu bemerken. Ich hätte heulen können bei seinem Anblick und legte meinen Kopf ebenfalls auf die Tischplatte. »Winnie.«

»Hm.«

»Du bist der beste Bulle, den ich kenne. Und du bist mein Freund. Aber ich habe eine schlechte Nachricht: Die Diagnose lautet Liebeskummer. Es ist heilbar, dauert manchmal lange, aber es geht. Das war deine erste schwule Beziehung – du bist ein Neuling auf diesem Gebiet.«

»Es tut weh.«

»Ja sicher tut es weh. Geh ins Bett.«

»Mag nicht.«

»Dann geh ich ins Bett, und du kannst noch fernsehen. Aber pass auf, wenn man in so einer Stimmung ist, dann laufen nur Liebesschnulzen, und du wirst bis morgen früh durchheulen.«

»Versprochen?«

»Versprochen.«

Winnie stolperte ins Wohnzimmer und wickelte sich in die Decke. Ich stellte den Fernseher für ihn an, und tatsächlich lief *Philadelphia*. Winnie stöhnte. Ich schaltete um. *E-Mail für dich*. Winnie schüttelte den Kopf. Ich schaltete weiter: *Schlaflos in Seattle*; und weiter und weiter, aber es blieb dabei: *Casablanca, Jenseits von Afrika, Stadt der Engel, Wie ein einziger Tag* usw. usf. Winnie ließ sich aufs Sofa plumpsen. »Du bist eine Hexe. Gibt's nicht irgendwo eine Doku über Quantenphysik?«

»Nicht für dich, fürchte ich. Hat's da grad geklingelt? Wer, um Himmels willen ...«, sagte ich und lief zur Tür. Vor mir stand Rudi mit hängenden Schultern, blau gefrorenen Händen, Eis an der Nase und einem Veilchen auf dem rechten Auge.

»Elli?«, fragte ich, zog ihn in die Wohnung, schob ihn unter die Dielenlampe und betrachtete sein lädiertes Auge.

»Aua«, sagte ich.

»Ich war erst am *Schickobello*, da war Elli nicht, dann bin ich nach Hause ... und rumms. Ich hab gefragt, was los ist, aber sie hat nur so komisches Zeug geschrien. Die war völlig von der Rolle. Und immer irgendwas von ›Ich habe Beweise‹ und so. Und ich hab gesagt, dann zeig mir die doch ... Aber dann wollte sie immer wissen, wer die Tussi ist, mit der ich rummache, und ich sag immer, ich weiß nicht, wovon du redest. Und dann bin ich abgehauen.«

»Und Matti?«

»Mir ist das so peinlich ... Ich kann doch nicht ... nee. Ich muss erst mal 'n klaren Kopf kriegen. Und da bin ich von Wiemelhausen bis hier runtergelaufen. Über 'ne halbe Stunde. Meine Füße sind tot. Hoffentlich zerlegt Elli mir nicht die Wohnung.«

Dazu wollte ich lieber keine Prognose abgeben. Wenn Elli einmal in Wallung geriet, war Flucht tatsächlich das beste Mittel, um zu überleben.

»Auf der Couch ist noch Platz«, rief Winnie aus dem Wohnzimmer, und Rudi trottete ergeben hinter mir her. Ich parkte ihn neben Winnie, holte noch eine Decke aus dem Schlafzimmer und aus dem Bad eine Schachtel Papiertaschentücher. »Ich glaube, ihr beiden habt euch viel zu erzählen. Ich muss schlafen.«

Als ich im Bett lag, Doktor Thoma zu meinen Füßen, hörte ich Rudi von nebenan sagen: »Gibt's nicht irgendwo eine Doku über Quantenphysik?«

»Nicht für uns, Amigo«, antwortete Winnie. »Wir sind verflucht.«

»Braucht ihr noch irgendwas?«, rief ich.

»Ein Seil, eine Pistole, eine Zyankalikapsel ...«

»Der Gasofen ist tabu, Jungs«, murmelte ich und schlief auf der Stelle ein.

Kapitel 11

In aller Herrgottsfrühe knallte in der Küche der Gasherd. Die Kühlschranktür wurde auf- und zugeklappt, Geschirr klirrte, die Backofentür wurde betätigt. Als die Geräuschkulisse darauf hindeutete, dass Winnie mit den Frühstücksvorbereitungen fertig war, bequemte ich mich aus den Federn. Ich warf zuerst einen Blick ins Wohnzimmer. Rudi lag in seine Decke eingerollt hinterm Sofa und schlief.

»Wie ich sehe, seid ihr zurechtgekommen?«

»Wir sind ja schon groß«, sagte Winnie und sortierte seine Notizen über den Mordfall, die er auf dem Küchentisch ausgebreitet hatte.

»Das gibt Kaffee- und Marmeladenflecken«, sagte ich, setzte mich an den Tisch und kiebitzte in seinen Notizen. »Eigentlich wollte ich gestern schon triumphieren, aber angesichts deiner desolaten Verfassung habe ich es gelassen. Ich hole es hiermit nach: Da hast du deine Leiche. Dem edlen Spender schon gedankt?«

»Was?«

»Meine Güte, das liest sich ja wie ein Agatha-Christie-Klassiker. Lauter Uhrzeiten, wer, was, wann, wo gemacht hat. Aber ich finde keine Information darüber, wer alles einen Schlüssel zur Trauerhalle hat.«

»Kannst du dich mal um die Brötchen kümmern?«, sagte Winnie und zog mir die Zettel weg. »Im Übrigen hat lediglich die Friedhofsverwaltung einen Schlüssel und sonst niemand. Matti hat am Abend, als die beiden die Trauerhalle abgeschlossen hatten, den Schlüssel in den Briefkasten des Büros geworfen.«

Ich öffnete die Backofentür und schnupperte. »Die können noch zwei Minuten.«

Winnie zeigte auf die Küchenuhr. »Aber die sind schon acht Minuten drin, und auf der Packung steht acht Minuten.«

»Das ist relativ. Raoul hat gesagt, man soll die Finger von solchen Backanleitungen lassen und sich auf sein Gefühl verlassen – und meins sagt: Ich will Kruste und keine Pappsemmel. Ist denn eingebrochen worden?«

»Das nicht gerade.«

»Ja, was denn? Ein bisschen Frieden, ein bisschen Einbruch?«

Winnie riss die Backofentür auf und verbrannte sich die Finger, als er die Brötchenkruste auf ihre Konsistenz prüfte. »Warum steht da acht Minuten drauf, wenn es nicht stimmt?«

»Nun wart's doch ab. Es dauert noch länger, wenn du die Tür immer aufmachst. Die sind doch gleich fertig. Also, was ist mit Einbruch?«

»Unser Experte hat gesagt, dass der Einbruch von einem Könner verübt wurde und man kaum Spuren sieht. Als die ersten Aussteller ankamen, war die Tür offen. Alle haben gedacht, der Verwalter hätte schon aufgeschlossen. Aber dem war ja nicht so, wie sich dann herausstellte. Und ich glaube nicht, dass Matti vergessen hatte abzuschließen.«

»Also Einbruch, aber nix Stemmeisen oder so.«

»Genau.«

»Und an welcher Tür?«

»Vorne. Hauptportal.«

»Das wirft Fragen auf. Luminoltest schon gemacht?«

»In welcher Fernsehserie sind wir grad, *Miss Marple*?«

»Ja oder nein,Winnie?«

»Ja, es gibt Blutspuren vom Portal bis zu Mattis Sarg. Der oder die Täter haben sich nicht viel Mühe gegeben, was wegzuwischen.«

»Wurden Umwege gemacht? Ich meine, kann man das noch auseinanderhalten, wenn alle möglichen Leute durch die Blutflecken gelatscht sind?«

Winnie schüttelte den Kopf: »Du hast echt den falschen Beruf. Und nein, es wurden keine Umwege gemacht – und ja, man kann das auseinanderhalten, auch wenn man nicht Detective Superbulle aus New York ist.«

»So, Herr Kommissar. Warum kommt man vorne mit einer Leiche rein und entsorgt sie erst im hintersten Teil der Trauerhalle – also sozusagen im letzten Sarg? In Mattis Sarg, wohlgemerkt? Und sag jetzt nicht: Zufall.«

»Wollte ich aber.«

»So eine Leiche wiegt doch – und wenn ich vorne reinkomme, dann latsche ich doch nicht bis hinten hin. Dann nehme ich doch den erstbesten Sarg. Oder?«

»Vielleicht hat dem Täter der Mafioso 2000 am besten gefallen?«

»Albern, Winnie. Selbst für einen schwulen Bullen.«

»Gar nicht.«

»Meine Güte, du hängst dich ja richtig rein. Ist doch sonst nicht deine Art. Langweile? Und im Übrigen – du geheimst irgendwas hinein, was nicht ist, Maggie.«

»Tu ich nicht. Das ist eine praktische Überlegung. Und Täter müssen praktisch denken, weil sie keine Zeit für Schabernack haben. Die meisten jedenfalls nicht.« Ich rollte eine Scheibe Käse zusammen und biss hinein.

»Tun sie aber selten, ich meine praktisch denken, weil das Adrenalin oder der Alkohol, oder was auch immer beteiligt war, was dagegen hat«, sagte Winnie und schielte schon wieder auf den Herd.

»Aber in diesem Fall vielleicht doch. Ich hätte noch mehr Fragen, die du dir längst hättest stellen sollen, Sherlock. Zum

Beispiel: Warum überhaupt die Trauerhalle? Warum der Friedhof? Warum nicht irgendwo am Straßenrand? Wie ich das sehe, hast du es mit einem Profieinbrecher zu tun, der kaltblütig genug ist, eine Tür fast ohne Einbruchsspuren aufzumachen und dazu eine Leiche in aller Seelenruhe zu entsorgen. Im Übrigen wollt ich dir noch sagen, dass Rudi mir den Teppich ... äh, beschrieben hat – ich vermute, ein Ding von Quality-TV.« Schlauerweise fügte ich, um peinlichen Fragen aus dem Weg zu gehen, hinzu: »Guck mal nach, ob da ein Etikett mit einem Q-TV drunterklebt.«

Winnie holte fluchend mit bloßen Händen die dampfenden Brötchen heraus.

»Nimm eine Zange oder einen Topflappen.«

»Aua! Verflucht, ist das heiß.«

»Was zu erwarten war.«

Winnie klappte sein Handy auf und zeigte mir Fotos vom Teppich.

»Da«, sagte ich. »Das Etikett. Quality-TV.«

»Wie viele sind davon verkauft worden?«

»Tausende?«

»Na toll. Da kann ich nur hoffen, dass die Spurensicherung was Handfesteres hat. Fingerabdrücke oder DNA. Irgendwas finden die immer.«

»Stell dir mal vor, der Tote ist der, der nicht da war, als du ihn das erste Mal gesucht hast.« Die nächste Käserolle wanderte in meinen Mund.

»Jetzt weiß ich, warum du seinerzeit dein Tatortdrehbuch verbockt hast. Zu viel Fantasie.«

Ich schluckte die Kröte und sagte: »Ich mein ja nur. Tatwaffe schon gefunden? Kleidung?«

»Ich geh mal Rudi wecken«, sagte Winnie. Aber das war nicht mehr nötig – der Zombie, der einmal Rudi gewesen war, schlurfte eben an der Küchentür vorbei in Richtung Badezimmer.

»Geht's dir gut?«, rief Winnie.

»Nein«, kam eine dünne Stimme aus dem Bad. »Mir ist todübel.«

»Kann es sein, dass du eine Gehirnerschütterung hast?«

»Nee, ich hab Nervenkasper, glaub ich.«

Die Dusche rauschte, und ich guckte Winnie an. »Was habt ihr beiden gestern noch genascht? Irgendwelche geheimen Alkoholvorräte?«

»Ich hab Gerrit nach Hause kommen hören, und er war so nett, uns eine Flasche Whiskey zu sponsern. Zähneknirschend zwar, aber ich glaube, er hatte Angst, dass wir andernfalls eine Therapiestunde wollten.«

»Netter Psychologe. Mit mir trinkt Pimp van Grachten immer nur alkoholfreies Bier. Musst du nicht längst im Präsidium sein?«

»Wenn die Dusche frei wäre ...«

»Du ziehst doch nicht etwa die Klamotten von gestern an?«

»Nein«, sagte Winnie und ging ins Schlafzimmer. »Ich habe immer eine Notfalltasche dabei.«

Ich hörte Kofferschnallen aufschnappen und schlenderte mit meinem Kaffee ins Schlafzimmer. »Notfalltasche? Die Garbo wäre stolz auf die Koffersammlung.«

Winnie gab mir keine Antwort. Rudi stand fertig angezogen im Türrahmen. »Das Bad ist frei. Tut mir leid, dass ich gestern hier so reingeplatzt bin. Ich fahr jetzt nach Hause. Weißt du, wann wir unsere Sachen aus der Trauerhalle rausholen können?«

»Ich ruf euch an, wenn es so weit ist. Mal abwarten, was die Spurensicherung sagt. Soll ich dich gleich nach Wiemelhausen fahren, für den Fall, dass Elli hinter der Tür lauert?«, sagte Winnie.

Rudi betrachtete seine Stiefel und druckste herum. Schließlich sagte er: »Ja, wäre vielleicht ganz gut.«

»Soll ich mit Elli reden?«, fragte ich.

»Nein. Das klär ich schon selbst.«

Winnie verschwand im Bad, und Rudi setzte sich an den Küchentisch.

»Iss ein Brötchen.«

»Mir ist schlecht.«

»Dann iss erst recht ein Brötchen.«

»Keine Wurst mehr da«, sagte Rudi und zeigte auf den leeren Teller.

»Herrgott! Dann mit Marmelade. Und Doktor Thoma! Wenn ich dich erwische ...«

Ich guckte unter dem Tisch, im Schlafzimmer, im Wohnzimmer nach – keine Spur von meinem Kater. Ich klopfte an die Badezimmertür und rief: »Ist der Kater bei dir?«

»Nein.«

»Ist das Badezimmerfenster offen?«

»Ja, es war offen.«

»Hab ich aber nicht gemacht«, sagte Rudi.

»Das kann der Kater selbst«, antwortete ich.

»Warum denn?«, kam es aus dem Bad.

»Ach, nichts«, sagte ich und notierte auf meinem geistigen Einkaufszettel Schinken und Wurst für Montag.

»Übrigens Rudi – sag Matti, dass der Täter durch die Vordertür gekommen ist. Ich glaube, er sollte das wissen.«

Wenig später waren die beiden gegangen. Ich kochte noch einen Kaffee und drehte mir eine Zigarette. Kaum angezündet, klingelte das Telefon. In Erwartung eines Notrufes von

Quality-TV nahm ich den Hörer ab und sagte nur: »Ja – wann?«

»Was denn wann? Hier ist Mia, bist du das, Maggie?«

»Ja. Ich dachte ... ach, egal, was gibt's?«

»Kann ich irgendwas tun?«

»Wobei denn, Mia?«

»Ich hab ein ganz komisches Gefühl. Diese Leiche in unserem Sarg, verstehst du?«

»Matti hat gestern dasselbe gesagt, und ich hab es Winnie gesagt, aber er meint, ich geheimnisse was in die Tatsachen. Der oder die Täter sind übrigens durch die Vordertür gekommen. Ich finde, das macht es nicht besser. Jemand hat vielleicht doch ganz gezielt die Leiche in eurem Sarg abgelegt.«

Mia seufzte. »Man muss doch was tun können.«

»Mach eine Liste der Bestatter, denen ihr in der letzten Zeit geschäftlich, sagen wir mal, in die Quere gekommen seid. Matti meint ja, er hätte keine Feinde. Ich wäre mir da nicht so sicher.«

»Aber Maggie, denk doch mal nach – da hätte ja jemand einen Menschen nur deswegen getötet, um ihn dann in unseren Sarg zu legen? Das ist aber – wie soll ich sagen – dann doch zu viel.«

»Vielleicht ergab sich die Sache eben so?«

»Sich ergeben? Also nee ...«

»Mia, du hast mich gefragt – ich hab geantwortet. Mehr weiß ich auch nicht.«

»Hm. Vielleicht ist das der Mann, den du am Telefon hattest?«

»Hab ich schon drüber nachgedacht. Winnie meint, das wäre aber mal die totale Fantasie. Solange der nicht identifiziert ist, brauchen wir nicht zu spekulieren.«

»Ich muss jetzt los. Ich kann die beiden nicht alleine lassen, fürchte ich. Vielleicht mache ich das mit der Liste doch noch.«

»Wie du meinst.«

Wir legten auf. Kaum eine Minute später klingelte es an der Tür. Ich öffnete und Berti, mit einem Stapel *Mit Netz und Rute,* der Monatszeitschrift für den passionierten Angler unterm Arm, kam in die Wohnung gerauscht, stellte sich in der Küche auf, warf die Zeitungen auf den Tisch und sagte: »Wo isser?«

»Wer denn?«

»Bisse immer noch nich' angezogen?«

»Es ist Sonntag, warum sollte ich? Und nochmal: Wen suchst du, Berti? Deinen Enkel oder Rudi oder wen?«

»Winnie is' hier gewesen?«

»Ja«, sagte ich. Er musste heute früh raus und hat hier übernachtet. Wegen des Wetters. Und was willst du von Rudi?«

»Gar nix. Ich wollte wat von Winnie. Vorhin hat Nikolaj angerufen und mir die Ohren vollgeheult, dat der Winnie nich nach Hause gekommen wär, und er macht sich Sorgen und so ... Ich hab dem gesacht, datter'n Mordfall hätte und so. Aber der war fast am Durchdrehen, ich dachte, da wär' wat Schlimmeret im Busch.«

»Ist es auch – aber das erzählt dir Winnie lieber selbst. Ich kann nur so viel sagen: Ich brauche definitiv eine eigene Wohnung.«

»Oh«, sagte Berti. »Oh. Dat is ja ... Also... dat hätte ich gezz nich gedacht.«

»Behalt es für dich, bis er es dir erzählt. Tu mir den Gefallen und liefere mich nicht ans Messer, okay?«

Sie nickte.

»Was machst du denn eigentlich mit dem Altpapier?«

»Recherche.« Sie packte die Zeitungen, ohne weiter auf meine Frage einzugehen, schnüffelte und sagte: »Wonach stinkt dat eigentlich hier?«

Aus dem Backofen quoll schwarzer Rauch. Ich riss das Fenster auf und drehte den Gasherd ab. Berti wedelte mit den Zeitungen in der Luft herum. Als sich der Qualm verzogen hatte, holte ich ein verkohltes Brötchen aus dem Backofen, das Winnie offensichtlich dort vergessen hatte. Normalerweise bin ich die Expertin für Küchenkatastrophen, aber dank Winnies Gemütslage holte er rasch auf.

Kaum war Berti wieder weg, klingelte das Telefon. Diesmal war es Nikolaj auf der Suche nach Winnie. Er jammerte mir die Ohren voll, dass er ihn überall gesucht hätte, und schluchzte beinahe, als er seine Rede mit: »Ich vermisse mein Tortiki, wo ist er? Du bist die Einzige, die mir kann helfen. Maggie, bitte, bitte, wenn du weißt, wo er ist ...«, abschloss.

Hätte ich nicht schon Winnies Version gehört, hätte ich ihm fast glauben können. Statt zu trösten, sagte ich: »Nikolaj Andrejewitsch Besuchow, lass das Drama. Ich weiß, was los ist. Und tust du Winnie auch nur noch einmal weh, dann hol ich dich mit dem Leichenwagen ab und du wirst Kanada niemals sehen! Hast du das kapiert? Winnie wird sich melden, wenn er sich melden will. Pack dich an deine eigene Nase ... oder nee, besser an deine Eier. Und ruf hier nie wieder an.«

Bevor er etwas entgegnen konnte, legte ich auf.

Was für eine Bilanz! Um mich herum krachte es an allen Ecken und Enden. Eigentlich, wenn ich es recht betrachtete, seit Wilma ihre Heiratspläne verkündet hatte. Konnte das miteinander zusammenhängen? So, wie die Geschichte mit dem Schmetterling, der in Texas mit den Flügeln schlägt und in Paris fällt der Eiffelturm um? Na ja, der Vergleich hinkt. Wäre aber trotzdem zu schön, wenn Wilma an allem schuld wäre.

Vielleicht war es einfach nur der Lauf der Dinge: Der eine heiratet, der andere trennt sich, der dritte findet eine Leiche und trennt sich ... Ich trenne mich nicht, muss mir aber trotzdem eine neue Wohnung suchen.

Diesmal nahm ich den Telefonhörer in die Hand und wählte Bertis Nummer in der Hoffnung, sie sei schon wieder im Kiosk. Ich hörte am Klingelton, wie mein Anruf auf das Handy weitergeleitet wurde. Sie ging sofort ran. Ich sagte: »Berti, kannst du einen Zettel in den Kiosk hängen, dass ich eine Wohnung suche? Bitte.«

»Hab ich schon, gleich nachdem der Nikolaj angerufen hatte. Wat glaubs du denn? Winnie und du in eine Hütte.«

»Was hast du gegen mich?«

»Nix. Aber ich kenn meinen Enkel. Dat kann der nich.«

»Was genau?«

»Der hat dat nich so gerne, wenn ihm einer beim Elend zuguckt.«

»Ach«, sagte ich. »Da sind wir ja schon zwei. Was hast du denn geschrieben?«

»Frau mittleren Alters, alleinstehend, berufstätig sucht kleine preiswerte Wohnung (auch möbliert oder teilmöbliert) in Ehrenfeld und Umgebung.«

»Danke«, sagte ich.

»Nix zu danken. Iss noch wat? Ich muss gezz auflegen. Ich bin bei den Schmicke vor seine Haustür.«

»Was wird das?«

»Hab ich doch gesacht. Recherche. Ich geh da gezz ma hin, weil der Hugo seine Zeitungen nich abgeholt hat. Dat is doch'n netter Service von mir, oder?«

»Und warum hast du mich nicht mitgenommen?«

»Wat sollen wir denn da zu zweit? Ich bring doch da nicht den Wachturm hin. Außerdem hasse wat besseret zu tun – lies ma schön die Wohnungsanzeigen inne Zeitung.«

»Wie du meinst.« Ich legte auf.

Das also war es, was von mir übrig geblieben war – eine Frau mittleren Alters, alleinstehend und berufstätig. Es klang nicht wie eine Lebensbilanz, die man an die Öffentlichkeit bringen sollte. Einundvierzig Jahre alt und mehr nicht vorzuweisen?

Offensichtlich nicht, raunte meine innere Stimme und trieb mich mit ihrem Realitätssinn zurück ins Bett. Dort thronte Doktor Thoma auf der Bettdecke und war dabei, ein riesiges rohes Kalbskotelett zu verspeisen. Wo er es her hatte, konnte ich mir denken. Ich zog mir die Decke über den Kopf und machte nicht auf, als ich Gerrit van Sandts wütendes Klopfen an der Tür hörte. Ich hatte schließlich eine Midlife-Crisis zu verdauen und Herr Doktor Thoma ungefähr ein Pfund Fleisch – dabei will man nicht gestört werden.

Kapitel 12

Kaum hatte Gerrit das Klopfen drangegeben, schrillte wieder das Telefon. Ich pellte mich aus der Decke, schubste den Kater an die Seite und nahm den Hörer ab. Ich hörte Möhls Stimme sagen. »Na, endlich. Bei Ihnen ist dauernd besetzt.«

»Ja«, sagte ich, »Das kommt vor. Was kann ich für Sie tun, Herr Möhl?«

»In einer Stunde ist außerordentliche Betriebsversammlung. Die Teilnahme ist Pflicht. Wer nicht erscheint, wird abgemahnt.«

»Worum geht's am heiligen Sonntag? Gibt's den Weihnachtsmann doch nicht?«

»An Ihrer Stelle würde ich nicht so rumflachsen. Jones wird zum gegebenen Zeitpunkt sagen, was es zu sagen gibt. Auf Wiederhören.«

Ich starrte den Telefonhörer an. Außerordentliche Betriebsversammlung? Das muss doch bestimmt vom Betriebsrat genehmigt werden. Aber seit Möhl Betriebsratsvorsitzender war, hätte Jones die Versammlung auch um drei Uhr nachts machen können, der feine Herr Möhl hätte dem zugestimmt.

Ich rief Hassan an. »Weißt du, was da los ist?«

»Nicht die Spur, aber ich kann's mir denken.«

»Mach es nicht so spannend. Ich hab nicht viel Zeit, ich muss mich noch anziehen.«

»Bist du etwa nackt?«

»Hassan!«

»Ich glaub, die kommen grad drauf, was da läuft.«

»Schon mal was von Ferntötung gehört? Spuck es aus. Was läuft wo mit wem, und warum weiß ich davon nichts?«

»Es geht um Danuta. Ich hab dir doch gesagt, dass ich Dinge von der weiß ... Also die Sachen, die vom Lastwagen fallen. Schon mal drüber nachgedacht, warum die immer die neuesten Klamotten und Klunker trägt? Und das Parfüm, ganz neu, und Walburga mit ihrem Kram? Hm?«

»Nee, nicht wirklich. Ist mir auch eigentlich egal. Und wegen denen muss ich jetzt meinen Sonntag drangeben, weil die Geschäftsleitung drauf gekommen ist, dass die Sachen abgreifen?«

»Ich mutmaße nur.«

»Wie groß ist die Nummer denn?«

»Schon mal in Dortmund an der Uni auf dem Flohmarkt gewesen?«

»Klar, aber nicht in letzter Zeit.«

»Danuta hat da einen Stand. Jeden Samstag. Die kennt wohl jemanden, der arbeitet als Fahrer für die Auslieferungsfirma, die wiederum für Q-TV arbeitet.«

»Ich denke, wir versenden mit der Post?«

»Und wie kommen all die Pakete vom Lager zu DHL? Glaubst du, die Christel von der Post kommt mit ihrem Handkarren und holt das ab?«

»Und da verschwinden Sachen?«

»Da und dort, womit ich mit *dort* meine, dass auch Sachen, die zurückgeschickt werden, wieder abgeholt werden von der Post. Und ab und zu lohnt sich auch das. Der Kunde wird in der Regel nicht belangt, wenn etwas bei Rücksendung nicht bei uns ankommt – das wird unter Schwund verbucht. Es geht schließlich immer mal was verloren. Aber in der letzten Zeit sind die Verluste wohl immens. Und das war auch im letzten Jahr vor Weihnachten schon so.«

»Du weißt das alles, und hast der Geschäftsleitung noch nichts gesagt? Oder steckst du da mit drin? Ich meine jetzt die DVBT-Antenne und so ...?«

»Nein, ich stecke nicht mit drin. Ich kann nur eins und eins zusammenzählen – schließlich bin ich Mathematiker. Und ich kann der Geschäftsleitung davon nichts sagen, weil ich mich sonst in Schwierigkeiten bringe. Persönliche Schwierigkeiten, die hier aber nichts zur Sache tun. Vermutlich heißt es ziemlich bald: Adieu Vollpfostenfraktion. Erheitert dich diese Aussicht?«

»Irgendwie schon. Aber wenn du ein Schläfer von al-Qaida bist, dann auch wieder nicht.«

»Nicht alle Muslime sind Terroristen, Maggie. Wir haben auch mal andere, ganz normale menschliche Probleme, denen man eventuell aus dem Weg gehen muss. Kapiert?«

»Versteckst du dich deshalb unterm Tisch?«

»Ja. Aber der Terrorist bin in diesem Falle nicht ich.«

»Wir sehen uns gleich bei der Versammlung.«

»Und du hältst die Klappe über das, was ich dir gesagt habe.«

»Haben wir telefoniert?«

Bei der Ankunft im Callcenter erhielt jeder einen Streifen Klebeband, auf dem er in Druckbuchstaben seinen Nachnamen schreiben und ihn dann gut sichtbar auf die Brust kleben sollte. Dann wurden alle Ankommenden darüber informiert, sie seien in Gruppe A. Die, die an diesem Tag arbeiteten, waren in Gruppe B. Wir würden die Versammlung als Erste machen, danach ins Callcenter gehen, den Betrieb aufrechterhalten, bis Gruppe B mit dem Meeting fertig wäre, um danach wieder im normalen Schichtenplan zu arbeiten.

Wir wurden in einen großen, leeren Raum in der obersten Etage des Gebäudes geführt. Weder gab es Stühle noch irgendwas zu trinken. Möhl führte die Gruppe an und sagte, als sich die Türen hinter uns geschlossen hatten: »Herr Jones wird sofort hier sein. Bis dahin bitte ich um Ruhe. Keine Spekulationen, bitte.«

»Du könntest uns wenigstens sagen, worum es geht«, meldete sich jemand zu Wort. »Ist die Firma pleite?«

Die Frage löste große Heiterkeit bei den Versammelten aus. Danuta rief: »Könnt ihr euch nicht mal wie Erwachsene benehmen?«

»Wer will das denn wissen?«, kam es aus der Gruppe. »Erwachsen wäre, hier nicht so ein Bohei zu machen.«

»Also, wenn du mich fragst«, flüsterte Hassan, »es geht hier nicht um Danutas Business und so ... sonst wäre die gar nicht hier. Der Möhl hat ihr doch längst gesteckt, warum wir hier sind.«

»Bettgeflüster ... Danuta als Mata Hari.«

»Stimmt. Die tut zwar immer so kutschi-kutschi, aber ...«

»Er schleppt ihr die Einkaufstüten.«

»Aber sie lässt ihn nicht ran.« Hassan lachte. »Ist doch immer dasselbe doofe Spiel. Solche Typen wie Möhl, sind nichts als Drachenfutter.«

»Sprichst du aus Erfahrung?«

Möhl donnerte plötzlich los: »Ich habe um Ruhe gebeten! Ist das zu viel verlangt? Herrschaften!«

Danuta zog ein Schnütchen und bedachte unseren Teamleiter mit einem bewundernden Blick. Schlange!

Die Tür ging auf, und Herr Jones mit einem Gefolge von fünf Mitarbeitern aus der Personalabteilung kam in einem FBI-Aufmarsch in den Saal. Hintendrein schlenderte zu meinem Erstaunen Winnie, und sein unbeliebter Kollege Seidel bildete das Schlusslicht. Mord und Betrug zusammen an einem Fall?

»Oh – oh ...«

»Meine Damen und Herren. Ich habe eine Mitteilung zu machen«, sagte Jones, und seine Stimme erreichte jeden, auch ohne Mikrofon. Im Raum war es schlagartig still. Zweihundert Mitarbeiter hatten aufgehört zu atmen.

»Wir helfen der örtlichen Polizei bei einer Mordermittlung. Zu diesem Zweck wird es nötig sein, sämtliche Verkaufsdaten eines bestimmten Artikels zu überprüfen, was durchaus dazu führen kann, dass auch Ihre Daten eine Rolle spielen werden. Sei es, dass Sie diesen Artikel für sich bestellt hatten oder eine Bestellung eines Kunden für diesen Artikel aufgenommen haben. Die Ergebnisse der Untersuchung werden selbstverständlich vertraulich behandelt. Die Aktion wird von der Staatsanwaltschaft und den Kollegen unserer IT-Abteilung begleitet. Noch Fragen?«

»Um was für einen Artikel handelt es sich?«, sagte jemand, ohne aufzuzeigen.

»Wenn das Gegenstand der Information hätte sein können, die ich Ihnen soeben gegeben habe, dann wüssten Sie es bereits.«

Das Gemurmel wurde lauter.

Kommissar Seidel guckte mit zusammengekniffenen Augen in die Runde, als wäre er in der Lage, schon jetzt Rückschlüsse über die Reinheit diverser Westen zu ziehen.

»Es geht definitiv nicht um die Sachen, die vom Lastwagen gefallen sind«, sagte Hassan. »Oder ist es eine Finte? Du kennst den Typ doch, diesen Kommissar.«

»Teils, teils. Ich glaube, Danuta und Konsorten sind nicht aus dem Schneider, das schließe ich daraus, weil Kommissar Seidel dabei ist – Betrugsdezernat und Diebstahl. Das ist der Typ ohne Kinn und Hals. Andererseits weiß ich, welchen Artikel die Mordkommission sucht.«

»Dann sag es doch.«

»Nicht hier.«

Ich schaute mich um und bemerkte, dass einige Kollegen bereits gespannt zuhörten.

Jones klatschte in die Hände und befahl den sofortigen Rückzug. Hassan und ich gingen mit den anderen ins Callcenter, den Arbeitsplatz eines Kollegen übernehmen, der gerade Schicht hatte. Nach einer Viertelstunde war der Spuk vorbei und wir standen rauchend vor der Tür. Die meisten Kollegen, die an diesem Tag frei hatten, gingen sofort ihrer Wege. Teilweise kopfschüttelnd, teilweise zeternd über den Eingriff in ihre Privatsphäre, wobei oft nicht ganz klar war, was sie schlimmer fanden – die Überprüfung ihrer Daten oder den kaputten Sonntagnachmittag.

Danuta, Walburga und das Schäfchen stellten sich in gebührendem Abstand von uns auf. Nach ein paar Minuten kam Danuta zu uns herüber und bat Hassan um Feuer.

»Na, ist das nicht aufregend?«, sagte sie.

Wir zuckten die Schultern. »Nicht aufregender als ein doofer *Tatort*«, sagte ich.

»Du kennst doch den Kommissar«, sagte sie unvermutet freundlich.

»Ja, und?«

»Vielleicht weißt du ja, was er sucht.«

»Nein«, log ich. »Glaubst du, der redet mit mir über seine Fälle?«

»Also geht es gar nicht um den Mord, den du gehört haben willst?«

»Nicht, dass ich wüsste.«

»Scheint ja kein so guter Freund von dir zu sein«, schob sie hinterher. »Walburga meinte ja, ihr wärt zusammen – aber ich habe gesagt, diese gut aussehende Zuckerschnitte von einem Kerl - ausgerechnet mit Maggie? Kaschmir liebt verfilzten Bärchenmantel? Im Leben nicht.« Sie drehte sich zu ihrer Truppe um und rief Walburga zu: »Hab ich doch recht gehabt. Die hat nix mit dem.«

Walburga zuckte die Schultern. Schäfchen hatte ein Fragezeichen über dem Kopf.

»Was meinst du wohl, Danuta, was ich machen würde, wenn so ein ›Zuckerschnittchen‹ auf meiner Bettkante säße, was er in der Tat macht und zwar jeden Abend, wir leben zusammen. Also – würdest du dann etwa über Leichen reden, wenn dich so ein Sixpack angrinst? Würdest du? Oder doch lieber was anderes machen mit dem Kerl? Weißt du, sprechen kann ja fast jeder Kerl – aber nicht jeder Kerl sieht aus wie ein Geschenk, das man gerne auspackt. Du lässt deine Fußabtreter lieber Tüten tragen. Oder?«

Ihr fiel die Kinnlade herunter. *Mission completed.* Hassan und ich traten unsere Zigaretten aus und gingen zur Bushaltestelle.

»Klasse!«, sagte Hassan, als wir im Bus saßen. »Das hat gesessen. Du lügst echt, ohne rot zu werden. Meinen Glückwunsch.«

»War ja nicht alles gelogen.«

»Welcher Teil davon denn nicht?«

»Der mit der Bettkante.«

»Nee!«

»Doch. Wir wohnen zusammen, und ich weiß, was der Kommissar sucht. Hab ich dir doch schon gesagt. Äh ... bis auf die Tatsache, dass wir doch über seine Fälle reden. Jedenfalls manchmal. Aber das muss Danuta ja nicht wissen, oder?«

»Ihr wohnt echt zusammen? Ich dachte, du lebst da allein?«

»Das ist seine Wohnung, und er wohnt jetzt wieder da. Meine Güte, leg doch nicht jedes Wort auf die Goldwaage. Ich suche übrigens eine neue Bleibe. Deswegen – weil er da wieder wohnt. Die Butze ist definitiv zu klein für zwei.«

»Na, da bin ich aber beruhigt.«

Der Bus schaukelte über die Kreuzung am Schauspielhaus. Hassan schlug sich vor Begeisterung auf die Schenkel. »Und jetzt zum wichtigen Teil: Was sucht er denn?«

»Das sag ich dir, wenn du mir erzählst, warum du unterm Tisch verschwindest, wenn die Polizei kommt. Du hast ja auch vorhin alles dafür getan, um dein Gesicht zu verbergen. Bist du auf der Flucht?«

»Könnte man sagen. Meine Eltern wollen mich verheiraten.«

»Ich denk, deine Eltern sind seinerzeit im Flüchtlingslager verschollen und dann für tot erklärt worden?«

»Woher weißt du das?«

»Von der Vollpfostenfraktion. Klo-Tratsch.«

»Ja, ja, das ist die offizielle Version, die ich erzähle, wenn mich jemand fragt. Aber Tatsache ist: Die erfreuen sich bester Gesundheit. Ich wollte aber nicht heiraten. Und die Frau, die sie ausgesucht haben, wollte mich auch nicht. Da waren wir beide uns total einig. Und weil das war, sind wir zusammen abgehauen. Sie hat hier studiert, einen netten Kerl kennengelernt, geheiratet und dann sind die beiden nach London gezogen. Meine Schwester in Bagdad hält uns auf dem Laufenden. Unsere Eltern lassen echt nicht locker, sag ich dir. Ich hab ihnen schon zigmal geschrieben, dass sie das alles vergessen sollen, sonst würden sie mich nicht wiedersehen und die Eltern von Zulei ihre Tochter auch nicht.«

»Aber ihr versteht euch doch – warum habt ihr nicht geheiratet und dann trotzdem gemacht, was ihr wollt?«

»Unseren Eltern geht's um Tradition verbunden mit Verbindungen, Politik und Geld. Das interessiert uns aber nicht. Wir haben eine Vorstellung von dem, was wir mit unserem Leben machen wollen. Da geht es ums Prinzip. Kapiert? Und nicht um den Weg des geringsten Widerstandes.«

»Schön gesagt. Aber so unpraktisch, wenn du mich fragst. Habt ihr die Hoffnung, dass eure Eltern irgendwann Gras über die Sache wachsen lassen?«

»Hatten wir. Aber das ist vorbei. Zuleis Mann ist ein sehr netter Kerl, sogar ein Landsmann von uns, nur aus dem falschen Clan. Ich weiß nicht, wer schlimmer dran sein wird, wenn das alles rauskommt. Zulei oder ich. Wahrscheinlich bricht der dritte Weltkrieg aus, keine Ahnung.«

»Und bis dahin?«

»Werde ich meine Doktorarbeit abschließen und dann in die Staaten gehen, ein Nerd werden, an einer Uni lehren – vielleicht eine Amerikanerin heiraten und viele, viele kleine Cowboys zeugen, die alle strunzdumm sind und von Mathe keine Ahnung haben. Vielleicht werden sie Popstars oder so ... wie Britney.«

»Ein schöner Traum, Hassan. Leider landen Leute, die so aussehen wie du, oft nicht in New York, sondern in Guantánamo, schon mal daran gedacht?«

»Du kannst einem aber auch jede Illusion rauben. Dann gehe ich eben nach Australien oder Japan. Irgendwo werden sie doch eine neue Primzahl gebrauchen können.«

»Da stehen die bestimmt drauf.«

»Und jetzt zu deinem Versprechen.«

»Die suchen diesen kackbraunen Designerteppich.«

»Ach? Den mit den Dreiecken?«

»Genau. Es gab gestern eine Leiche – auf dem Friedhofstag, die genau in so einem Ding eingewickelt war. Und die Teppiche gab es nur bei uns – exklusiv für Deutschland.«

»Woher weißt du das?«

»Ich war dabei, weil ich meine Freunde vom Bestattungsunternehmen besuchen wollte. Gucks du, was?«

»Und wie. Ich hab zig von den Teppichen verkauft und sogar selbst so einen bestellt.«

»Zieh dich warm an. Unser Guantánamo heißt JVA Krümmede.«

»Ja, nicht für mich bestellt. Meine Nachbarin wollte so einen, und ich krieg doch Prozente.«

»Da haben wir den Salat. Tja, da will man einmal nett sein zur Frau Nachbarin ... Sag mal, wie heißt du eigentlich wirklich?«

»Immer noch Hassan Al Kindi, weil ich hier niemals anders heißen darf. Ich bin mit dem Pass meines Cousins fünften Grades hier, der mit meiner Schwester verheiratet ist. Die einzigen beiden Leute, auf die ich mich verlassen kann.«

»Und Zulei? Hat die den Pass von deiner Schwester?«

»Nee, von seiner Schwester – und jetzt heißt sie ja sowieso anders.«

»Da blickt doch keiner mehr durch.«

»Ist wohl der Sinn der Sache. Kannst du für mich ein gutes Wort einlegen, ich meine, falls dein Kommissar irgendwie ... na, du weißt schon.«

»Winnie ist kein Problem. Aber Seidel, der andere Typ, könnte eins werden. Aber es gibt doch sowieso keinen Grund zur Panik. Deine Nachbarin zeigt den Polizisten, dass der Teppich noch da ist, falls die den überhaupt sehen wollen – und alles ist gut.«

»Hm. Ihr Freund fand den Teppich doof – und er ist nicht mehr da – also, der Teppich. Ich glaube, der hat den auf eBay verscherbelt.«

»Wird wohl alles nachvollziehbar sein, wenn es drauf ankommt.«

Hassan nickte, runzelte aber immer noch die Stirn.

Der Bus hielt. Wir stiegen beide aus.

»Tschüss Hassan. Ich gehe mal davon aus, dass die Polizei nichts von dir will. Vielleicht wäre es gut, wenn du mir eine Liste von den Teppichbestellungen organisieren könntest?«

»Wie das denn? Ich hack doch nicht den Q-TV-Server.«

»Nur 'ne Idee. Ich dachte, ihr Nerds macht so was jeden Tag.«

»Und was willst du damit?«

»Gucken, ob jemals einer in die Taubenstraße 14 geliefert wurde.«

»Ach?! Warum?«

»Der Tote im Teppich lag in einem Ausstellungsstück von Bestattungen Abendroth. Und das hab ich nicht so gerne.«

Kapitel 13

So leise wie möglich schob ich die Haustür auf, um Gerrit nicht auf mich aufmerksam zu machen. Aber kaum hatte ich die Tür von innen zugemacht, stand er auch schon hinter mir.

»Sie schulden mir ein Kalbskotelett«, sagte er.

»Schreiben Sie es auf die Rechnung. Und im Übrigen: Nicht ich schulde Ihnen ein Kalbskotelett, sondern mein Kater.«

»Für den Sie die Verantwortung haben.«

»Wie man's nimmt. Und noch mal im Übrigen: Wie kommen Sie auf die Idee, Alkohol an liebeskranke Männer auszugeben?«

»Ich helfe eben, wo ich kann, Maggie. Was ist jetzt mit dem Kalbskotelett?«

»Möchten Sie, dass ich Ihnen am Sonntag irgendwo eins kaufe?«

»Ich habe nichts zu essen.«

»Diät hat noch keinem geschadet – außerdem ist die Institution Restaurant schon lange erfunden.«

»Was hat das damit zu tun?«

»Sind Sie nicht immer derjenige, der sagt, dass alles mit allem zu tun hat? Sie sollten schon wissen, was das in der Praxis heißt. Gehen Sie über Los, nehmen Sie zehn Euro mit und kaufen Sie sich eine Pizza.«

»Zwischen Pizza und Kalbskotelett mit Salbei-Gnocchi ist ja wohl ein großer Unterschied.«

»Sehen Sie es positiv. Jetzt haben Sie mehr Platz auf dem Teller für Ihre Nudeln.«

Ich lief die Treppe hinauf.

»Maggie«, rief Gerrit. »So einfach geht das nicht!«

»Ich würde Ihnen ja Geld für die Pizza geben, aber ich bin grad ein bisschen knapp. Tut mir leid«, rief ich.

Der Herr Psychologe knallte ganz unentspannt seine Wohnungstür zu.

Kaum hatte ich den Schlüssel im Schloss, hörte ich von drinnen das Telefon klingeln. Ich stieß die Tür auf, warf meine Tasche in die Ecke und hob ab.

»Maggie!«

»Raoul!«

»Maggie! Wasse in de gansse Welt isse gefahre in die Wilma!? Machte mir komplett verruckte!«

Raoul, der beste Koch der Welt rief mich an, um mir das zu sagen?

»Kommsse hier und machse was. Merda!«

»Ich?! Warum ich?«

»Isse deine Freundin!«

»Wie geht's denn deinem Hotel sonst so? Und warum überhaupt ein eigenes? Ich dachte, du bist bei Ferran Adrià im El Bulli?«

»Nixe mehr Bulli, bin iss keine Laborratte. Weissu, meine ganze Lebe habe ich gekocht mit 'de Gessenke von 'de Natur. Wasse machte de grosse Ferran Adrià? Nixe Magie! Mixte mitte quimica. Dasse Frass schlimmer wie ausse Dose. Merda! Habe iss genomme Restaurante von meine alte Onkel. Läufte prima. Bisse Wilma tauchte auf. Und dann ihre Brautigam. Diesse Acki fährte mit de bicicleta die ganze Tage oder ssitzte mitte Männer auf die Markteplatze, und die Wilma hatte Langeweiligkeit. Hatte Wünsse alle fünf Minute für de Hochzeit. Ich ssage: Lasse mir mache. Wirrte alles gute. Aber Ssie ssagte, nixe lasse mache, ssie will alles, wie ssie will ... Em toca els collons!«

»Das hättest du dir doch denken können. Warum hast du ihr zugesagt für die Hochzeit?«

»Wie kannte iss ssage nein, wenn gar nix wurde gefragt? Ha?! Sstehte hier plötzlich mitte fumfe Kofferkistekaste und ssagt, iss brauche de Burgermeister für Trauung. Gansse Dorf isse ausse die Häuser.«

»Tja, Raoul, warum soll es dir besser gehen als uns? Verstehst du, ich hatte hier alles fast fertig organisiert. Aber Wilma muss sich ja mit mir streiten, weil sie den Knipser eingeladen hat.«

»Was?! De Idiota kommte hierher?! Jetzt?«

Ich wusste, dass ihn das auf die Palme bringen würde. Wenn es noch jemanden gab, der den Knipser so wenig leiden konnte wie ich, war es Raoul – außer Doktor Thoma natürlich. Der hatte bei der ersten Begegnung die teuren Schuhe des Knipsers mit einer Pipilache bedacht.

»Sieht so aus.«

»Joder! Iss bin an Arsche ...«

Statt den Krieger in sich zu mobilisieren und schon mal eines der scharfen Messer zu wetzen, war der kleine Katalane kurz vorm Nervenzusammenbruch. Er sah sich und seine Kunst drangsaliert von Wilmas Willen, alles genau so haben zu wollen, wie es ihr in den Kopf kam, und das konnte alle zwanzig Minuten was anderes sein ... Und dann noch Leute einzuladen, die dem Chefkoch nicht behagten. Und mit dem nächsten Satz bestätigte sich auch schon mein Gedanke.

»Sse wille dreisstockige Eistorte! Einemeterundnochwieviele! Wie? Iss frage diss, wie?! Bin ich *Hilton*-Hotel? Iss habe Kuhlschranke hier, aber keine Tiefkühlhausse. Und ssie hat mir gezeigt ihre Hochzeitskleide – isse Hossenanzug! In de Sstandesamte, hier?! Ohne Hemd unter de Jacke. Halbenackte. Maggie! Bitte, spriss mit ihr! Iss werde verruckt.«

Mein Mitleid hielt sich, ehrlich gesagt, in Grenzen. Aber immerhin hatte mir Raoul vor gar nicht so langer Zeit das

Leben gerettet, also war ich aufgerufen, ihm ein wenig Zeit zu schenken.

»Raoul«, sagte ich. »Wilma ist eine Braut. Sie macht das zum ersten Mal. Sie ist nervös. Und wenn Acki ihr keine Hilfe ist, weil er den ganzen Tag mit dem Fahrrad herumdüst, dann wird sie eben noch nervöser. Kannst du ihr nicht irgendeine Aufgabe geben? Ist nicht vielleicht euer Dorffriseur krank? Hast du eine alte Tante, die mal dringend einen neuen Haarschnitt braucht? Und dann kommen alle Tanten aus dem Dorf und wollen auch so schön aussehen! Das kriegst du doch hin, oder? Und den Knipser musst du einfach nur vergiften, da wird dir schon was einfallen. Der ist allergisch auf Soja und Erdbeeren ... Oder wirf ein Messer, das kannst du doch.«

Am anderen Ende war es still. Ich hörte ein Knacken in der Leitung. Dachte Raoul nach oder war er schon einem Herzinfarkt erlegen? Plötzlich sagte er: »Gràcies. Du bisste genial ... Tante Emela!«, rief er, und mir platzte beinahe das Trommelfell. »Tante Emela..! Ah, wo isse die Frau?!« Dann hörte ich im Hintergrund Türen klappern, dann den rasanten Wortschwall einer weiblichen Person, vermutlich Tante Emela, dem Raoul mit einem ebenbürtigen Stakkato antwortete. Irgendwie schienen sich die beiden zu einigen, und Raoul sagte nur noch: »Iss werde verssuche und Tante Emela auch. Iss melde mir wieder. Adéu!«

Was war denn nur in Wilma gefahren? Vermutlich die schiere Panik. Das wäre die einfachste Erklärung. Das hatte sie nun davon. Ohne ihre Freunde, fern der Heimat, in einem, wie ich vermutete, abgelegenen pittoresken katalanischen Bergdorf, viele Kilometer vom schicken Barcelona entfernt, aber mit dem festen Willen, ihre Heiratspläne dort zum

Abschluss zu bringen. Da konnte sie mal sehen, wie das ist, ein Niemand zu sein. In diesem Dörfchen kannte keiner das Ex-Model und die derzeitige Friseurgroßmeisterin Wilma Korff, und es scherte wahrscheinlich weder Tante Emela noch alle anderen Tanten und Onkels, welche Labels Wilma an ihre 1,85 hängte und ob sie eine Eistorte bekam oder nicht. Ich guckte Doktor Thoma an, der mir den Weg in die Küche versperrte, und sagte: »Weißt du, ich empfinde doch Belustigung bei dem Gedanken daran – Wilma verratzt in Villariba.«

»Maoooo«, gab Doktor Thoma von sich, und es klang kläglich.

»Was ist? Stimmt was mit dem Service nicht?« Ich stieg über den Kater hinweg, betrat die Küche und verlängerte auf der Stelle im Geiste meine Einkaufsliste für Montag um mehrere Meter. Die Kühlschranktür stand offen, der Fußboden war übersät mit Papier und Plastikfetzen. Was darin gewesen war, befand sich nun in Doktor Thomas Magen.

Ich raufte mir die Haare. »Das ist unser Todesurteil! Noch habe ich keine eigene Wohnung, du verrücktes Vieh!« Ich fiel auf die Knie und klaubte unter der Spüle ein Fitzelchen Salami hervor. Doktor Thoma kam mit einem Satz auf mich zu und biss mir in den Finger.

»Du verfressener Pelzsack! Räum gefälligst auf, wenn du hier schon solche Orgien feiern musst.«

Statt einer Antwort rülpste er laut, leckte sich die Schnauze und schlug mit dem Schwanz auf den Boden.

Aus der Ecke neben dem Besenschrank kam ein klägliches Maooo. Mein Kopf flog herum, ich starrte den Kater an. Der machte runde Augen und drehte die Ohren nach hinten. Dann lugte ich um die Ecke und sah eine zierliche, weiße Katzendame, die sich zwischen Schrank und Wand gequetscht hatte. »Oh, wir haben also Besuch! Doktor Thoma hat zum Essen eingeladen ... Komm da raus, Pussy, oder ich rasier dir die Schnurrhaare.«

Ich kickte die Küchentür mit dem Fuß zu, riss das Küchenfenster auf und scheuchte beide Katzen hinaus. Doktor Thoma landete mit einem dumpfen Plumps auf Gerrits Terrasse. Ich rannte ins Bad, schloss dort das Fenster, um die Rückkehr der Raubtiere zu vereiteln, und machte mich an die Aufräumarbeiten, die eine Komplettreinigung des Kühlschranks und des Fußbodens einschlossen. Danach war ich völlig geschafft und hungrig wie ein Wolf. Aber wohin sollte ich gehen? Das *Café Madrid* verbot sich eigentlich von selbst. Einen Abend mit einem muffeligen Kai-Uwe Hasselbrink zu verbringen war ein noch selbstmörderischer Gedanke, als hier auf Winnie zu warten, der irgendwann nach Hause kommen würde, den Kühlschrank leer vorfand und dann wahrscheinlich von seiner Dienstwaffe Gebrauch machen würde, wenn ich ihm beichten müsste, dass Doktor Thoma seinen geliebten Erdbeersahnejoghurt mit einer Katzendame geteilt hatte. Ich entschied mich dann doch für das *Café Madrid*. Von was mir jetzt genau schlecht würde, war eh schon egal.

Manche Entschlüsse bereut man sofort – manche etwas später. Die Kneipe war leer, und kalt war es auch. An unserem Stammtisch saß Elli und trank Bier. Sie war ungeschminkt und ihr Outfit, bestehend aus einem alten pinkfarbenen Wollpullover in der Größe eines Familienzeltes, darunter Leggins in Kermit-Grün und Lacksandalen, in denen sie noch nicht einmal Strümpfe trug, sprach Bände und ließ niemanden über ihren Gemütszustand im Unklaren.

Kai-Uwe hatte sich hinter der Theke in Sicherheit gebracht und sagte übertrieben freundlich: »Ach, Maggie. Wie schön, dich zu sehen. Soll ich dir ein Spiegelei mit Bratkartoffeln machen? Einen Kaffee? Ich lade dich ein.«

Ohne meine Antwort abzuwarten, eilte er in die Küche. Ellis Kopf drehte sich sehr langsam in meine Richtung. Ihre Augen hatten einen glasigen Schimmer und ihr Gesicht wirkte bei aller Fülle grau und eingefallen. Ich wusste nicht, was tun, und ging hinter die Theke, um mir einen Espresso zu machen.

»Mach mir noch'n Bier, aber zacko«, sagte Elli und ihre Stimme klang tief und grollend.

Ich schob eine weitere Tasse unter die Espressomaschine und sagte: »Nein.«

Ich hörte, wie Kai-Uwe in der Küche scharf die Luft durch die Zähne sog, und beugte mich durch die Küchenklappe. »Pass auf die Eier auf. Ich will keine Briketts.«

Die Kaffeetassen balancierend, durchquerte ich die Kneipe und näherte mich Ellis Tisch so vorsichtig, wie man sich einem verletzten Tier nähern würde, von dem man nicht weiß, wie es auf eine Sympathiebekundung reagieren wird. Als ich die Tassen abstellte, drehte sich Elli von mir weg.

Die ganze Zeit hatte Davidoff regungslos unterm Tisch gelegen. Bei Ellis Bewegung stand er auf und legte seine Schnauze auf ihren Oberschenkel. Sie tätschelte mechanisch seinen Kopf und zerdrückte das Krönchen – was ja normalerweise bei Strafe verboten war. Er ließ es sich gefallen und schloss ergeben die Augen.

»Kannste mir mal sagen, warum ich die ganze Scheiße mitmache?«, sagte sie plötzlich.

»Nein«, sagte ich. »Aber vielleicht erzählst du mir mal, was du mit ›die ganze Scheiße‹ meinst.«

»Da kann ich auch wieder auffem Kiez anschaffen gehen. Ich meine – der Pudelsalon und alles. Und Rudi. Das war alles für eine gemeinsame Zukunft. Kapiert der Kerl das nicht? Warum tut der mir das an?«

»Ja, was denn um Himmels willen?«

»Ich hab den gestern wieder gesehen, inne *Rote Laterne.*«

»Und deswegen hast du ihm eine reingehauen, als er nach Hause kam?«

»Ja, wat sollte ich denn sonst machen?«

»Vielleicht reingehen in die *Rote Laterne* und den Typ, den du für Rudi hältst, fragen, wer er ist? Oder den echten Rudi fragen, wo er war? Und dann seine Antwort abwarten, vielleicht?«

»Damit der mir irgendeine Lügengeschichte auftischt? Ich weiß doch, wie die Kerle sind. Die lassen sich von mir einen blasen und gehen währenddessen ans Handy und erzählen ihrer Alten, dat et im Büro leider später wird. Erzähl du mir nicht, wie man mit Männern umgeht, Prinzesschen. Ich hab Jahrzehnte damit zugebracht, mir die Kacke von denen anzuhören.«

»Als Domina hättest du denen wenigstens das Maul stopfen dürfen. Augen auf bei der Berufswahl, Frau Ruschkowsky.«

»Hast du'n Psychologen gefrühstückt?! Wer hat dich überhaupt gefragt?!«

»Ja, du doch! Oder wer redet hier die ganze Zeit?«

Elli schniefte und wischte sich mit der Hand durchs Gesicht.

»Okay, dann wird es auf eine Minute mehr oder weniger auch nicht ankommen. Vielleicht hörst du dir jetzt mal meine Kacke an, wenn es recht ist. Ich glaube, ich kann zur Klärung beitragen, bevor du dich restlos unglücklich machst. Und Rudi auch.«

»Was willst du mir schon erzählen, was ich nicht schon weiß?!«

»Na, wart's ab. Kai-Uwe, wo bleiben die Eier? Ich hab Hunger.«

Er kam an den Tisch gewieselt, stellte mit langem Arm den Teller auf den Tisch und flüchtete zurück in die Küche. Ich roch an den Eiern. Unverdächtig. Elli guckte auf den Teller und sagte: »Ich will auch was!«

»Ein gutes Zeichen. Hasselbrink, nochmal Spiegeleier für Elli«, rief ich in Richtung Küche.

»Doppelte Portion. Mit Gürkchen extra«, donnerte Elli. »Und Ketchup, wenne has!«

Keine fünf Minuten später balancierte Hasselbrink das Gewünschte an den Tisch. »Noch was zu trinken, die Damen?«, fragte er, ging aber vorsichtshalber einen Schritt vom Tisch zurück.

»Ne Flasche Cola, ne große. Ich muss wieder nüchtern werden.«

»Seh ich auch so.«

Erst als Elli und ich unsere Teller ratzekahl leergegessen und mit einem halben Liter Cola nachgespült hatten, sagte sie: »Und jetzt zu dir und deinen Erklärungen. Und komm mir nich' mit irgendeinem küchenpsychologischen Mumpitz aus der *Cosmopolitan* umme Ecke, sonst biste fällig, Prinzesschen.«

Kai-Uwe hatte wieder Posten hinter der Theke bezogen und war kurz davor, sich zu entspannen. Aber nach Ellis Ansage zog er sich erneut in die Küche zurück. Viel Vertrauen hatte er ja nicht in meine Fähigkeiten.

»Um es kurz zu machen, Elli. Rudi kann gar nicht in der *Roten Laterne* gewesen sein, weil er die ganze Zeit draußen vor der Trauerhalle auf Matti und mich gewartet hat. Danach sind wir zusammen zu Berti und haben Kartoffelsuppe gegessen, und dann ist Matti nach Hause gefahren, und Rudi wollte zu dir. Und da ist er hingelaufen, und wie ich ihn kenne, direkt – ohne einen Umweg über die *Rote Laterne* und die Arme einer blonden Frau zu machen.«

»Willst du mich verarschen?«, sagte Elli und schlug mit der flachen Hand auf den Tisch. Davidoff bellte, und sie sagte in sanftem, aber bestimmtem Ton: »Schätzcken, bleib ma' ruhig. Es reicht, wenn die Mama am Ausrasten is'.« Dann fixierte sie mich mit zusammengekniffenen Augen und zischte: »Verarsch mich nich.«

Ich glaubte, zwei verschiedene Menschen vor mir zu haben, und wäre ich mir meiner Sache nicht hundertprozentig sicher gewesen, dann hätte ich mir gewünscht, lieber unterm Tisch zu liegen und ein Hund zu sein. So aber sagte ich: »Nein. Tu ich nicht. Es ist, wie ich es dir sage. Und noch etwas: Als du Rudi eine getunkt hast, ist er da zu einer blonden Frau geflüchtet? Nein. Rudi war gestern bei Winnie und mir. Er hat bei uns übernachtet, weil du wie eine schwarze Witwe in seiner Wohnung gehockt hast. Er ist abgehauen, weil er nicht wollte, dass du noch mehr Unheil anrichtest – vor allem in seinem Gesicht.«

Elli warf ihr Handy mit lautem Knall auf den Tisch. Davidoff zog den Kopf ein.

»Guck selber – und dann sag mir nochmal, dass ich Scheiße erzähle.«

Ich klappte das Handy auf und traute meinen Augen nicht. Rudi auf einem Barhocker in der *Roten Laterne*.

»Elli, das kann nicht sein. Jetzt glaub mir doch!«

»Ja, was denn? Das ist doch Rudi. Oder hab ich 'ne Halluzi oder was?«

Ich schüttelte den Kopf. Konnte es möglich sein, dass Rudi ein Doppelleben führte? Aber wie denn? Von der Theke meldete sich Kai-Uwe Hasselbrink zu Wort. »Darf ich mal ... was sagen?«

»Nein«, sagten Elli und ich wie aus einem Mund, und ich setzte nach: »Mit Schalke hat das nichts zu tun!«

Sie nahm Davidoffs Leine, legte einen Fünfzig-Euro-Schein auf den Tisch und ging zur Tür.

»Elli, rede doch noch mal mit Rudi. Wer weiß, wer die Frau ist, vielleicht gibt's für alles eine simple Erklärung, vielleicht ist sie nur eine ...«

»Freundin?«, sagte sie resigniert. »Die Leier kenn ich. Und ich weiß, dass ich das nicht brauchen kann. Wenn der meint, er müsste noch mal schnell über 'ne andere rüberrutschen, bevor er zu mir kommt, hat er sich getäuscht.«

»Wann hast du das Foto denn gemacht?«, fragte ich, um einen letzten Rettungsversuch zu starten.

»Viertel nach elf.«

Ich zuckte mit den Schultern, tja, Rudi, da kann ich für dich jetzt leider auch nix mehr tun, da warst du tatsächlich nicht mehr bei Berti gewesen, sondern längst unterwegs.

»Siehste«, sagte Elli, »Noch Fragen? Aber eins sag ich dir. Die Alte krall ich mir, und danach sieht die aus wie 'ne zertretene Mülltonne.«

Nun ja, ich hätte Elli sagen können, wo sie ›die Alte‹ finden kann. Aber ich behielt mein Wissen lieber für mich – nicht auszudenken, was Elli in ihrem Zorn alles hätte anrichten können.

Kapitel 14

Von Hasselbrinks Telefon rief ich in Winnies Wohnung an. »Winnie, Maggie hier. Wie gut, dass du schon zu Hause bist. Ich muss unbedingt mit dir reden. Hier ist irgendwas total komisch.«

»Hier auch«, sagte er.

»Ja, ja, aber meins ist viel seltsamer. Wir müssen Elli helfen. Irgendwas stimmt mit Rudi nicht.«

»Was du nicht sagst«, antwortete er mit müder Stimme. »Erst mal würde ich sagen, dass mit meinem Kühlschrank was nicht stimmt.«

»Oh, das. Ich werde morgen einkaufen gehen. Versprochen.«

»Aber ich habe jetzt Hunger.« Wie sich die Nöte glichen?! Beinahe hätte ich gesagt: Geh zu Gerrit, bilde eine Selbsthilfegruppe, aber ich hielt mich zurück.

»Ich bring dir von unterwegs 'ne Pizza mit.«

Winnie seufzte. »Ich will keine Pizza. Ich geh jetzt ins Bett.«

»Macht der Fall Probleme?«

»Und wie.«

»Und Nikolaj?«

»Fünfundzwanzig SMS, und meine Mailbox hab ich abgeschaltet. Sei nicht so laut, wenn du nach Hause kommst.«

»Verstehe. Und der Tote?«

»Schickt keine SMS ... Und jetzt gute Nacht.«

Hasselbrink starrte mich an. »Ärger?«

»Sieht so Ärger aus?«, gab ich zurück.

»Irgendwie schon.«

»Nein, Hasselbrink. Ärger sieht so nicht aus. Kacke am Dampfen sieht so aus. Wenn Winnie nicht reden will, dann gibt es richtig was zum Nachdenken.«

»Ich meinte eigentlich die Sache mit Elli. Mein Gott, vor der muss man sich ja fürchten.«

»Du kannst beruhigt sein, du passt nicht in ihr Beuteschema.«

»Du hast Nerven, Maggie. Die hat mir den ganzen Laden leergemacht.«

»Nee, Hasselbrink. Hat sie nicht. Du machst deinen Laden selber leer. Mit deinem ewigen Schalke-Gefasel. Ich wette mit dir, dass niemand hier drin gewesen ist, bevor Elli aufgetaucht ist.«

Hasselbrink grummelte vor sich hin, und ich wusste, dass ich recht hatte. Und ich wusste, dass die fünfzig Euro noch lange nicht abgedient waren. Ohne Kai-Uwe zu fragen, ging ich in die Küche und inspizierte den Kühlschrank.

»Was soll das hier werden, Maggie?«

»Kühlschrankkontrolle.«

»Seit wann bist du beim Ordnungsamt?«

»Gar nicht. Ich brauche was für Winnie zum Essen.«

Da ich im Kühlschrank nichts fand, von dem ich glaubte, dass man es Winnie vorsetzen konnte, zog ich die Schubladen des Tiefkühlers auf.

»Was ist das?«

»Paella.«

»Ist die etwa noch von Raoul?«

Hasselbrink nickte. »Mein eiserner Vorrat.«

»Kann man das noch essen?«

»Bestimmt.«

Ich nahm die Tupperdose, fand eine Etage tiefer eine Packung Tiefkühlshrimps, die zwar verdächtig grau aussahen, aber das Haltbarkeitsdatum war vertrauenserweckend, griff mir eine Knoblauchzehe von der Anrichte und stopfte alles in meine große Umhängetasche.

»Danke«, sagte ich.

»Und was ist mit Bezahlen?«

»Ellis Fuffi und deine großzügige Einladung von vorhin, falls du die noch nicht vergessen hast ... Macht nach Adam Riese: Lass mich überlegen ... Genau. Rechnung beglichen. Gute Nacht! Ach so. Hast du noch so 'ne Tüte Tiefkühlpetersilie? Da ist sie ja. Danke, und wasch endlich deinen Bart. Da ist Ei drin.«

Kai-Uwe fiel die Kinnlade herunter. Wie hypnotisiert drückte er mir eine Zitrone in die Hand. »Das kannst du jetzt interpretieren, wie du willst«, sagte er und verschwand aus der Küche.

In der Wohnung war es still. Die Schlafzimmertür war zu. Von Doktor Thoma und seiner neuen Freundin war weit und breit nichts zu sehen. Der Casanova wusste, wann er den Bogen überspannt hatte.

Ich legte meine Beute in der Küche ab, holte das Telefon und schloss die Tür hinter mir. Dann wählte ich Raouls Telefonnummer. Während es in Spanien läutete, zündete ich den Gasherd an, der diesmal ohne Verpuffung seinen Dienst antrat, gab die tiefgefrorene Paella mit etwas Wasser in die Kasserolle und schob alles in den Backofen. Das alles, ohne eine Katastrophe anzurichten, obwohl ich die ganze Zeit den Telefonhörer unters Kinn geklemmt hatte.

Endlich nahm jemand am anderen Ende ab. Die Hintergrundgeräusche ließen darauf schließen, dass Raoul die Bude voll hatte und jede Menge zu tun.

»Raoul?«

»Wer?«

»Maggie hier. Ich brauche deine Hilfe. Wie brät man Garnelen?«, sagte ich mit gedämpfter Stimme.

Er schnaubte, aber bevor er etwas sagen konnte, kam ich ihm zuvor: »Bitte! Ganz schnell ... Ich weiß, du stehst in der Küche ... Aber es geht um Leben und Tod.«

»Deine Leben? Deine Tod?«

»Auch ... irgendwie. Kann ich dir nicht erklären, das ist zu kompliziert jetzt ...«

»Oliveöl, Knoblauch. Pfanne heiß. Shrimps braten, bisse Schale rot. Basta! Fertig.«

»Danke ... Woran sehe ich, dass das Öl heiß ist?«

»Wenne brennte Pfanne – Öl ware zu heiß! Adéu!«

Raoul hatte aufgelegt. Ich atmete tief durch und legte alles für das lebensgefährliche Experiment zurecht, goss Öl in die Pfanne, startete den Brenner und stellte mich in sicherem Abstand auf, um dem Fett beim Heißwerden zuzuschauen. Irgendwann stieg leichter Rauch auf, und die Oberfläche kräuselte sich. Von Weitem warf ich eine Handvoll Knoblauchzehen in die Pfanne. Das Fett spritzte, es knallte, noch mehr Rauch stieg auf, und ich geriet in Panik. Ich riss die Tüte mit den gefrorenen Shrimps auf und kippte alles auf einmal zum Löschen in die Pfanne. Als weiter nichts Schlimmes passierte, wagte ich es, den Regler für das Gas etwas herunterzudrehen und öffnete das Fenster, um den Rauch hinauszuwedeln. Zufrieden betrachtete ich meine Leistung. Wie aus dem Nichts verbreitete sich köstlicher Knoblauchduft in der Küche.

In der Pfanne vollzog sich die reinste Magie – aus den für meine Augen völlig abartig grau aussehenden Shrimps, die ich beinahe doch noch weggeworfen hätte, wurden plötzlich die orangeroten Dinger, wie ich sie gerne auf dem Teller hatte. Ach so, dachte ich, macht man das. Die sind gar nicht von Natur aus orange. Den letzten Satz muss ich wohl laut gesagt haben, denn hinter mir sagte Winnie: »Wer ist orange? Und warum riecht das hier so ... gut?«

Ich fuhr herum.

»Mein Gott. Musst du mich so erschrecken? Ich wollte dich überraschen.«

»Das ist dir gelungen. Eben wollte ich dich noch anschreien und dir vorschlagen, dass du dir eine Wohnung suchen sollst ... am besten noch gleich heute Abend. Aber das riecht ja super. Ich ändere meine Meinung: Morgen ist auch okay.« Er öffnete die Klappe vom Backofen und schnupperte.

»Meinst du das ernst? Du willst mich rauswerfen?«

»Nein, nicht rauswerfen, nicht direkt. Aber ich glaube, es wäre besser, du würdest dich sehr bald nach einer anderen Bleibe umsehen.«

Ich schluckte und drehte mir eine Zigarette, damit Winnie nicht sah, wie sehr meine Hände zitterten.

»Ist Raoul in der Stadt?«, sagte Winnie und zog sich einen Stuhl heran.

»Nein. Das ist die letzte Portion Paella. Sozusagen ein Lebewohl aus der Tiefkühltruhe des *Café Madrid*.«

»Und Hasselbrink hat die hergegeben?«

»Nicht ganz freiwillig. Aber ich bin lieber mit ihm zerstritten als mit dir. Also, wegen des Kühlschranks und so. Und dem Kater. Na ja. Und du hast dich echt nicht gut angehört vorhin. Da dachte ich: Essen ist gut. Und von Raoul gekochtes Essen ist noch viel besser.«

»Du musst die Shrimps retten.«

Ich machte die Gasflamme aus. Winnie holte einen Teller aus dem Schrank und Besteck aus der Schublade.

Ich ging ins Wohnzimmer und fläzte mich auf die Couch, um eine Zigarette zu rauchen.

»Soll ich alleine essen?«, rief Winnie.

»Hab ich einen Teller?«

»Ich dachte, du hast schon gegessen ... Spiegelei, wenn ich die gelben Flecken an deiner Backe richtig deute.«

Ich rubbelte mit dem Pulloverärmel in meinem Gesicht herum.

»Jetzt hab dich mal nicht so ... ich geb dir auch eine Garnele ab.«

»Nee, jetzt will ich nicht mehr. Sag Bescheid, wenn du fertig bist.«

»Was ist denn mit Elli«, rief Winnie, als er wenig später die letzten Reiskörner von seinem Teller kratzte. Ich setzte mich an den Küchentisch und sagte: »Rudi geht fremd. Sie hat ihn sogar dabei fotografiert. Elli ist in einem fürchterlichen Zustand. Ich hab immer gedacht – die beiden – da geht keine Briefmarke dazwischen.«

»Hm«, machte Winnie und holte zwei Flaschen Bier aus dem Kühlschrank.

»Was, *hm*?«

»Dann ist das aber Rudis kleineres Problem.«

Winnie hieb den Kronkorken an der Tischkante ab und trank.

Ich nickte und sagte: »Wenn du solche Heterosachen machst, dann gibt's wirklich ein Problem. Du bist immer noch im Sherlock-Holmes-Modus.«

»Ja, leider.«

»Jetzt spann mich nicht auf die Folter. Ich sag's auch niemandem weiter.«

Winnie setzte sich, und ich betrachtete fasziniert das Muskelspiel an seinen nackten Armen, während er mit der Bierflasche herumspielte. Nikolaj, du bist ein Idiot, so toll kann es in Kanada doch gar nicht sein. Endlich stellte Winnie die Flasche hin und sagte: »Wir haben Rudis Fingerabdruck gefunden ... Stopp! Nichts sagen, was aus CSI sein könnte, Maggie. Alles, was die im Fernsehen wissen, wissen unsere Jungs und Mädels auch.«

»Ja ... okay ... dann kommt jetzt noch was Schlimmeres?«

»Genau. Rudis DNA – an der Leiche – unter den Fingernägeln und im Teppich. Wir konnten das ja alles sehr schnell vergleichen, weil wir seine Daten noch haben.«

»Und das kann nicht davon kommen, dass Rudi den Toten gefunden und angefasst hat? Eventuell?«

»Nein. Dafür ist zu viel davon im Teppich – und an der Leiche.«

Es war, als hätte mir Winnie die Bierflasche auf den Kopf gehauen. Ich sank auf dem Stuhl zusammen und starrte auf die Überreste der gehäuteten Meerestiere, die er zu einem Turm aus Rückenpanzern und dünnen Beinchen aufgeschichtet hatte.

»Hast du ihn verhaftet?«, fragte ich nach einer Weile.

»Noch nicht. Ich weiß nicht, was ich davon halten soll, ehrlich gesagt. Ich erlaube mir, noch einen Tag zu warten. Morgen gebe ich das Foto des Toten an die Tageszeitungen. Wir konnten ihn bis jetzt nicht identifizieren.«

»Weiß Rudi Bescheid?«

»Nein.«

»Hast du mit Matti geredet?«

Winnie schüttelte den Kopf. »Ich möchte wissen, welche Verbindung zwischen Rudi und dem Toten bestanden haben könnte. Irgendwas ist faul, deswegen zögere ich mit der Verhaftung. Wenn der jemanden umgebracht hätte, wäre er doch schon längst weg.«

»Oder er weiß es nicht mehr, wie damals, als der den Filmriss hatte, als er seine Mutter ... du weißt schon.«

Winnie zuckte die Achseln. »Trinkst du dein Bier nicht?«

»Nee. Was sagt denn der Staatsanwalt dazu? Ich meine, musst du denn nicht Bericht erstatten oder so was in der Art?«

»Nun ja ...«

»Und dein Kollege Seidel? Was treibt der in diesem Fall. Warum war der eigentlich mit im Callcenter?«

»Ach, die haben Probleme mit verschwundenen Sachen. Seidel hat das auf den Tisch gekriegt. Und er nutzt jede Gelegenheit, um sich wichtig zu machen.«

»Hm.«

»Ich musste ihm ein bisschen die Daumenschrauben anlegen. Er hat natürlich mitgekriegt, wie die ersten Laborergebnisse ausgefallen sind. Aber das ist mein Fall – und er muss sich geschlossen halten.«

»Aha. Gestohlene Dinge im Callcenter?«

»Nein, im Lager. Die Firmenleitung hatte schon selbst Nachforschungen anstellt. Weit sind sie bislang nicht gekommen, deswegen haben sie uns drauf angesprochen, als wir Kontakt aufgenommen haben. Dieser Mister Jones ist ganz schön zackig, wenn du mich fragst. Als der bei Quality-TV vor mir hergelaufen ist, hatte ich immer den Jerry-Cotton-Marsch im Ohr.«

»Ex-Marine. Man munkelt, hochdekoriert aus dem Irak zurückgekommen. Man gewöhnt sich dran.«

»Ist der schwul?«

»Winnie! Seine Hosen sind zu kurz. Das muss dir doch aufgefallen sein.«

»Ja, aber an ihm sieht es irgendwie sexy aus. Und dieser Gang ... So, jetzt habe ich dir meins gezeigt, jetzt wäre es an der Zeit, dass du mir deins zeigst.«

»Was denn?«

»Nun ja, was sagt zum Beispiel der Flurfunk über die Diebstähle.«

»Nichts. Nur Gerüchte. Es ist in dem Laden bekannt, dass da Sachen verschwinden. Man hört ja so einiges.«

»Auch Namen?«

»Gerüchte, Gerüchte. Ich habe neulich einen Body für Elli bei einer Kollegin gekauft. Walburga Stein heißt die. Sozusagen unterm Tisch. Für die Hälfte. Der wird ja wohl irgendwo hergekommen sein. Und es wird gemunkelt, dass die Sachen von diversen Leuten auf dem Flohmarkt an der Dortmunder Uni verkauft werden. Vielleicht hat der Seidel am Samstag Zeit.«

»Maggie. Von wem weißt du das?«

»Vom Flurfunk. Sag ich doch.«

»Und wie heißt der Flurfunk mit Nachnamen?«

»Das sag ich nicht.«

»Soll ich es aus dir rausschütteln?«

»Ach ja, bitte, Herr Kommissar. Mein Abend war noch nicht aufregend genug.«

Winnie grinste mich an, nahm meine Bierflasche und trank sie in einem Zug aus.

»Und wenn alle Bescheid wissen in dem Laden, wieso sagt es keiner der Firmenleitung? Wenn man Kenntnis hat von einer Straftat, dann sollte man es melden. Und im Übrigen machst du dich selbst strafbar, wenn du wissentlich Diebesgut kaufst. Ist dir das klar?«

»Und wie mir das klar ist – aber ich weiß doch nicht, woher Walburga das hat. Was sollte ich mir darum Gedanken machen? Und was das Melden von Straftaten angeht: Wie du weißt, habe ich Erfahrung in solchen Dingen. Denk mal nach. Das letzte Mal, als ich ein Verbrechen gemeldet habe, hatte ich sehr schlechte Kritiken – und zwar von dir, Sherlock. Warum sollte ich mich also da einmischen? Die Firma kriegt ihren Ramsch sowieso von der Versicherung ersetzt. Steck dem Seidel den Tipp mit dem Flohmarkt, dann kann er damit anfangen, was er will, oder auch nicht. Und noch mal: Ich möchte nicht genannt werden.«

Und wie Seidel was damit anfangen würde. So gut hatte ich Winnies Kollegen bereits kennengelernt. Er war wie ein Terrier auf dem Kriegspfad. Außerdem würde ich damit zwei Fliegen mit einer Klappe schlagen. Erstens wäre Ellis vermeintliche Konkurrentin aus dem Weg geräumt, ohne dass ich auch nur einen Finger krumm machen musste, und zweitens würde Seidel sich nicht in Winnies Ermittlungen einmischen oder voreilige Gespräche mit dem Staatsanwalt führen, die mit Rudis Verhaftung endeten. Denn was auch immer ich über Rudi wusste – und das war einiges – unter anderem, dass er, kaum volljährig, seine Mutter im Affekt erschlagen hatte, konnte ich mir nicht vorstellen, was er mit dem Mann im Teppich zu tun haben könnte. Da waren Winnie und ich mal ausnahmsweise einer Meinung. Und wenn doch – warum legt er den Toten dann ausgerechnet in Mattis Sarg? Und dann auch noch so, dass alle Beweise mit dem Finger auf ihn selbst zeigen?

»Worüber denkst du nach?«, fragte ich Winnie, der mittlerweile mit der leeren Flasche auf dem Tisch Flaschendrehen spielte.

»Rudi tut mir irgendwie leid. Ich weiß auch nicht. Er kommt irgendwie nicht auf einen grünen Zweig. Ich frage mich, warum«, sagte Winnie gedankenverloren.

»Mieses Karma. Meinst du, wir sollten unseren Doktor Herzig anrufen?«

»Vielleicht. Warten wir den morgigen Tag ab, was das Foto in der Zeitung bringt.«

Ich musste lachen. Winnie guckte mich unverwandt an. »Was gibt's da zu lachen?«

»Der Herr Kommissar denkt tatsächlich darüber nach, unseren Lieblingsanwalt anzurufen, bevor er einen Tatverdächtigen verhaftet. Das finde ich schon komisch.«

»Auch ich habe menschliche Regungen. Und ich mag Rudi eben.«

»Eben – du bist befangen. Du kennst den Beschuldigten zu gut.«

Winnie holte noch ein Bier aus dem Kühlschrank. Diesmal nahm er den Flaschenöffner.

»Wie hältst du das eigentlich nervlich aus?«, fragte ich.

»Gar nicht. Ich brauche Urlaub. Ich freue mich auf die paar Tage in Spanien ... Endlich wieder vernünftiges Essen ... Sonne ... und ...«

Winnie kam nicht dazu, den Satz zu Ende zu sprechen, denn es klingelte Sturm. Er warf einen Blick auf die Küchenuhr. »Wird das hier zum Running Gag?«

Ich ging zur Tür. »Sollen wir wetten, wer es diesmal ist?«

»Egal, wer es ist ... ich habe jetzt schon Mordgelüste.«

Kapitel 15

Wir hätten beide die Wette verloren, denn weder war es unser Nachbar auf der Suche nach Nahrung, noch war es Rudi auf der Flucht; und es war auch nicht Nikolaj auf der Suche nach seinem Tortiki.

Schon am Schritt erkannte ich Elli, die die Treppe heraufpolterte. In der Tür gab es ein kleines Gerangel, denn Oma Berti hatte Elli eingeholt und wollte unbedingt zuerst hinein. Ellis Gesicht war knallrot, ihre Augen schleuderten Blitze und sie schnaufte wie ein Stier vorm Angriff. Oma Bertis Wollmütze saß schief, ihr Mantel war falsch zugeknöpft, und an den Füßen hatte sie immer noch ihre Hauspuschen. Sie schoben mich von der Tür weg und marschierten stracks in Richtung Küche.

»Was verschafft mir die Ehre? Kommt doch rein«, sagte Winnie, als die beiden längst am Küchentisch saßen.

»Winnie«, keuchte Oma Berti, »Winnie, hol deine Knarre aussen Schrank.«

Elli sank, kaum dass Berti den Satz beendet hatte, in sich zusammen und weinte hemmungslos. Winnie gab mir ein Zeichen. Ich verstand und machte mich auf den Weg, um von Gerrit eine zweite Flasche Whiskey zu erbitten oder irgendwas anderes Hochprozentiges, was er vielleicht noch im Schrank hatte. Als ich auf den Flur trat, hörte ich Winnie sagen: »Jetzt mal langsam, Oma. Erst mal beruhigen, bitte. Ich mache Kaffee.«

Ich nahm drei Stufen auf einmal und brauchte gar nicht erst zu klingeln.

Gerrit öffnete mir die Tür und sagte nur: »Was?!«

»Ich brauche ...«

»Eventuell einen Hinweis darauf, wie man sich sozialverträglich verhält?«

»Winnie schickt mich, Herrgott, ein Notfall. Wir brauchen Hochprozentiges.«

»Wird das jetzt zur Gewohnheit?«

»Oma ist da und Elli auch und die beiden verlangen nach Schusswaffen. Wir müssen ... irgendwas tun.«

Gerrit ging ins Wohnzimmer und öffnete seinen Spirituosenschrank. »Haben Sie wenigstens schon gefragt, was die beiden Damen mit den Waffen wollen?«

»Jemanden erschießen, was denn sonst! Also, was aus dieser Batterie kann ich haben?«

Gerrit drückte mir eine halbvolle Flasche Cognac in die Hand. »Das sollte genügen, um die beiden Damen etwas zu beruhigen.«

»Danke.«

»Und wenn Sie das nächste Mal Paella mit Garnelen machen, dann laden Sie mich gefälligst ein. Ich sehe seit den Ereignissen der letzten Tage unsere gute Nachbarschaft in arge Mitleidenschaft gezogen.«

»Winnie will, dass ich ausziehe. Also geben Sie sich keine Mühe, so geschwollen daherzureden. In ein paar Tagen wird es wieder so, wie es immer war. Zwei schwule Hühner auf dem Weg nach vorgestern. Sie können wieder zusammen vorm Spiegel Modenschauen veranstalten. Und kein Pelztier wird jemals wieder in Ihre Privatsphäre eindringen und Mundraub begehen. Gute Nacht.«

Als ich Gerrits Wohnungstür hinter mir zuknallte, hörte ich ihn sagen: »Aber von Ausziehen habe ich doch gar nichts gesagt.«

Aber gedacht.

Winnie hatte zwischenzeitlich Kaffee auf den Tisch gestellt. Berti und Elli scharrten mit den Hufen, was den Schneematsch, den sie mit hereingebracht hatten, unterm Tisch verteilte. Winnie goss in aller Seelenruhe den Cognac in die Kaffeetassen, bevor er sagte: »So. Erst einen Schluck trinken.«

Die beiden nippten brav an ihren Tassen.

»Gut. Und jetzt, bitte, wer möchte anfangen?«, sagte Winnie.

Elli und Berti fingen gleichzeitig an zu reden. Aber Elli brach mitten im Satz ab und schluchzte. Berti tätschelte ihr die Hände und sagte: »Lass mich dat erzählen, du bis einfach zu fertich.«

»Fang am besten vorne an«, sagte Winnie.

»Die Elli war vorhin im *Café Madrid*, da hat'se sich mit Maggie gestritten und dann isse nach Hause gegangen.«

Ich nickte. Und Winnie sagte: »Aha. Und dann?«

»Dann kam nach 'ne halben Stunde plötzlich der Rudi bei Elli vorbei. Sich lang und breit am entschuldigen, er könnte nix dafür, dat sie denkt, er hätte 'ne andere.«

»Der hat mich schwindelig gequatscht«, heulte Elli auf. »Und ich dumme Kuh, ich lass mich auch noch drauf ein.«

»Äh, ja ... und dann?«, fragte Winnie.

»Die Maggie hat gesacht, ich soll ihm ne Schangse geben. Ich sollte nicht gleich so auf den losgehen. Ich mein, ich hab dem ja eine getunkt, weil ich hab den ja fotografiert.« Zum Beweis legte Elli ihr aufgeklapptes Handy auf den Tisch, und Winnie und Berti beugten sich darüber und sagten beide: »Au weia!« Wobei Winnie anfügte: »Arg unscharf, Elli. Woher willst du ...«

Bevor Elli einen Schreianfall kriegte, fuhr Berti ihrem Enkel in die Parade.

»Egal, sie weiß et eben. Und für mich sieht der auch aus wie Rudi. Jedenfalls, ma weiter im Text: Der geht aufs Klo, und die Elli schnappt sich dem sein Handy, um sich die Nummern anzugucken oder ob da irgendwelche verfängliche Simmse drauf sind, und dann ruft'se die Fotos auf – und wat glaubse, gibbet da zu sehen?«

Elli nestelte ein weiteres Handy aus ihrer Tasche und legte es mit spitzen Fingern auf den Tisch.

»Ist das Rudis Handy?«, fragte Winnie.

Elli und Berti nickten.

»Und wo ist er jetzt?«

»In meinem Bad. Eingesperrt. Ich hab'n Stuhl unter die Klinke geklemmt.«

»Oh«, sagten Winnie und ich.

»Willze denn gar nich sehen, wat da drauf is?«, sagte Oma Berti und boxte ihren Enkel in die Seite.

»Ich muss wohl.« Winnie klappte das Handy auf. »Oh.«

Ich guckte ihm über die Schulter. »Ach, die Fotos von der Leiche im Teppich«, sagte ich. »Die hat er doch schon bei Berti am Küchentisch gezeigt. Als wir Kartoffelsuppe gegessen haben.«

Nun wurde ich von Winnie und Elli angestarrt. Berti sagte: »Ja, ja, darum geht et eigentlich auch gar nich.«

»Worum denn dann? Ich weiß, dass ist nicht ganz die feine englische Art, Fotos von Mordopfern zu machen ... aber ...«, sagte ich.

»Ich kenn den Kerl!«, schrie Elli. »Darum geht es! Der Rudi hat den umgebracht!«

»Nur, weil du den kennst?«, sagte ich.

»Moment, Moment«, Winnie hob beide Arme. »Augenblick mal. Und jetzt in Ruhe. Elli, antworte bitte nur auf meine Fragen.«

Elli nickte. Berti nahm einen Schluck Kaffee und lehnte sich auf dem Stuhl zurück.

»Wer ist der Mann?«

»Ein Bekannter. Der heißt Dieter Macke. Ich weiß nich', wo der wohnt, den kriegste nur auffem Handy.«

»Okay. Woher kennst du den?«

»Na, woher schon ... Frag doch nicht so blöd.«

»Also war er ein Kunde, und deswegen glaubst du, hat Rudi ihn getötet – und überlässt dir noch sein Handy, damit du das siehst?«

»Ja! Nein ... Der war nicht mehr mein Kunde. Ich war jetzt seine Kundin, meine Fresse, kapier doch mal, der Mann ist Privatdetektiv. Ich hab den vorige Woche auf den Rudi angesetzt, weil ich wissen wollte, ob der fremdgeht. Kapierste jetzt endlich? Der Rudi ist dahintergekommen und hat den umme Ecke gebracht, damit das nicht rauskommt, dass er mich betrügt.«

Winnie fuhr sich mit beiden Händen durch die Haare. Ich war mir sicher, dass er himmlischen Beistand herbeisehnte.

»Hatte der Detektiv denn schon geliefert?«, fragte er.

»Nee. Ich weiß nur, dass er dem Rudi auf den Fersen war. Der Macke wollte Fotos machen, damit ich was in der Hand hätte. Der hat das ja nur so nebenbei gemacht. Nur für mich, weil er mich so lange kennt, verstehste, der war an was ganz anderem dran eigentlich – in Düsseldorf oder 'ne Firma in Düsseldorf. Aber er hat gesagt, das kriegt er schon hin ... weil durch die Sache in Düsseldorf hätte er auch in Bochum was zu tun gehabt. Und der war kein Anfänger, der macht das schon seit Jahren!«

Winnie schwieg. Berti goss noch mal Cognac in die Tassen. Da Winnie bei seinem Bier blieb, nahm ich seine Tasse und ging ins Wohnzimmer. Kai-Uwes Spiegeleier machten sich unangenehm bemerkbar, und ich hoffte, der Cognac würde wenigstens dieses Problem lösen.

»Ihr beiden bleibt hier. Ich fahre zu Ellis Wohnung«, befahl Winnie. Von Elli und Berti kam keine Widerrede.

Die Schlafzimmertür klappte zu und ich hörte, wie Winnie mit seinen Kollegen telefonierte. Wenige Minuten später war er angezogen, schaute kurz ins Wohnzimmer und sagte leise: »Du passt mir auf die beiden auf. Wenn die weg wollen, bevor ich hier wieder angerufen habe, darfst du sie mit der Bratpfanne ruhig stellen.«

»Auch deine Oma?«

»Die vor allen Dingen.«

»Darf ich Matti anrufen?«

»Nein. Das mache ich. Niemand ruft hier irgendjemanden an. Kapiert?«

Ich nickte, ging an Winnie vorbei in die Küche und goss mir Cognac nach.

Hinter Winnie klappte die Wohnungstür zu und dann waren wir drei Grazien allein. Die Küchenuhr tickte, ich rauchte und trank Kaffee mit Cognac. Elli schluchzte. Berti trommelte mit den Fingern auf der Tischplatte herum.

Nach zwanzig Minuten hielt ich es nicht mehr aus und sagte: »Ich ruf jetzt den Herzig an.«

»Warum?«, fragte Elli lahm.

»Darum. Weil Rudi, egal, was er gemacht hat, einen Anwalt brauchen wird.«

»Meinetwegen nicht«, sagte Elli und verschränkte die Arme vor der Brust. »Von mir aus soll der in 'ner Zelle schmoren, bis er schwarz wird.«

»Wat soll der Herzig denn für den tun? Der Fall ist so klar wie nix sonz auffe Welt«, sagte Berti und verriet damit, dass sie längst von Winnie wusste, was für Spuren er an der Leiche im Teppich gefunden hatte.

Ich schüttelte den Kopf. Ich konnte es nicht glauben. Ich

wollte es nicht glauben.

»Wat is?«, fragte Berti. »Der hat bei mir verschissen bis inne Steinzeit. Und fertich. Der Matti tut mir leid. Wat hat der allet für den Rudi getan. Dem die Ausbildung bezahlt und allet. Wat 'ne Enttäuschung.«

»Ja, was für eine Enttäuschung«, und damit meinte ich beide Katastrophenszenarien: Rudi schuldig oder unschuldig – aber in jedem Fall von allen guten Geistern verlassen. Ich nahm das Telefon, ging damit ins Wohnzimmer und wählte Herzigs Privatnummer. Er hob nach dem ersten Läuten ab und war nicht im Mindesten erstaunt über meinen Anruf zu so später Stunde. »Ich weiß, Frau Abendroth. Ich bin sozusagen schon auf dem Weg ins Präsidium.«

»Hat Winnie Sie informiert?«

»Ja.«

»Und wie sehen Sie den Fall?«

»Nach allem, was ich weiß, sehe ich schwarz.«

»So wie alle hier. Grüßen Sie Rudi von mir. Ich kann das immer noch nicht glauben.«

»Aber das Labor lügt nicht. Verstehen Sie, die meisten Leichen verraten einem wirklich, wer der Täter ist. Und in diesem Fall – also, DNA – wie Winnie mir sagte. Frau Abendroth, da kann ich nicht viel mehr bewirken als Schadensbegrenzung, und selbst das wird so gut wie nichts besser machen. Ich wäre froh, wenn Rudi gestehen würde und wir dem Gericht beweisen, dass er unzurechnungsfähig ist. Das wäre für ihn das Beste.«

»Wenn Sie es sagen. Sie sind der Anwalt.«

»Ich muss jetzt los.«

»Natürlich. Viel Glück. Grüßen Sie Carmen.«

»Wenn sie sich meldet. Sie ist nach einem Hilferuf von Wilma in Richtung Spanien abgerauscht. Ich glaube, unsere Braut hat ein paar Planungsprobleme.«

»Na, dann.« Ich legte auf. Wenn Carmen zu Hilfe eilte, stünden die Chancen gut, dass Raoul die Hochzeit überleben würde, und auch sein guter Ruf im Dorf. Für Carmen war kein Parkett zu glatt. Mit dem Charme einer Millionärswitwe würde sie die Sache – und vor allem Wilma – in den Griff kriegen.

Während in Villariba die Fiesta also noch geplant wurde, gingen in Villabacho grad alle Lichter aus.

»Kann die Elli sich hier ma hinlegen?«, fragte Berti leise. Ich erschrak, so tief war ich in Gedanken versunken.

»Natürlich. Ich bringe ihr eine Decke.«

Als Elli endlich auf dem Sofa lag, zog Berti die Wohnzimmertür zu und kam in die Küche.

»Ich hab da wat für dich«, sagte sie und holte einen Zettel aus ihrer Jackentasche. »Hat der Pohl vorbeigebracht.«

»Wer ist der Pohl?«

»Benno Pohl. Vom Maklerbüro. Der is Stammkunde an meine Bude. Kannz dich ja ma bei dem melden.«

»Ich hab kein Geld für einen Makler!«

»Er sacht, er hat auch Buden, die wären provisionsfrei.«

»Aha.«

»Ja nix, aha. Ruf den an, gleich morgen. Je schneller du wat Eigenes has, desto besser. Ich glaub nämlich, dat der Winnie und der Nikolaj, also, ich glaub, dat is endgültig vorbei.«

»Das glaub ich auch. Winnie macht meinem Chef Mister Jones bereits schöne Augen.«

»Ach, Quatsch.«

»Nix, Quatsch. Auf jeden Fall lenkt er sich ab.«

»Dat wird ja wohl noch erlaubt sein unter Erwachsenen.«

»Wenn du es sagst. Was hat eigentlich deine Recherche ergeben?«

Berti zuckte die Schultern. »Nix soweit. Der alte Schmicke is' im Altenheim, sacht seine Tochter. Alzheimer. Und die

Triene wohnt gezz in dem seine Wohnung. Ging ja flott, hab ich zu der gesacht und ihr die Heftchen gegeben. Vielleicht will er'n bissken Bildchen gucken. War ja nur nett gemeint. Ich hoffe, die bringt dem die auch. Hätt' ich ja selber gemacht, aber dat wollte die nich'. Ihr Vatta tät keinen mehr erkennen, sachte die. Wat willze machen – Altwerden is' nix für Weicheier. Da guckse über die Jahre bei zu, wie deine Kundschaft abnippelt oder in so Senioren-KZs verschwindet auf Nimmerwiedersehen.«

»Winnie wird dich nie ins Altenheim bringen.«

»Ich hab dem gesacht, wenn et soweit is, dat ich 'ne Windel tragen muss, dann lass deine Waffe zwei Minuten rumliegen, dann erledige ich dat selbs, solange ich noch einen Finger krumm machen kann. Und da gibbt et keine Diskussion drübber.«

»Willst du noch einen Cognac?«, fragte ich, weil mich Bertis Themenwechsel aus der Bahn warf.

»Nee. Lass ma. Wer weiß, wie lang die Nacht noch wird.« Berti nestelte an ihrem Mantel herum und stieß einen tiefen Seufzer aus. In Ermangelung weiterer Themen goss ich mir selbst einen Cognac ein. Und dann warteten wir.

Nach meinem dritten Cognac klingelte endlich das Telefon. Berti nahm ab und hörte minutenlang zu. »Ja, Winnie, dat mach ich. Die arme Elli«, sagte sie und legte auf. »Ich bring die Elli gezz nach Hause. Der Winnie kommt spät.«

»Hat er was gesagt?«

»Nur, dat se den Rudi nich' gefunden haben. Der is wohl auffe Flucht. Winnie ruft den Matti an. Ich fahr gleich nach Hause und sach der Mia Bescheid. Der Matti kriegt'n Herzinfarkt, dat schwör ich dir.«

»Vielleicht sollte ich mit ihm ...«

»Nee, lass ma, dat kann die Mia besser.«

Ach ja?, dachte ich. Wie es aussieht, könnt ihr alle immer alles besser. War ich denn die Einzige, die noch Platz in ihrem Herzen für den unglücklichen Rudi hatte? Was war denn bloß los mit der Truppe?

Und als hätte Berti meine Gedanken gelesen, sagte sie zum Abschied: »Der Rudi is einfach zu weit gegangen. Et is nich so, dat man zu seine Freunde nich steht – egal, wat passiert. Aber'n Mord, dat darf nich' passieren. Da ist Schluss mit lustich.«

Elli stolperte mit hängenden Schultern die Treppe hinunter, Berti lief nebenher und hielt ihre Hand. »Du kannst bei mir übernachten, und morgen fahren wir zusammen nach deine Wohnung, und dann räuchern wa die ganze schlechte Energie da raus. Elli, du muss nach vorne gucken ... lass dich gezz bloß nich' hängen ...«, sagte Berti eindringlich. Aber Elli sagte gar nichts mehr. Für Elli war grad die Welt untergegangen.

Ja sicher, bei Mord hört die Freundschaft auf. Meine innere Stimme schüttelte den Kopf und murmelte: Es ist nicht immer alles so, wie es aussieht. Wer hat das gesagt? Kurosawa? Buddha? Herr Matti?

Und wonach sieht es denn aus? Nach einem Mord, den Rudi begangen hatte. Rudi war leidenschaftlich, unüberlegt, enthusiastisch und seine Kinderstube war nie die beste gewesen und sein Lebenslauf deswegen schon gar nicht. Aber eines war Rudi ganz bestimmt nicht - blöd. Wenn er der Mörder war von diesem Macke – dann ... fress ich einen Besen, sagte meine innere Stimme. Mit Stiel, stimmte ich voller Überzeugung zu. Laut meinem Wissensstand, den ich mir in vielen Folgen CSI und CIS, und wie die Fernsehkollegen alle hießen, angeeignet hatte, fehlten noch ein paar Puzzleteile. Wann war Macke gestorben? Wo war Macke gestorben? Und wo war Rudi zu dem Zeitpunkt gewesen? Hatte Rudi überhaupt einen Teppich von Quality-TV? Und falls ja, hieße das dann, er hat Macke bei sich zu Hause umgebracht? Ohne, dass Matti was gemerkt haben soll? Immerhin wohnte Rudi über'm Bestattungsinstitut und Matti direkt gegenüber. Und wenn Rudi keinen Teppich hatte? Wo war der Tatort, bei dem der Teppich zufällig zur Hand gewesen war? Und wo war die Tatwaffe? Und blonde Frauen hin oder her – Winnie musste noch viel überprüfen, bevor man Rudi schuldig sprechen konnte.

Dank des Cognacs war ich auf der Couch eingeschlafen. Das Schlüsselgeklapper an der Tür weckte mich. Es war kurz vor sechs. Winnie kam zerknittert und erschöpft herein und warf seinen teuren Burberry achtlos über den Garderobenhaken. Der Mantel rutschte auf den Boden, aber Winnie hob ihn nicht auf. Er kickte seine Stiefel von den Füßen und wankte in Richtung Schlafzimmer.

»Habt ihr ihn gefunden?«, fragte ich.

»Nein.«

»Kann ich noch was für dich tun?«

»Nein.«

»Hast du den Todeszeitpunkt von Macke?«

»Nein, und jetzt nerv mich nicht mehr, Maggie, dafür wäre ich dir sehr dankbar. Und um allem vorzubeugen, was dir jetzt noch auf der Zunge liegt: Wir machen die Hausdurchsuchung bei Rudi morgen. Wir haben die Wohnung nur versiegelt. Und nein, die Tatwaffe haben wir nicht gefunden. Und ja, ich habe kurz mit Matti gesprochen. Willst du wissen, was er gesagt hat?«

»Natürlich.«

»Herr Winnie, hat er gesagt. *Sie werden die Wahrheit herausfinden.* Und was mache ich denn jetzt?«

»Du hast Angst, Matti zu enttäuschen?«

»Die Wahrheit wird die größte Enttäuschung seines Lebens.«

»Das ist das, was du denkst. Du bist enttäuscht, weil du die Wahrheit über Nikolaj herausgefunden hast. Und die gefällt dir nicht – und dir gefällt auch nicht, wie du darauf reagierst. Matti denkt total anders. Manchmal glaube ich, der ist nicht von dieser Welt – aber Tatsache ist: Der ist viel mehr in der Welt als du und ich. Und noch eins: Die Wahrheit könnte immer noch ganz anders aussehen, als wir alle glauben.«

»Woher die Philosophie, Frau Abendroth?«

»Es hat was mit Likör zu tun. Rudi trinkt nie welchen. Und auf dem Foto, das Elli gemacht hat, sieht man das aber. Man könnte immer noch sagen, dass Rudi eventuell eine komplett gespaltene Persönlichkeit hat. Du weißt: multiple Persönlichkeiten, die voneinander tatsächlich gar nichts wissen.«

»Die sind aber seltener als die Steinlaus.«

»Eben. Und deswegen frage ich mich, und dasselbe solltest du auch tun: wann das war und wo das war, wo Macke zu Tode kam, und ob Rudi eventuell ein Alibi für den Zeitraum hat«, sagte ich. »Wo kam der Teppich her? Lag der am Tatort? Und wenn alle Indizien immer noch auf Rudi hindeuten, dann braucht er wirklich einen Psychiater.«

»Möchte Madame Abendroth eventuell meinen Job machen?«

»Nein. Es sei denn, du ziehst dich jetzt um, gehst ins Callcenter und telefonierst mit hunderten von Bekloppten. Dann könnten wir drüber reden.«

Die Schlafzimmertür fiel ins Schloss und ich hörte, wie Winnie aufs Bett fiel.

»Ich hab Aussicht auf eine Wohnung. Ich dachte, die Nachricht könnte dich aufheitern«, rief ich auf dem Weg ins Bad.

Ich bekam keine Antwort, machte kehrt und öffnete die Schlafzimmertür. Winnie lag quer über dem Bett und schlief. Ich deckte ihn zu und ging leise hinaus.

Kapitel 16

Benno Pohl entsprach nicht meiner Vorstellung eines Wohnungsmaklers. Statt Haifischgebaren an den Tag zu legen, sah er aus wie eine gemütliche, aber sehr giftige Qualle, umgeben von einem Dunstkreis aus Cognac und Pfefferminze – und das am frühen Morgen. Er begrüßte mich in seinem Büro, bot mir einen Stuhl an und sagte: »Ich weiß schon von Berti, dass Sie was Preiswertes suchen; und am besten was ohne Courtage. Und sie hat auch gesagt, dass Sie einen Job haben, aber nicht sehr viel verdienen ...« Die Sätze brachte er leise und in einer Langsamkeit hervor, dass vor meinem geistigen Auge Sprechblasen entstanden, die im Raum herumschwebten, und wenn sie das Mobiliar berührten, zerplatzten sie und ihr Inhalt löste sich in noch mehr Cognac-Pfefferminz-Aroma auf.

»Mit anderen Worten, Sie wissen auch über meine Schuhgröße und meinen derzeitigen Beziehungsstatus Bescheid.«

Er lachte (plopp, plopp, plopp) und rückte seine Krawatte unterm stoppeligen Doppelkinn zurecht. »So ungefähr. Aber egal, wenn Sie jetzt Zeit haben, kann ich Ihnen was auf der Königsallee zeigen. Fünfundvierzig Quadratmeter. Wollen wir?«

Ich wollte. Wir liefen zu Fuß durch den sich immer höher türmenden Schnee und waren nach ein paar Minuten bereits am Ziel. Es war das letzte, oder wie man es sehen wollte, erste Haus direkt neben der Bahnüberführung, und wie sich herausstellte, lagen alle Zimmer zur Bahnseite hin. Wir standen im Nichts einer unrenovierten Wohnung, deren Wohnzimmerwände davon zeugten, dass hier vor gar nicht langer Zeit eine Schlacht mit Traubensaft stattgefunden haben musste. Die Diele war dunkelbraun gestrichen, die Türzargen knallrot. An den tiefer gelegenen Stellen sämtlicher Türrahmen hatte sich ein Pitbull oder ein Vierbeiner ähnlichen Kalibers mit dem Holz amüsiert. Die Lage der Wohnung erinnerte mich an die Bleibe in der Johanniterstraße, die Elli mir mal zur Verfügung gestellt hatte. Aber hier war noch nicht einmal ein Garten zwischen mir und den hin- und hersausenden Intercityzügen.

»Kein Wunder, dass die frei ist«, sagte ich.

»Aber verkehrsgünstig.« (Plopp)

»Wenn ich vorhätte, mich vor einen Zug zu werfen.«

»Und stadtnah ... und billig. Dreihundert kalt plus fünfundachtzig Nebenkosten. In diesem Fall übernimmt der Vermieter meine Bezahlung. Er will nur jemand Ordentlichen.«

Er hätte die Crime-Scene-Cleaners vorher hier reinschicken sollen, dachte ich und sagte: »Danke, Herr Pohl. Aber in diesem Fall haben wir unterschiedliche Vorstellungen von ›billig und preiswert‹. Und ich habe auch gar keine Möbel. Hier steht nix drin, und renoviert werden muss auch. Das ist alles ein bisschen viel für mich. Tut mir leid.«

Benno Pohl zuckte noch nicht mal mit der Augenbraue. »Hm ... ja. Ich muss überlegen.« Er starrte an die Decke, kratzte geräuschvoll auf seinen Bartstoppeln herum. Ich konnte die leeren Sprechblasen durch den Raum schweben sehen, die vom Luftzug der vorbeifahrenden Züge durcheinandergewirbelt wurden. Schließlich schien der Makler zu einem Entschluss gekommen zu sein. »Da Sie eine gute Freundin von Berti Blaschke sind ... kann es denn auch kleiner sein?«

»Wie klein?«

»Sehr klein.«

»Mein Kleinstes waren dreiundzwanzig Quadratmeter.«

»Oh, dann ist das groß.« Er rieb sich die Hände und sagte: »Es ist gleich um die Ecke. Aber es ist Hinterhof, ein Anbau, dreiunddreißig Quadratmeter. Bisschen dunkel, mit Aussicht auf einen Garagenhof, aber da ist eine Küche drin und ein Schlafsofa. Duschbad. Nichts Dolles, aber Sie müssen nicht renovieren. Soweit ist da alles okay. Wird normalerweise an Handwerker oder Handelsvertreter vermietet, die nur ein paar Wochen bleiben.«

»Na dann. Hab ich eine Wahl?«

»Jetzt seien Sie mal nicht so pessimistisch. Mit ein bisschen weiblichem Dekorationssinn ...«

»Weder habe ich Sinn für Dekoration, noch kann ich kochen, Herr Pohl. Aber danke für Ihre Mühe. Schauen wir es uns an«, ... bevor ich von weiteren Sprechblasen aus Ihrem Mund den Zustand des Nicht-mehr-fröhlich-Beschwipstseins erreiche.

Wir liefen die Clemensstraße hinauf und bogen in die Taubenstraße ein. Pohl steuerte zielsicher auf das Haus Nummer 14 zu, nahm die Hofeinfahrt und führte mich zu einem winzigen Anbau.

»Soll das ein Witz sein?«, fragte ich. Das konnte doch kein Zufall sein, ausgerechnet hier zu landen.

»Bitte, was? Das ist ein vollisolierter Anbau. Teilmöbliert.«

»Ist hier jemand gestorben?«

»Nicht, dass ich wüsste. Der Vermieter ist grundsolide. Was ist denn los mit Ihnen?«

»Ach, nix.«

Benno Pohl guckte mich an, räusperte sich und war sogleich wieder im Makler-Modus. »Das war mal Waschküche und Kaninchenstall. Früher waren die oft im Hinterhof. Angrenzend haben Sie natürlich die Garagen, aber so oft fährt da keiner rein oder raus.«

Drinnen roch es etwas muffig, vermischt mit Wandfarbenaroma. Aber Pohl hatte nicht übertrieben. Die Wände waren frisch gestrichen, das Schlafsofa im Wohn-Schlafraum frisch gereinigt und die kleine Einbauküche sah auch aus, als könnte sie meinen Ansprüchen, die ja eher gegen null tendierten, genügen. Es gab sogar ein paar Töpfe, eine Pfanne und etwas Geschirr im Hängeschrank. Unterm Fenster standen ein Klapptisch und ein Stuhl. Wenn man über die dunkelbraunen Vorhänge hinwegsah ... und die Adresse?! Waren hier unheilvolle Schwingungen zu spüren? Angeblich soll es das ja geben. Ich spürte nichts und guckte ins Badezimmer. Neben der Dusche stand eine alte Topplader-Waschmaschine.

»Die läuft noch?«, fragte ich, alle Bedenken beiseite schiebend.

»Sicher. Funktioniert alles. Es gibt im Vorderhaus auch einen kleinen Kellerverschlag, den Sie benutzen können. Das wäre alles, was man wissen muss. Und, was sagen Sie? Einziehen können Sie sofort. Wie ich sehe, hat der Vermieter sogar den Fußboden neu gemacht.«

Ich guckte nach unten. Graue Teppichfliesen.

»Dann ist das nicht so fußkalt«, blubberte der Makler.

»Wer hat denn hier vorher gewohnt?«, fragte ich.

»Monatelang niemand. Deswegen hat der Vermieter mir auch den Auftrag gegeben ... Es kostet dreihundertzwanzig alles inklusive. Sie müssen noch nicht mal den Strom anmelden. Hier ist Ihr Zähler«, er wies auf eine weiße Box neben der Eingangstür, »wird aber trotzdem mit dem Vermieter abgerechnet. Der war die ewige An- und Abmelderei bei den Stadtwerken leid. Es gibt einen Telefonanschluss, aber darum müssten Sie sich selber kümmern. Ich gehe mal davon aus, dass Sie in absehbarer Zeit was anderes finden werden. Das hier ist nicht für ewig, oder?«

Plopp, Plopp, Plopp ... Wer weiß?, sagte meine innere Stimme. Wer weiß?

»Kann ich meine Katze mitbringen? Freigänger.«

»Kein Problem.«

Mist! Die letzte Mauer zwischen mir und dem Anbau war gefallen. Eigentlich hatte ich gehofft, Nein sagen zu können. Aber Nein kann man nur sagen, wenn man Alternativen hat – und das war bei mir zurzeit die Mangelware der Saison.

»Dann nehme ich die Bude. Mit wem mache ich den Mietvertrag?«

»Das machen wir im Büro, jetzt gleich, wenn Sie wollen. Sie kriegen den Schlüssel, und Winnie hat wieder seine Ruhe.«

Ich zuckte zusammen.

»Zahlt Winnie etwa die Provision an Sie?«, fragte ich.

»Nein.«

»Falls doch, kündige ich ihm die Freundschaft.«

Benno Pohl grinste und sagte: »Wirklich nicht. Ich habe tatsächlich nur den Zettel bei Berti im Kiosk gesehen ...«

»Ja, ja«, sagte ich wenig überzeugt.

»Im Ernst. Warum sollte ich lügen?«

Weil Makler das für gewöhnlich immer tun?

»Kann ich Sie noch auf einen Kaffee einladen, Frau Abendroth?«

»Äh, nein. Mietvertrag und Schlüssel reichen. Ich muss gleich zur Arbeit. Vielleicht ein andermal.«

Die Qualle blubberte noch ein paar Höflichkeiten hervor, übergab mir den Schlüssel und wir gingen zu seinem Büro.

Als ich im Bus saß und zur Mittagsschicht in Richtung Quality-TV schaukelte, guckte ich in meine Umhängetasche – der Schlüssel und der unterschriebene Mietvertrag waren immer noch da. Winnie würde mir mit Freuden dabei helfen, meinen Kram am Abend rüberzufahren. Und dann? Wäre ich wieder auf mich allein gestellt. Nur diesmal hatte ich vor, es etwas besser zu machen als in den letzten Jahren. Praktisches Denken war vonnöten. Was braucht man für eine eigene Wohnung? Bettwäsche? Handtücher? Vielleicht noch einen Stuhl? Fernseher? Äh ...? Oh je ...

»Das holen wir dir im Personal-Outlet, Maggie«, zerstreute Hassan meine Bedenken, als ich ihm zur Feier des Tages im Pausenraum eine Cola ausgab. »Das schaffen wir für unter fünfzig Euro. Und einen Fernseher werden wir auch irgendwie gebraucht auftreiben.«

»Meinst du jetzt den richtigen Personal-Outlet oder den Danuta-Walburga-Outlet?«

»Den richtigen, natürlich. Ach, du weißt es ja noch gar nicht. Die beiden haben sich beurlauben lassen. Ganz plötzlich.«

Das war mir natürlich gar nicht recht, denn ich hatte gehofft, Danuta in eine dunkle Ecke zu drängen und sie darüber auszuquetschen, wer ihr Freund ist – bevor Elli es tun würde.

»Und Möhl hat das genehmigt? Es ist doch Urlaubssperre, Krankwerdensperre und bei Todesstrafe verboten zu sterben.«

»Danuta kriegt alles, was sie will. Jetzt flattert er rum wie ein angestochenes Huhn. Nix mehr Kaffee für den Teamleiter und frische Brötchen, die wie durch Zauberhand auf seinem Schreibtisch wachsen.«

»Und Schäfchen?«

»Die stirbt vor Angst, weil ihre beiden Bodyguards weg sind. Also, wenn du mich fragst, irgendjemand hat den beiden einen Tipp gegeben – über diese Untersuchung der Diebstähle hier im Haus. Vielleicht war es sogar Möhl persönlich, unfreiwillig, weil er sich dicke tun wollte vor Danuta ... Hey, wir haben noch eine Viertelstunde. Lass uns den Outlet-Store plündern.«

Gesagt, getan. Dort gab es Auslaufmodelle, leicht angeschlagene Waren und Dinge, die sogar von den Stammkunden als untauglich erachtet worden waren. Der Shop wurde fleißig von allen frequentiert, auch wenn niemand zugeben wollte, dass er da einkaufte. Angeblich ging man nur hin, um zu lästern oder Geschenke für ungeliebte Verwandte einzukaufen. Elf Minuten später war ich ausgerüstet. Mit vier vollen Tüten Erstausstattung taumelten Hassan und ich eine Sekunde vor Schichtbeginn in die Callcenter-Etage. Für den ganzen Kram hatte ich 49,90 Euro ausgegeben, und ich war im Besitz von zwei Sets Handtüchern, einem Zehnerpack Spültücher, einem Beutel voller Putzschwämme und Lappen, zwei Bettwäschegarnituren – na gut, Mikrofaser und mit Blumenmustern – aber bei Hassans Talent zu handeln, konnte ich mich nicht beschweren. Dazu hatte ich noch einen Campingstuhl, grün, mit Getränkehalter. Und da wir Mitarbeiter auf alle runtergesetzten Sachen auch noch mal fünfundzwanzig Prozent Nachlass bekamen, war ich für den Preis jetzt auch im Besitz eines wasserdichten Badezimmerradios, Plastik, im Quietscheentchen-Design, das wunderbar zum Badvorleger passte – knallrot mit einer gelben Ente drauf über deren Kopf in einer Sprechblase *Quark, Quark* zu lesen war.

»Das müsste doch *Quak, Quak* heißen, oder?«, sagte ich.

»Deswegen kostet der auch nur einen Euro«, sagte Hassan. »Jetzt hab dich mal nicht so.«

»Und wie kriege ich den ganzen Kram nachher hier weg?«

»Frag den Möhl, der trägt Damen doch gerne die Einkäufe hinterher«, feixte Hassan. Aber als er mein Gesicht sah, sagte er schnell: »Ich komme mit. Neue Wohnung ist doch spannend.«

Ich verstaute alles unter meinem Arbeitstisch und loggte mich in Windeseile ein. Möhl saß wie versteinert am Teamleitertisch, telefonierte und starrte uns an. Kaum hatte ich meinen ersten Anrufer in der Leitung, kam er auf uns zu, stellte sich neben meinen Cube und wartete. Ich machte die Bestellung fertig, verwendete vor seinen Augen ohne rot zu werden Trick 17, um mich aus der Leitung zu schleichen, und sagte: »Ja, bitte, Herr Möhl?«

Er hielt mir einen Zettel hin. Um 15 Uhr zu Jones.

»Okay«, sagte ich und wollte mich wieder einloggen. Aber Möhl sagte: »Wollen Sie gar nicht wissen, warum?«

»Nein. Er wird es mir schon sagen. Oder können Sie grad nicht an sich halten?«

»Die dummen Sprüche werden Ihnen noch im Halse stecken bleiben, Frau Abendroth.«

»Also, wenn es Ihnen so unter den Nägeln brennt. Raus damit.«

Möhl verschränkte die Arme vor der Brust und marschierte hinter seinen Tisch. Dort verschanzte er sich hinter seinem Monitor und setzte ein Headset auf. Aha, deswegen war er so stinkig. Er musste mittelefonieren, da ja zwei seiner wertvollsten Mitarbeiterinnen bei der Schicht fehlten.

Statt eine Pause zu machen, ging ich um 15 Uhr ins Personalbüro. Jones bot mir keinen Stuhl an, sondern händigte mir einen grauen Briefumschlag aus. Ich riss ihn auf. Meine Kündigung. Irgendwie hatte ich es schon in Möhls feistem Gesicht gesehen und war nicht sehr überrascht. »Warum, wenn ich fragen darf? Hier steht nur *betriebsbedingt*, was ja weniger als eine Auskunft ist.«

»Da hätte auch stehen können, wegen Ihrer schlechten Arbeitsleistung. Sie sind unfreundlich, nennen Kundinnen Köter ...«

»Ich habe zu ihrem Hund Köter gesagt. Das macht man hier so.«

»Sie rufen die Polizei, weil sie angeblich irgendwas gehört haben, Frau Abendroth, und Sie haben unter der Hand einen Artikel von einer Kollegin gekauft. Wir müssen vermuten, dass Sie wussten, woher der kam.«

»Aha. Wird mein Anwalt vielleicht interessant finden«, sagte ich, um überhaupt was zu sagen.

»Dann nehmen Sie ihm bitte hier die Kopien Ihrer Beurteilungen aus Ihrer Personalakte mit. Die findet er bestimmt auch interessant. Im Übrigen hat der Betriebsrat Ihrer Kündigung zugestimmt, da Ihre schlechte Arbeitsleistung offensichtlich und dokumentiert ist. Guten Tag, Frau Abendroth. Sie können jetzt Ihre Sachen nehmen und gehen. Wir zahlen Ihren Lohn noch bis Ende des Monats. Und jetzt Ihre Chipkarte!«

In amerikanischen Serien heißt es immer: Ihre Waffe und Ihre Polizeimarke! Und genau im Tonfall eines genervten Polizeichefs hatte Jones gesagt: Und jetzt Ihre Chipkarte. Was etwas lächerlich klang, und ich konnte mir ein Grinsen nicht verkneifen.

»Was?!«, sagte er. Seine Kiefermuskeln waren das Einzige, was sich in seinem Betongesicht bewegte.

»Ach, nix. Ich musste nur grad an Jerry Cotton denken«, sagte ich und legte die Plastikkarte auf den Tisch. Dann nahm ich meine Papiere und ging hinunter, um auf dem Hof eine Zigarette zu rauchen, bevor ich meine Sachen holen wollte. Hassan wartete bereits auf mich. Neben sich hatte er meine Tüten stehen, und meinen Mantel und meine Tasche hatte er auch mitgebracht.

»Möhl hat gesagt, ich soll hier auf dich warten. Du darfst nicht mehr nach oben.«

»War klar.«

»Das ist alles? *War klar?!* Was machst du denn jetzt? Und deine Wohnung? Das ist doch ...«

»Lass mal gut sein, Hassan. Da möchte ich jetzt nicht drüber nachdenken.«

Das Schäfchen lief an uns vorbei. Als sie genug Abstand zwischen sich und uns gelegt hatte, rief sie: »Das wurde aber auch Zeit. Hat Danuta schon immer gesagt.«

»Hat sie das? Und wo ist sie jetzt? Etwa ins Vorstandsbüro aufgestiegen? Da hab ich aber was anderes gehört. Ich glaub eher, dass ihr euch die nächsten Jahre nicht wiederseht. Bestell ihr einen schönen Gruß, wenn du sie im Knast besuchst.«

Das Schäfchen lief rot an und rannte.

»Na gut, Maggie. Das war ein schönes Schlusswort. Ich muss wieder rauf.«

»Tschüss, Hassan. War nett, mit dir zu arbeiten.«

»Fand ich auch.«

»Komm mich mal besuchen.«

»Mach ich.«

Ich zog meinen Mantel an, schulterte meine Tasche, griff die Tüten und wankte zur Bushaltestelle.

Das Schäfchen sah mich kommen und nahm Reißaus. »Du könntest mir tragen helfen, du dumme Kuh«, rief ich ihr hinterher. Im selben Augenblick kam der Bus. Wir stiegen beide ein, Schäfchen setzte sich nach ganz vorne, direkt hinter den Fahrer. Ich täuschte einen Rückzug auf die hintere Bankreihe vor, aber sobald das Schäfchen Platz genommen hatte, blockierte ich mit meinen Tüten ihren Fluchtweg. Sie guckte angestrengt aus dem Fenster und tat so, als sehe sie mich gar nicht.

»Hör mal Schäfchen, ich weiß nicht ...«, sagte ich leise, aber sie unterbrach mich sofort: »Ich heiße nicht Schäfchen, ich heiße Bärbel. Und ich rede nicht mit dir.«

»Und warum nicht? Weil Danuta es dir verboten hat? Wie blöd muss man sein, um sich von so einer vorschreiben zu lassen, mit wem man redet?«

»Walburga, Danuta und ich sind eben Freundinnen.«

»Nehmen sie dich wenigstens mit in die Kneipe oder auf ihre Shoppingtouren?«

»Ja, sicher. Wir machen alles zusammen«, sagte sie und streckte mir ihren Arm entgegen. Ein Bettlerarmband, versilbert mit drei kleinen Würfeln daran. »Das tragen wir alle drei.«

Bärbel sprach, als wäre sie mal grad zwölf Jahre alt. Ich sagte: »Toll, Bärbel – so 'ne richtige Weiberclique.«

»Ja, wie in *Sex and the City*.« Fehlte nur noch ein Hätätät.

»Dann kennst du ja auch den Freund von Danuta?«

»Klar.«

Ich wagte einen Vorstoß und fing an zu fantasieren: »Echt? Den Goofy, der die große Disko hat und die Haare immer so flippig gefärbt? Mit dem geht Danuta immer in die *Rote Laterne*.«

Das Schäfchen blinzelte und runzelte die Stirn. »Ja«, sagte sie gedehnt, und ich wusste Bescheid. Von ihr konnte ich nichts erfahren, weil sie gar nichts wusste. Weder gab es einen Goofy noch eine Diskothek. Ich lächelte sie an und sagte: »Du weißt gar nichts. Die nehmen dich dahin gar nicht mit. Der heißt nämlich gar nicht Goofy, der heißt Thorsten.«

Jetzt hatte ich ihr was zu denken gegeben. Aber rausgefunden, wie Danutas Kneipenbegleitung hieß, hatte ich auch nicht.

Das Schäfchen schniefte und nestelte ein Taschentuch aus ihrer Manteltasche.

»Du solltest dir bessere Freunde aussuchen, wenn du deinen Job behalten willst. Und das meine ich jetzt mal richtig nett.« Ich nahm meine Tüten und setzte mich für den Rest der Fahrt in den hinteren Bereich. Gegen das Schäfchen waren die Gespräche der Teenies, die in Richtung Weihnachtsmarkt fuhren, geradezu hochintellektuelle Diskussionen.

Und dann saß ich da mit meiner Grundausstattung und starrte die kahlen Wände meiner Behausung an. Hat doch alles keinen Zweck, dachte ich. Du musst die Wohnung behalten, du kannst nicht zurück zu Winnie. Das geht einfach nicht. Das würde auch den letzten Blutstropfen aus meiner Selbstachtung herausquetschen. Jetzt bloß nicht schlapp machen. Wie sagte Matti immer: Man tut, was vor der Nase ist. Also hieß das in diesem Fall: Geh zu Winnie. Hol deine Sachen und deinen Kater. Und morgen ist ein neuer Tag.

Und das tat ich. Mit der Aussicht, mich bis auf Weiteres los zu sein, brachte Winnie mich, den Kater und meine Habseligkeiten in die neue Wohnung. Er war alles andere als begeistert, weil er nur für einen kurzen Boxenstopp zwischen zwei Terminen nach Hause gekommen war. Aber alles war am Ende besser, wie er sagte, als darüber nachzudenken, was aus Rudi werden würde. Sie hatten ihn immer noch nicht gefunden, und Winnie war ernsthaft besorgt.

»Er wird sich doch nicht umbringen, oder?«, fragte ich.

Winnie zuckte die Achseln. »Ich weiß es nicht.«

»Vielleicht hat er auch nichts zu sagen«, gab ich zu bedenken. »Einfach aus dem Grund, weil er es nicht war.«

»Ja, ja, träum weiter, Maggie. Äh ... hier war ich schon mal«, sagte Winnie, als wir vor dem Haus hielten.

»Ja. Ich kann nix dafür. Hat sich so ergeben.«

»Aber ich war da oben, im ersten Stock bei Schmicke. Bei deiner angeblichen Leiche. Was soll das, Maggie?«

»Ich sagte es bereits - ich kann nix dafür. Die Bude war bei Pohl im Angebot, und ich hatte dir versprochen, dass ich ausziehe, also ziehe ich aus. Und der Schmicke werde ich wohlweislich aus dem Wege gehen. Besser gesagt ihrer Freundin, das ist diese Walburga, von der ich dir erzählt habe.«

Wir schleppten meinen Kram durch die Toreinfahrt.

»Tataaa! Schloss Abendroth, bitte einzutreten.«

Winnie bugsierte das Katzenklo in den Wohn-Schlafraum und inspizierte die Küche, wippte auf dem Sofa herum und sagte dann: »Irgendwie gar nicht so übel. Und besser als das Souterrain damals, weil Küche getrennt von Restwohnraum.«

»Von deinem Freund Benno Pohl.«

Winnie zuckte mit keiner Wimper, als ich den Namen betonte. Vielleicht hatte er wirklich nichts damit zu tun? Ich ließ mich neben Winnie aufs Sofa fallen. Meine Umhängetasche rutschte von der Schulter, und der Inhalt verstreute sich auf dem Boden. Ich sammelte alles schnell wieder ein, aber er hatte den grauen Briefumschlag von Quality-TV schon gesehen. »Weihnachtsgratifikation?«, sagte er.

»Nein, die Kündigung, Herr Kommissar. Ich muss da nie wieder hin. Persönlich übergeben von deinem neuen Zielobjekt Jones. Ich glaube, du hättest Chancen bei dem. Aber ich glaube, der Typ ist 'ne Spaßbremse.«

»Moment, Moment. Du mietest eine Wohnung und hast gar keine Arbeit mehr? Maggie! So hatte ich das nicht gemeint, ich meine, wenn du, also, das geht doch nicht ...«

»Die Geschichte geht andersherum. Heute Vormittag Mietvertrag, heute Nachmittag Kündigung. Und mein Entschluss steht fest. Ich bleibe.«

»Na ja, wird wohl so billig sein, dass du das vom Arbeitsamt bezahlt kriegen wirst.«

»Vermutlich.«

»Aber wenn nicht, dann sag bitte Bescheid. Ich wollte nur meine Ruhe, nicht deinen kompletten Ruin ...«

»Schon klar. Wie spät ist es?«

»Gleich fünf. Ich muss noch mal ins Präsidium. Irgendwie ist dieser Detektiv Macke ein Rätsel, dem ich bislang noch nicht auf den Grund gehen konnte.«

»Wieso?«

»Der wohnt nirgends, der hat kein Auto angemeldet, kein eigenes Bankkonto – wie macht der das bloß? Da, wo er gemeldet ist, ist lediglich ein fast leeres Büro – in Wuppertal übrigens. Und das Einzige, was bezeugt, dass er mal gelebt hat, ist seine Leiche. Was soll man davon halten?«

»Find's raus. Vielleicht weiß Elli mehr. Die kannte den besser, als sie zugeben will. Frag sie, wenn du dich traust.«

»Ja, Mutter Theresa. Und was machst du?«

»Ich geh Spaghetti kaufen, und dann fange ich an zu wohnen. Grüß Gerrit von mir, wenn du ihn siehst. Und wenn ich endlich kochen kann, dann lad ich ihn ein.«

»Okay, also nie. Aber falls doch: Wir essen am liebsten ...«

Ich schob Winnie aus der Tür, holte meine Espressokanne aus der Reisetasche und den Kaffee. Ich klappte das Sofa auf, machte es für die Nacht fertig, trank Kaffee, packte die Handtücher aus, trank Kaffee, stellte das Radio ein, rauchte drei Zigaretten und trank Kaffee und ließ den Kater aus seiner Transportbox.

»Maoooo«, machte Doktor Thoma und stürzte sich auf das Quietschentchenradio, um es auf der Stelle zu töten.

»Die Mieze wird wissen, wo sie dich findet.«

»Maoooo.«

»Ich finde nicht, dass wir das noch weiter diskutieren sollten.«

Ich trank meinen Espresso aus und brachte die Handtücher ins Bad.

Kapitel 17

Obwohl ich gar nicht glauben konnte, was ich sah, machte ich auf dem Absatz kehrt und knallte die Tür zu. Dummerweise steckte der Schlüssel auf der anderen Seite der Tür. Tolle Strategie.

»Rudi! Was machst du hier?!«, rief ich.

»Maggie, ich wollte dich nicht erschrecken, aber als ich Winnies Stimme gehört habe, da ging mir die Düse, und da bin ich ins Bad! Ich krieg'n Herzkasper ... kann ich rauskommen?«

»Wie bist du hier denn überhaupt reingekommen?«

»Durchs Badezimmerfenster. Das stand auf kipp, war leicht, das aufzumachen.«

»Aber das ist doch nur gefühlte vier Quadratzentimeter groß! Da passt kaum mein Kater durch!«

»War auch anstrengend. Echt. Ich hab mir mein Hemd zerrissen. Deswegen bin ich auch nicht wieder abgehauen. Hätte Winnie bestimmt gehört. Bin ich froh, dass der nicht pinkeln musste ... Kann ich jetzt ...?«

»Nein! Ich muss nachdenken«, sagte ich und setzte mich auf den Fußboden. Meine Knie waren Pudding. Mein Gehirn pingpongte zwischen: War er's oder war er's nicht? Egal, wie die Antwort ausfiel – was würde das für einen Unterschied machen? Weder hatte ich einen Telefonanschluss noch ein Handy – wen sollte ich also anrufen und um Hilfe schreien, sollte der Ball bei »Er war's« ins Aus gehen?

Allmählich normalisierte sich mein Herzschlag. Wovor sich fürchten? War ich nicht diejenige, die sich permanent damit brüstete, auf Rudis Seite zu stehen?

Ja, schon, aber jetzt sitzt er auf der anderen Seite der Tür. Das ist etwas nah dran, für meinen Geschmack. Und was, wenn er es doch war?

Dann hätte er dich längst gekillt, und du lägst blutend hinter dem verwanzten Duschvorhang!

Das ist keine beruhigende Vorstellung, maulte ich, stand auf und öffnete die Tür. »Warte, ich mache erst mal die Vorhänge zu.«

»Danke«, flüsterte Rudi und taumelte aus der Dusche.

»Wo warst du die ganze Zeit?«, sagte ich, als ich die Fenster dicht machte und den Schlüssel in der Tür umdrehte, damit nicht irgendein ungebetener Besucher hereinschneien konnte. Berti, zum Beispiel, mit einer Ladung Brot und Salz.

»Im Sarglager. Matti hat nix gemerkt. Ich wollte nicht, dass der mich sieht, weil der kann ja nicht lügen, weißt du. Ich könnte zu dem gehen und der würde mir auch helfen, aber dann ... wenn einer fragt, du weißt schon.«

Ich nickte. Ja, Matti konnte nicht lügen – was ihn, im Gegensatz zu mir, zu einem untauglichen Partner in Crime machte.

Rudi setzte sich auf den Anglerklappstuhl, und ich machte noch einen Kaffee fertig.

»Wie hast du mich denn gefunden, ich hab die Wohnung doch erst seit ein paar Stunden?«

»Ich bin dir hinterher, als du aus dem Callcenter gekommen bist.«

»Und an Tütentragen hast du da nicht gedacht?«

»Ich wusste ja nicht, wie du reagieren würdest. Außerdem bin ich hinterm Bus hergerannt, ich saß nicht drin.«

»Was?«

»Ach, das schafft man. Ich bin ziemlich fit. Der hält immer sehr lange an den Haltestellen. Ich hab mich dann erst mal hinter den Mülltonnen versteckt. Ich wusste ja nicht so recht

... aber dann bist du gleich wieder weggegangen. Da bin ich hier durchs Fenster eingestiegen. Ich kann doch nirgendwo mehr hin.« Rudi vergrub seinen kahlen Schädel in den Händen. »Die Elli glaubt mir nicht, keiner glaubt mir. Ich glaub mir bald schon selber nicht mehr.«

»Und was sollen wir denn glauben?« Er holte etwas aus seiner Hosentasche und hielt es mir hin.

»Iiiieeh! Was ist das?«

»Wonach sieht's denn aus? Das da ist ein Gefrierbeutel und drin ist ein blutiges T-Shirt. Und wenn was aussieht wie Scheiße und riecht wie Scheiße? Was ist das dann?!«

Ich hatte das Gefühl, meinen Kopf festhalten zu müssen. »Wo hast du das her?«

»Aus *meiner* Wäschebox – in *meiner* Wohnung. Aus *meinem* Badezimmer!«

»Du flüchtest vor den Bullen und wolltest dich in deiner eigenen Wohnung verstecken?«

»Nein, Himmel noch mal. Die Luft war rein und ich wollte einfach nur ein paar frische Klamotten holen und hab das da gefunden. Dann bin ich ins Sarglager und hab mich da versteckt. Ich glaub, ich werd irre, Maggie. Ich hab die Arschkarten-Flatrate. Ist dir das klar?«

»Allerdings.«

»Ich habe nix mit einer Blondine und ich habe nix mit dem Mord an diesem Mann im Teppich zu tun! Die Elli hat mich angeschrien, ich hätte einen Kerl umgebracht, der Macke heißt ...«

»Das ist der Mann im Teppich«, unterbrach ich ihn. »Und wenn das mit der Arschkarten-Flatrate stimmt, dann ist das sein Blut da auf dem T-Shirt.«

»Ja meins ist es nicht! Ich hab noch nie so ein T-Shirt besessen, und ich hab mich auch nicht beim Rasieren geschnitten!

Und warum soll ich den umgebracht haben? Ich kenn den doch gar nicht. Und warum guckt die Elli, was auf meinem Handy ist? Was ist los mit ihr? Ich verstehe überhaupt gar nichts mehr!«

Rudi war zu einem Häuflein zusammengesunken. Seine Jacke schien auf einmal viele Nummern zu groß – und ich glaubte ihm jedes Wort, obwohl alles gegen ihn sprach.

»Weißt du, vielleicht hast du sogar Glück gehabt, ich meine, dass du das Shirt gefunden hast. Die Bullen haben deine Wohnung durchsucht. Heute Vormittag.« Ich gab Rudi einen Espresso und erklärte ihm, was Winnie über den Mann im Teppich herausgefunden hatte und warum Elli glaubte, dass er damit zu tun hatte. Während ich erzählte, schrumpfte Rudi zu einem Nichts zusammen und sah aus wie Joda in einem schwarzen Parka. Als ich geendet hatte, krümmte er sich wie ein geprügelter Hund. Sein Gesicht wurde erst weiß und nahm dann eine sehr ungesunde graue Tönung an. Er sagte immer nur: »Was?! Was?! Detektiv hinter mir her?! Was soll ich getan haben?! Was für DNA denn, zum Henker?«

Ich drehte eine Zigarette und wartete darauf, dass er sich ein wenig beruhigen würde. Aber es sah eher so aus, als würde Rudi jede Sekunde komplett ausflippen und mit dem Kopf gegen die Wand rennen, nur um dem Irrsinn, in dem er sich befand, ein Ende zu machen. Er hielt seine Beine fest umklammert und wippte unablässig vor und zurück.

»Rudi, ich will eine ehrliche Antwort: Kennst du den Mann, diesen Macke?«, fragte ich mit dem sanftesten Tonfall, den ich, ohne mit Lenor zu gurgeln, produzieren konnte.

»Nein. Nie, nie, nie gesehen oder den Namen gehört!«

»Hast du ein Verhältnis mit einer Blondine namens Danuta Piontek?«

»Nein. Ich schwöre, ich schwöre, ich schwöre, Maggie. Nein.«

»Okay. Kannst du mal mit der Wipperei aufhören? Das macht mich wahnsinnig.«

Das Wippen hörte auf, dafür ließ er seine Stirn auf die Knie knallen.

»Rufst du jetzt Winnie an und lieferst mich aus?«

So konnte das nicht weitergehen. Rudi würde sich einen Schädelbruch zuziehen. Ich hielt seinen Kopf fest und drehte ihn in meine Richtung, damit er mich angucken musste. »Nein. Ich habe gar kein Telefon. Und ich renne jetzt auch nicht auf die Straße und schrei um Hilfe. Also, wenn es so ist, wie du sagst, dann bist du es nicht gewesen. Aber wenn du es nicht warst, dann war es jemand anderer ... irgendjemand ...«

»Der so aussieht wie ich? Ein Doppelgänger!«, flüsterte er und hielt meine Handgelenke fest. »Ja, das war bestimmt ein Doppelgänger!«

Doktor Thoma fauchte, als Rudi voller Enthusiasmus aus dem Stuhl sprang und ich beinahe hinfiel, weil er plötzlich meine Hände los lies.

»Nee, Rudi, nicht ganz. Ein Doppelgänger kann es nicht gewesen sein – der hätte nicht deine DNA. Die ist einzigartig.«

»Also war ich das doch?«, sagte er und fiel wieder in sich zusammen. »Ich muss verrückt sein. Schizo. Oder was? Bin ich so einer mit multiplen ... wie heißt das noch? Dingens?«

»Glaube ich nicht. Aber du hast mich da auf was gebracht ... Ich habe eine andere Idee. Ich weiß nicht genau, ob ich da richtig liege. Das werde ich googeln müssen.«

»Ja, was denn?«

»Ein Zwillingsbruder, eventuell.«

»Ich habe aber gar keinen Bruder. Das wüsste ich doch!«

»Sicher?«

»Ja, was denn? Ich wär' doch mit dem zusammen in einem Bauch gewesen. Das kriegt man doch mit.«

Ich wusste nicht, ob ich lachen oder weinen sollte. »Also Rudi. Das kriegt man eben nicht mit. Du weißt doch noch nicht mal, was du vorige Woche Mittwoch gegessen hast, wie willst du wissen, mit wem du dir eine Gebärmutter geteilt hast. Das ist dreißig Jahre her.«

»Ja, stimmt auch wieder irgendwie. Gehst du jetzt googeln?«

»Noch nicht.«

Ich kramte aus meiner Reisetasche ein neues Notizbuch, das Winnie mir zum Geburtstag geschenkt hatte, und schrieb:

1. Hat Rudi so einen Teppich besessen?

Er verneinte die Frage. Weder hatte er einen besessen, noch hatte er je einen bestellt, noch hatte er jemals irgendwas bei Quality-TV bestellt.

Ich ermahnte ihn, mir die Wahrheit zu sagen, denn wenn herauskam, dass er doch ein Kundenkonto bei Q-TV hatte, dann würde das nicht zu seinen Gunsten ausgelegt.

»Wenn ich es dir doch sage. Was soll ich mit dem Kram von denen?«

»Okay, das ist ein Pluspunkt für dich.« In vielerlei Hinsicht.

»Na toll.«

»Wenn ich mich recht erinnere, hat der Typ auf dem Foto, den Elli für dich hält, eine karierte Jacke an.«

»Hab ich nicht. Nie besessen. Das hab ich Elli auch gesagt. Ich hab gesagt: ›Guck mal, ich hab so 'ne Jacke nicht. Und wie soll ich eine Jeans anhaben, wenn ich keine Viertelstunde später bei dir in meiner Bestatterkluft auftauche.‹ Maggie, du weißt doch, was ich an dem Abend anhatte.«

Ich nickte. Schwarze wattierte lange Jacke mit Kapuze, dunkelgrauer Maßanzug mit Krawatte und Hemd mit dunkelgrauen Nadelstreifen. Auch das schrieb ich auf.

»Schade, dass das Foto so unscharf war. Man konnte nur erkennen, dass der Typ eine Wollmütze aufhatte. Trägst du auch oft ... aber schwarze Wollmützen gibt es wie Sand am Meer.«

»Der sah mir schon ähnlich«, sagte Rudi.

»Wo bist du geboren?«

»In Wattenscheid, im Elisabeth.«

»Wann?«

»Lach jetzt nicht: am 13.3.1973. Was ein Freitag war.

»Das erklärt natürlich einiges. In welchem Kinderheim warst du?«

»In verschiedenen. Mal in Bochum. Ich war auch in einem in der Nähe von Münster. War auch kacke.«

»Wie heißt deine Mutter?«

»Margot Wevelsiep. Aber später hat sie den Rolinski, das alte Arschloch, geheiratet, und deswegen heiße ich Rolinski. Der ist aber nach drei Jahren gestorben.«

»Und du hast gar nicht bei denen gewohnt?«

»Nee – Kinderheime. Ich weiß da aber nicht viel drüber – ich war wohl noch gar nicht ganz raus aus der Frau, da war ich schon im Heim. Dann mal wieder ein paar Wochen bei Pflegeeltern, dann wieder weg. Ich hab die Mutter erst wiedergesehen, da war ich schon fast neunzehn. Und wie das geendet ist, weißt du ja.«

»Weißt du noch, wie deine Pflegeeltern hießen?«

»Klar, das vergisst man nicht. Brenner. Monika und Günther Brenner aus Wattenscheid-Günnigfeld.«

»Warum haben sie dich nicht behalten?«

»Ging nicht. Günther kriegte mit vierzig einen Schlaganfall. Danach war nur noch Chaos. Meine Pflegemutter hat die ganze Zeit geheult. Günther war ein Pflegefall, und irgendwann ist das Jugendamt gekommen und hat mich abgeholt. Also nicht, dass die mich vernachlässigt hätte oder so ... Aber war ja nix mehr mit Adoption ... Wenn die mich adoptiert hätten, würde ich jetzt Brenner heißen und ich hätte den Rolinski und dem sein Scheißleben nie zu Gesicht gekriegt.« Rudi wischte sich mit beiden Händen durchs Gesicht, als müsste er eine üble Erinnerung wegwischen.

Ich schrieb alles auf die Liste. Das Einzige, was ich nicht überprüfen konnte, war Rudis Alibi, denn ich wusste nicht, wann Macke getötet worden war.

»Weißt du was? Ich geh jetzt und recherchiere diese Zwillingsgeschichte ...«

»Und wo?«

»Weiß ich noch nicht. Mia hat einen Computer. Zur Not frage ich Gerrit. Mal sehen.«

»Aber du sagst Mia doch nichts, oder?«

»Nein. Ich sage ihr nichts. Und du bleibst hier, schreibst auf, so gut es geht, was du wann, wo, wie in den letzten Tagen gemacht hast. Denk über alles genau nach. Irgendwo da muss ja der Todeszeitpunkt von Macke gewesen sein. Vielleicht hast du ein Alibi, und du weißt es gar nicht.«

»Ja, vielleicht.« Er setzte sich an den Klapptisch. »Ich mache mir Sorgen um Matti«, sagte er unvermittelt. »Der glaubt jetzt, ich hätte ihn im Stich gelassen, weil ich was Doofes angestellt habe. Ich halte das kaum aus, Maggie, dass der jetzt was Schlechtes von mir denkt. Ich hab dem alles zu verdanken. Seit ich den im Knast kennengelernt habe. Ich dachte, mein Leben würde besser werden. Immer denk ich, es muss doch was besser werden, aber dann wird alles nur noch schlimmer.«

»Schreib lieber – über Matti mache ich mir die wenigsten Sorgen«, sagte ich. »Und während ich weg bin, lass das Licht aus. Wenn du Licht brauchst, geh ins Bad. Und mach niemandem die Tür auf.«

»Natürlich nicht. Wie lange bist du weg?«

»Ne Stunde oder so ... Und im Übrigen: Herzig wartet darauf, dass er deine Verteidigung übernehmen kann. Vielleicht wäre es besser, du würdest mit dem im Präsidium erscheinen. Freiwillig.«

»Herzig glaubt doch bestimmt auch, dass ich das war.«

»Aber er ist trotzdem einer von den Guten.«

Rudi nickte. »Versprichst du mir was?«

»Was denn?«

»Gehst du zu Matti und sagst ihm, dass ich nix gemacht habe, und sag ihm, dass du mit ihm arbeitest, bis sich alles aufgeklärt hat? Der braucht dich jetzt, Maggie. Bitte.«

»Ich kann nicht wieder im Bestattungsinstitut arbeiten, Rudi. Ich krieg Nervenkasper zwischen all den Leichen ...«

»Maggie. Es geht um unseren besten Freund. Wenn der Winnie das erst mal alles bearbeitet, und vielleicht findet der ja einen Zwilling von mir ... dann klärt sich alles schnell auf. Tut es doch, oder?«

»Wenn das so ist, ja. Aber das wissen wir doch noch nicht.«

»Eben, wenn das länger dauert ... oder stell dir mal vor, die verhaften mich ... du musst dich um Matti und Mia kümmern. Ich hab das vorhin mitgekriegt, wie du Winnie erzählt hast, dass du keinen Job mehr hast – das passt doch total, wenn du zu Matti gehst. Bitte. Dann fühlt er sich nicht so allein. Um mich muss sich keiner kümmern ...«

Nun ja, das sah ich anders. Ich nahm meine Tasche, lief zur nächsten Telefonzelle und rief Mia an. Ich ließ es ewig lange läuten, aber niemand nahm ab.

Dann war es wohl Zeit für einen Überraschungsbesuch. Da sollte man nicht mit leeren Händen erscheinen, dachte ich und lief zum nahe gelegenen Supermarkt. Dort kaufte ich das größte Kalbskotelett, das ich bezahlen konnte, warf noch eine Tüte Gnocchi in den Korb und zwei Dosen Katzenfutter. Kurz vor der Kasse rannte ich prompt Hassan in die Arme, der einen vollen Einkaufswagen vor sich her schob.

»Du musst mir einen Gefallen tun. Besorg für mich die Liste, bitte, mit den Teppichbestellungen. Es ist wirklich dringend.«

»Ja, hallo. Und: Natürlich, nichts leichter als das. Sag mal, spinnst du?«

»Nein. Das wäre es schon. Wenn du die hast, kannst du die bei Berti im Kiosk hinterlegen, aber bitte in einem zugeklebten Briefumschlag. Ich hab kein Telefon, weißt du.«

»Ja, ich weiß. Und wie ist es sonst in der neuen Bleibe?«

»Bisschen eng. Aber es geht. Und ich muss mich beeilen. Wenn ich so weit bin, lade ich dich ein und du kochst was Leckeres«, sagte ich mit Blick auf seine Einkäufe.

Er zeigte auf meinen Korb und sagte: »Wird Zeit, dass dir jemand Tomatensauce beibringt.«

»Ja, ja«, sagte ich und lief zur Kasse.

Gerrit van Sandt war zu überrascht, mich zu sehen, und meine Gastgeschenke, die ich ihm in die Hand drückte, verhinderten, dass er sich mir in den Weg stellen konnte. Er sah nicht so aus, als hätte er Besuch erwartet. Mal ein ganz anderer Anblick: Der Herr Psychologe im Schlabberlook und auf gelben Wollsocken.

»Guten Abend, ich muss mal an Ihren Computer«, sagte ich.

»Aha. Mal ist es Schnaps, mal ein guter Rat und jetzt ein Computer. Hat das nicht bis morgen Zeit?«, sagte er und ging in die Küche. Ich folgte ihm nicht, sondern lief direkt in sein Arbeitszimmer.

»Ho, ho.. Moment mal ... das kann ich ...«, rief er und stolperte auf seinen Socken hinter mir her. Aber ich hatte schon die Maus berührt, und der Bildschirm leuchtete auf. Gerrit rutschte auf seinen Socken auf dem blanken Parkettboden und musste sich am Schreibtischstuhl festhalten, um nicht lang hinzuschlagen.

»Ah ... wer ist denn Lestat69? Ts. Ts. Und was will er? Entschuldigung, aber ich muss mal eben ... Und Sie sind ... Armand? Was sagt denn Ihr Therapeut zu so was?«

Gerrit war kurz vor Schnappatmung. Ich schrieb: *Cher Lestat, bin gleich wieder da. Unerwarteter Besuch. Armand.* Dann gab ich bei Google die Begriffe *Eineiige Zwillinge und DNA* ein.

»Machen Sie eigentlich vor gar nichts halt? Darf ich wenigstens noch fragen, ob Sie mitessen wollen? Darf es noch ein heißes Bad sein, und soll ich mich vorm Servieren noch umkleiden?!«

»Ja«, sagte ich, ohne wirklich zugehört zu haben, denn ich las, was Dr. Google mir mitzuteilen hatte. Ein Grund die Siegerfaust zu schwingen. »Wussten Sie das, Gerrit? Ha?! Eineiige Zwillinge haben dieselbe DNA.« Ich drehte mich um und hielt ihm die Hand für ein High-Five hin. Aber Gerrit sagte nur: »Ja, das wusste ich. Sie hätten mich nur fragen müssen. Sind Sie fertig?«

»Nein. Und jetzt ...« Ich schrieb: *Eineiniige Zwillinge und Fingerabdrücke.* Schon wollte ich ein weiteres Mal triumphieren, aber mir blieb der Jubel im Halse stecken. Die Fingerabdrücke sind verschieden.

»Kein Triumph diesmal? Das hätte ich auch gewusst«, sagte Gerrit und wies mit ausgestreckter Hand auf die Wohnungstür. »Ich würde mich freuen, wenn Sie jetzt gingen.«

»Aber ich muss noch mal was nachgucken«, sagte ich. »Ich hoffe, Ihr kleiner Vampir ist die ganze Aufregung wert.« Ich rief das Telefonbuch auf und gab Brenner, Günther und Monika ein.

Hinter mir hörte ich, wie Gerrit tief Luft holte. »Das reicht jetzt! Ich bin weder ein Kiosk noch eine Auskunftei oder ein Schnapsladen oder ein Internetcafé.«

»Ist Winnie eigentlich auch bei Gay Romeo?«

»Ja, unter LongJohnSuperbulleHandschellenFolterknecht.de.«

»Ne?!«

»Natürlich nicht! Und wenn Sie jetzt nicht auf der Stelle gehen, dann halte ich Ihnen mal einen Vortrag über Privatsphäre.«

»Ich bin ja gleich weg. Muss nur noch die Sachen hier ausdrucken ...«

Der Drucker surrte. Ich schnappte mir die Blätter, stopfte sie in meine Tasche, rief die Chat-Seite von Gay Romeo auf und beeilte mich hinauszukommen. Gerrit lief hinter mir her. Er wollte wohl sicher sein, dass ich auch wirklich aus seiner Wohnung verschwand.

»Danke sehr, Armand«, säuselte ich. »Ihr bleicher Freund wartet. Ich finde selbst hinaus.« Der Computer meldete sich mit einem Pling. Lestat69 war wieder online. Gerrit war unschlüssig, ob er meine Hand nehmen sollte, die ich ihm zum Abschied reichte. Dann siegte der Armand in ihm. Er drehte sich um und schlidderte, wild mit den Armen rudernd, zurück ins Arbeitszimmer.

Im Anbau war alles dunkel. Ich ging hinein und rief nach Rudi, aber er war nicht mehr da. Auf dem Tischchen lag mein Notizbuch, daneben ein kleiner Werbekalender von Bestattungen Abendroth. Doktor Thoma lag lang ausgestreckt auf dem Teppich, die Nase fest auf den Boden gedrückt. Seine Schwanzspitze zuckte nervös.

Rudi hatte mir eine Nachricht hinterlassen: »Danke für alles, Maggie. Bitte kümmere dich um Matti.« Hätte er nicht wenigstens auf mich warten können? Natürlich nicht – hätte ich ihn gehen lassen, wenn er noch hier gewesen wäre? Bestimmt nicht.

Ich blätterte im Kalender – dort waren alle Termine und Vorhaben von Rudi notiert, bis zum Tag der Ausstellung. Für übermorgen hatte er die Abflugzeit für Spanien eingetragen und extra unterstrichen: *Weihnachten mit Elli. Heiratsantrag. Ring abholen nicht vergessen.*

Ich hatte einen Kloß im Hals. Oh Mann, Rudi war nicht abzuschütteln, wenn er sich erst einmal etwas in den Kopf gesetzt hatte. Wo war er jetzt hin? Hatte er überhaupt Geld in der Tasche? Was hatte er vor? Und warum ließ er mich, ausgerechnet mich!, mit dem ganzen Problem hier alleine sitzen? Ich konnte nur hoffen, dass er Dr. Herzig aufgesucht hatte.

Ich drehte mich einmal um meine eigene Achse, aber es änderte nichts an der Tatsache, dass er weg war. Und es änderte auch nichts daran, dass ich Winnie informieren musste. Ich müsste ihm ja nicht alles sagen – zum Beispiel, dass Rudi hier gewesen war. Ich würde ihm die Zwillingsidee schon irgendwie verkaufen. Das Notizbuch hätte Matti gefunden haben können ... oder so. Aber um es in die Hände zu bekommen, müsste ich erst mal da gewesen sein.

Mein Magen knurrte. Der Kater guckte mich mit großen Augen an. Ich öffnete eine Dose Katzenfutter. Doktor Thoma schnupperte, drehte sich dreimal um seine eigene Achse und konzentrierte sich wieder auf die Teppichfliesen.

»Du hast keine Veranlassung zu glauben, dass hier in der nächsten Zeit noch mal was Besseres auf den Tisch kommt.«

Seine Ohren zuckten, aber er blieb dabei. Für Dosenfutter würde er den Fußboden nicht freigeben.

»Glaubst du, da wohnen die Mäuse?«, sagte ich.

Seine zuckende Schwanzspitze sagte ja.

Ich steckte Rudis Kalender ein und wollte gehen, da hörte ich, wie auf dem Hof ein Auto anhielt und ein Garagentor geöffnet wurde. Um nicht eventuell Walburga wieder in die Arme zu laufen, spähte ich, von der Gardine verborgen, hinaus. Im Hof war das Licht angegangen. Ein Mann und eine Frau, beide dick in Schal und Mantel eingehüllt, beluden einen schwarzen Kombi mit Kartons, die sie aus der Garage nebenan holten. Endlich schob der Mann die große Flügeltür wieder zu, stieg in den Wagen und fuhr davon. Die Frau ging durch den Hintereingang ins Haus. Das Licht im Hof erlosch.

Kapitel 18

Von der Telefonzelle aus rief ich als Erstes Winnie im Präsidium an. Sein Kollege Peter sagte, dass Winnie unterwegs und es nicht ratsam sei, ihn auf dem Handy anzurufen, wenn es nicht um Leben und Tod ginge.

»Nun ja – tut es aber irgendwie«, sagte ich.

»Dann erzähl mal. Hast du den Verdächtigen gesehen?«

»Nein. Ich habe mir aber Gedanken gemacht zu dem Fall.«

»Aha?«, kam aus vom anderen Ende der Leitung.

»Stell ruhig auf *laut*, damit sich alle amüsieren«, sagte ich.

»Hab ich schon. Karin hört mit.«

»Hallo«, hörte ich Karin rufen. »Wieder irgendwelche spektakulären Ideen am Start?«

»Wem hast du deine letzte Belobigung zu verdanken? Ich kann auch meine Klappe halten und warten, bis Winnie wieder da ist.«

»Nee, erzähl mal«, sagte sie schon wesentlich interessierter.

Dass man die Leute aber auch immer daran erinnern musste, dass sie einem was schuldig waren.

Ich erklärte also die Zwillingstheorie, gab alle Fakten, die ich von Rudi erfahren hatte, durch und sagte: »Also – Geburtenregister und das ganze Pipapo. Seine Mutter hieß erst Margot Wevelsiep und dann später verheiratete Rolinski. Ihr müsst mit seinen Pflegeeltern reden oder die Hebamme ausfindig machen, bei der Frau Wevelsiep entbunden hat. Wenn es einen Bruder geben sollte, könnt ihr das am schnellsten feststellen.«

»Natürlich. Aber was ist mit den Fingerabdrücken?«

»Wie viele habt ihr denn finden können? Ich meine, an der Leiche oder so ...?«

Am anderen Ende der Leitung raschelte Papier. Ich hörte Peter irgendwas murmeln. Dann sagte Karin: »Einen brauchbaren. Und der ist von Rudi Rolinski.«

»Aber er hat die Leiche doch angefasst, als er sie entdeckt hat!«

»Hör auf, mit mir zu diskutieren, Maggie«, sagte Karin. »DNA lügt nicht.«

»Das habe ich doch nie behauptet! Und was, wenn es wirklich einen Zwilling gibt, eineiig?!«

»Abgesehen davon, dass du Gespenster siehst ... Woher weißt du das eigentlich alles?«, fragte Peter.

»Ich weiß es eben.«

»Ist Rudi etwa bei dir?«

»Nein, ist er nicht. Und selbst wenn er es wäre, ich würde es euch nicht sagen.«

»Oh, oh, du lehnst dich aber ganz schön aus dem Fenster für den. Hat dich der Geist der Weihnacht schon erwischt?«

»Würde mich freuen, wenn euch der Geist der Erkenntnis erwischen würde. Guckt ihr jetzt nach, ob Rudi einen Bruder hat?«

»Ja, ja«, hörte ich Karins Stimme.

»Sag nicht *ja, ja*. Das macht mich nervös. Ach, und noch was ...«

Am anderen Ende der Leitung hörte ich die beiden schwer atmen.

»Ich brauche das Tondokument mit dem Anruf, den ich in der Nacht gekriegt hatte. Ihr wisst schon ...«

»Und wie wir das wissen. Wozu brauchst du es?«, fragte Karin und konnte den genervten Unterton nicht verbergen.

»Für meinen Anwalt. Q-TV hat mich gefeuert, unter anderem auch deswegen. Vielleicht möchte ich denen noch Ärger machen. Könnt ihr das besorgen? Ohne Winnie was zu petzen?«

»Nein«, sagte Peter. »Weil wir das schon versucht haben. Dieses Gespräch ist nicht aufgezeichnet worden.«

»Ausgerechnet dieses nicht? Die …«

»Wenn ich es dir doch sage.«

Ich legte auf und wählte Winnies Handynummer, quatschte seine Mailbox voll, legte auf und hatte bei Elli auch nur den Anrufbeantworter dran, hinterließ aber keine Nachricht. Ob sie wieder im *Café Madrid* abhing, um ihren Frust in schlechtem Bier aus Hasselbrinks Zapfhähnen zu ertränken?

Was soll's? Ich warf noch mal Geld in den Automaten und erfuhr von Kai-Uwe, dass Elli wohl in Essig läge und jegliche Kommunikation mit der Außenwelt verweigerte. Wie Hasselbrink mit großem Genuss erzählte, war Kieslowski, der Taxikönig vom Kiez, am Nachmittag bei ihm gewesen, um die große Neuigkeit zu verkünden, dass Elli in der *Roten Laterne* Zoff mit einer Blondine gehabt hatte. Eifersuchtsdrama angeblich. Das Damencatchen war vom Wirt und seinen Thekenkräften beendet worden, beide Kontrahentinnen waren weitestgehend unverletzt, beklagt wurden der Verlust mehrerer falscher Fingernägel und Extensions, die der Blonden von Elli ausgerissen worden waren. Die Kämpferinnen waren mit einer Verwarnung und dem strikten Befehl, sich in den nächsten Tagen nicht mehr in der *Roten Laterne* blicken zu lassen, nach Hause geschickt worden. Ich legte auf und überlegte, ob Elli überhaupt der richtige Umgang für Rudi war. Aber die Vorstellung, dass sie Danuta erwischt hatte, machte mir schon große Freude. Jetzt kriegt sie all ihre Gehässigkeiten zurück. Bei nächster Gelegenheit würde ich mich bei Elli dafür bedanken. Dann hinterließ ich meine Informationen und die Hoffnung, dass Rudi bei ihm auftauchen würde, auf Dr. Herzigs Anrufbeantworter. Leider fiel mir danach keiner mehr ein, den ich noch hätte anrufen können, und so blieb mir nichts anderes übrig, als zu tun, worum Rudi mich gebeten hatte. Ich lief zur Unistraße und nahm die nächste Bahn in Richtung Wiemelhausen, um Matti einen Besuch abzustatten.

Ich fand ihn im Sarglager. Matti lag auf dem Papstsarg, balancierte die Süßigkeitenurne auf seiner Brust und holte im Sekundentakt ein Gummibärchen heraus, warf es in die Luft und fing es mit dem Mund auf.

»Das wird eine sehr schlechte Angewohnheit,« sagte ich. »Sie können sich nicht nur von Weingummi ernähren.«

Matti setzte sich auf und hielt mir die Urne hin. »Ich esse auch Schokolade.«

»Na, dann ist ja alles gut«, sagte ich und zündete mir eine Zigarette an.

Nach drei perfekten Kringeln, die hintereinander durchs Sarglager schwebten, sagte Matti: »Ich habe Rudis Mütze gefunden. Er hat sich hier versteckt.«

»Ich weiß«, sagte ich.

»Woher?«

»Das kann ich Ihnen nicht sagen, sonst haben Sie ein Problem mit Ihrer Ethik.«

»Habe ich sowieso. Ich kann es nicht der Polizei sagen. Was, wenn Rudi heute Nacht wiederkommt, und sie kennen dann sein Versteck?«

»Haben Sie gerade darüber nachgedacht?«

»Nein.«

»Über was denn dann?«

Matti zuckte die Schultern, er fabrizierte ein kleines Lächeln und blieb stumm. Ich meinte den Subtext, der in der Stille waberte, hören zu können: »Dann haben Sie ein Problem, Frau Margret.«

»Dann machen Sie eben gar nichts. Dagegen ist ethisch nichts einzuwenden. Die Mütze kann ja irgendwie, irgendwann hier liegengeblieben sein. Glauben Sie, dass Rudi den Mann ermordet hat?«

»Nein.«

»Und dass er fremdgeht?«

»Nein.«

»Ich glaube das auch nicht. Gucken Sie mal hier.« Ich gab Matti den Computerausdruck, und er las interessiert.

»Das ist die einzige Idee, die noch Sinn ergibt, wenn Rudi nicht gelogen hat«, sagte er.

»Aber leider sind die Fingerabdrücke nicht identisch, da können sie so eineiig sein, wie sie wollen. Und so lange wir den Zwilling nicht leibhaftig vor uns sehen, wird uns auch keiner glauben.«

»Ich bin Ihnen sehr dankbar, dass Sie Rudi nicht aufgegeben haben.«

»Ach was. Keine Ursache. Ich habe mit Winnies Kollegen gesprochen, aber so richtig überzeugt habe ich die wohl nicht.«

Plötzlich legte Matti einen Arm um mich und drückte mich an sich. Ich wartete auf Protestgeschrei aus meinem Inneren, aber es kam nicht. Ganz im Gegenteil ließ ich es geschehen und blieb, wo ich war, angelehnt an den finnischen Thanatopraktiker, der zu meinem Erstaunen mehr Wärme ausstrahlte als ein Kanonenofen.

»Ich bin eigentlich wegen was ganz anderem hier«, sagte ich leise.

»Ich brauche einen Job. Ich habe heute die Kündigung im Callcenter gekriegt. Und ich habe eine Wohnung gemietet. Also, eigentlich war es andersrum – erst die Wohnung, dann die Kündigung. Verstehen Sie? Brauchen Sie jemanden?

Eventuell? Ich schiebe auch Telefondienst, wenn Sie mit Mia zu Wilmas Hochzeit fahren. Ich meine, da wird ja noch was zu tun sein, und ... ich halte einfach die Stellung und ... gebe an Ihre Vertretung weiter ... also ... Sie wissen schon. Bis Sie wieder da sind. Und ich kümmere mich um Rudis Problem ... also, ich meine der Herzig kümmert sich ja darum ... aber der will ja auch zur Hochzeit ... und ...« Meine Güte, war das schwer. Ich spürte Mattis Arm auf meiner Schulter, und mein Körper sog seine Wärme regelrecht auf – aber je wärmer mir wurde, desto schlimmer wurde es. Ich wäre am liebsten unter sein Hemd gekrochen. Vielleicht könnte ich mich dort in Sicherheit bringen.

Matti ließ mich los. Ich erschrak. Hatte ich irgendwas gesagt, was ich nicht hatte sagen wollen? Waren meine Gedanken zu laut gewesen? Er stand auf, schritt langsam die Reihen der Särge ab und summte einen finnischen Tango.

»Was sagen Sie zu dem Vorschlag?«, sagte ich und hätte am liebsten gerufen: »Und jetzt setzen Sie sich gefälligst wieder hin und drücken mich noch mal!«

Aber Matti nahm noch ein Gummibärchen aus der Urne und ging hinaus. Ich blieb in Ermangelung tauglicher Ideen auf dem Sarg sitzen und zündete mir eine Zigarette an. Da hatte ich mir ja wieder was eingebrockt. Ich schaute mich um und erinnerte mich, wie es hier vorher ausgesehen hatte, als das Bestattungsinstitut noch einem gewissen Herrn Sommer gehört und für den ich die Sekretärin gegeben hatte. Und mit dieser Erinnerung fielen mir prompt die letzten Jahre auf den Kopf und rammten meinen Hals zwischen die Schultern. In meinem Inneren machte sich das aufgestaute Brackwasser unverdauter Erlebnisse bemerkbar, das ausgerechnet jetzt hinaus wollte. Ich schluckte, doch meine innere Stimme sagte schlimme, aber wahre Dinge zu mir, an denen ich nicht vorbeihören konnte. Und ewig grüßt das Murmeltier. Da sind wir also wieder, sagte sie ohne Gnade. Statt ein Drehbuch zu schreiben und in der Weltgeschichte rumzugondeln, sind wir einmal im Kreis gelaufen. Dafür haben wir wie lange gebraucht? Vier Jahre? Um genau wo zu landen? Auf einem Sarg?

Ich holte tief Luft und gab patzig zurück: Es hätte auch schlimmer kommen können: *in* einem Sarg!

Im selben Moment kam Matti mit einer großen Plastikbox zurück, die er vor mir abstellte. »Willkommen«, sagte er und öffnete den Deckel.

Ich schaute in die Kiste. Dort lagen: ein Handy, ein dunkelgrauer Damenhut mit dezentem schwarzen Hutband auf dem *Bestattungen Abendroth* stand, dazu Handschuhe und eine schwarze wattierte Winterjacke mit Mattis Firmenlogo und eine Strickmütze mit Ohrenklappen.

»Mia trägt im Büro keinen Anzug so wie Rudi und ich. Das sollten Sie auch so machen – diese Sachen sind für den Fall, dass Sie mal mit rausmüssen.«

Ich sprang vom Sarg und zog die Jacke an – sie passte perfekt.

»Die Sachen warten schon etwas länger auf Sie.«

»Danke«, sagte ich und wischte mir die Tränen aus dem Gesicht. »Sie sind ein hoffnungsloser Fall, Herr Matti.«

Er setzte mir die Mütze auf und sagte: »Sie aber auch, Frau Margret.« Und dann lachte er so laut, dass er einen Toten hätte aufwecken können.

Er lachte noch, als er die Kiste verschloss, meine Hand nahm und mich zum Ausgang brachte. »Wenn es Ihnen recht ist, kommen Sie morgen um zwölf, dann ist Mia noch da, und Sie kann Ihnen alles zeigen, damit Sie sich in den nächsten Tagen zurechtfinden. Es hat sich mittlerweile einiges geändert. Und Sie müssen auch keine Angst haben – im Augenblick sind keine Leichen in den Kühlfächern.«

Bevor ich mich bedanken konnte, stand ich unvermittelt auf der Anlieferungsrampe im Hof. Hinter mir fiel die Tür ins Schloss. Wie betäubt stopfte ich den Bärchenmantel in meine Umhängetasche und lief über den Hof bis zur Straße, unfähig zu begreifen, was soeben passiert war. Matti hatte laut gelacht.

An der Straßenecke blieb ich stehen und sah mich um. Über dem Eingang leuchtete das Firmenschild: *Bestattungen Abendroth*. Die Tür öffnete sich, Matti kam heraus und schlidderte, fröhlich mit den Armen rudernd, zur anderen Straßenseite auf seine Haustür zu.

Ohne mein Bewusstsein mit einzubeziehen - das war irgendwo zwischen Mattis Lachen und seinem Tänzchen auf der Straße und der erschreckenden Erkenntnis stecken geblieben, dass ich mich so gut fühlte, wie seit Jahren nicht mehr -, trugen mich meine Beine zur Haltestelle. Und bevor ich wusste, wie ich dort hingekommen war, stand ich vorm *Schickobello* und hatte den Finger auf Ellis Klingel. Das Schaufenster des Ladens war dunkel. Aus ihrer Wohnung hörte ich Tom Waits singen und wappnete mich innerlich für das Inferno, dessen ich in den nächsten Minuten ansichtig werden würde. Elli öffnete tatsächlich nach dem dritten Klingeln.

»Tach, Frau Ruschkowsky«, sagte ich, »Kann ich mal reinkommen?«

»Warum grinst du so blöde?«, sagte Elli, ohne die Tür freizugeben.

»Das geht dich nichts an. Aber: Ich hab gehört, du hast Danuta Piontek rundgemacht?« Ich nahm ihre Hand und schüttelte sie. »Danke, sie hat's verdient, die alte Giftspritze.«

Ich nutzte das Überraschungsmoment und schob mich an Elli vorbei ins Wohnzimmer.

»Woher weißt du denn, wie die Schickse heißt?« Sie knallte die Tür zu und baute sich vor mir auf.

»Weil das eine Kollegin von mir war. Aus dem Callcenter.«

Elli packte mich unvermittelt am Kragen meiner neuen Jacke und zischte: »Und du wusstest das die ganze Zeit?«

Ich zappelte, und sie ließ mich wieder los.

»Ja, ich hab die auf dem Foto erkannt. Aber mit wem die zusammen ist, weiß ich bis heute nicht. Der Kerl auf dem Foto ist bestimmt nicht Rudi. Und diese Überlegung solltest du auch mal in Erwägung ziehen.«

»Was machst du in Rudis Jacke?«

»Das ist meine Jacke. Ich arbeite jetzt bei Matti. Weil Rudi mich drum gebeten hat.«

»Wann?!«

»Neulich.«

»Du hast den gesehen?«

»Elli, hör auf rumzuschreien und mach endlich mal die Musik leise. Ja, ich hab den gesehen. Aber da du ihm nicht helfen willst, muss ich es wohl tun.«

Plötzlich wurden Ellis Gesichtszüge ganz weich. Sie ließ sich auf ihr pinkfarbenes Flokatisofa plumpsen, das aussah, als wäre es aus Chewbaccas Überresten gefertigt worden. »Wie geht es Rudi denn?«, fragte sie kleinlaut. Ich machte die Stereoanlage aus und sagte: »Den Umständen entsprechend. Leider ist er wieder abgehauen, anstatt drauf zu warten, dass sich die Sache aufklärt.«

»Wo will er denn hin?«

»Ja, was weiß ich denn? Er hat es mir nicht gesagt. Das ist wohl der Sinn von verstecken, oder?«

»Mir tut das alles so leid.« Elli rang die Hände. »Ich hätte nicht so ... also ...«

»Er wird dir verzeihen. Aber jetzt mal konkret: Hat dir Danuta wenigstens irgendwas Sachdienliches zu ihrem Verhältnis, mit wem auch immer, mitgeteilt, bevor du ihr die Haare ausgerissen hast?«

Elli guckte angestrengt aus dem Fenster. Draußen rauschte der Nokia-Express am Garten vorbei. Ich spürte die Vibration in den Fußsohlen und verscheuchte einige unangenehme Erinnerungen.

»Ich war angeschickert, ich weiß nicht mehr so genau ...«

»Dann streng dich gefälligst an.«

»Die hat immer nur rumgeplärrt, dass sie keinen Rudi kennt.«

»Hast du denn nicht nach dem Namen von dem Typ gefragt, mit dem sie in der *Roten Laterne* gesessen hat?«

»War mir doch scheißegal, was der Rudi der Alten für einen Namen gesagt hat. Der wär' ja auch schön blöd, wenn er ihr seinen richtigen sagen würde.«

»Was für eine Logik! Ich fasse es nicht. Du warst sooooo nah dran! Jetzt können wir nur noch Winnie anrufen, damit der Danuta befragt. Was, wenn die abgehauen ist? Gegen die wird schon wegen Diebstahls bei Quality-TV ermittelt. Die hat gar keinen Grund, noch fünf Minuten in der Stadt zu bleiben. Und schon gar nicht, wenn du die auch noch verhaust.«

»Könnt ihr mich nicht alle mal in Ruhe lassen? Der Winnie war schon hier und hat mich stundenlang über den Dieter Macke ausgequetscht.«

»Und was hast du ihm erzählt?«

»Was ich eben so weiß über den. Dass der Privatdetektiv ist und oft für große Firmen arbeitet. Für so Versicherungen oder so ähnlich. Der hat so seine ganz eigenen Methoden. Der war ganz schön schlau.«

Na ja, dachte ich, schlau genug, um sich umbringen zu lassen. Aber ich sagte lieber nichts, sondern wartete darauf, dass Elli weitererzählte.

»Der hat sich immer nur Autos geliehen, nie 'ne feste Adresse angegeben, außer diesem komischen Büro in Wuppertal. Alles legal, der wollte nur nicht, dass ihm irgendeiner mal auf der Matte stehen würde, weisste, die, die der entlarvt hat und so. Als der mich hier besucht hat, kam der immer mit einem schwarzen Audi, vom Autoverleih.«

Ich horchte auf.

»Was für ein Autoverleih?«

»Frankfurt, hat er gesagt. Sind Freunde von ihm – kein offizieller Autoverleih. Du weißt schon. Die haben nur Schlitten, denen man nicht ansieht, wie viel PS die haben.«

»Und der war mit so einem hier bei dir?«

»Ja. Hab ich vom Fenster aus gesehen.«

»Nummernschild?«

»Weiß ich doch nicht.« Elli sank immer tiefer auf ihrem Sofa zusammen. Sie langte mit letzter Kraft über die Sofalehne und holte sich eine Handvoll Pralinen aus einem Glas, das auf dem Beistelltisch stand, und schob sich alle auf einmal in den Mund.

»Deine Diät geht zum Teufel«, sagte ich.

»Mir doch egal.«

»Aber Rudi bestimmt nicht.«

Elli hörte auf zu kauen und sagte mit vollem Mund: »Der Fisch is' gegessen. Der kommt bestimmt nicht mehr zurück. Schon gar nich' zu mir. Aber was hätte ich denn denken sollen ...?«

»Tja, denken ist nicht jedermanns Sache. Aber du könntest mal langsam damit anfangen. Aber noch mal zu Macke. Hat der eventuell falsche Namen benutzt? Ich meine, der muss doch bei seinen Recherchen irgendwo abgestiegen sein? Hotel oder so?«

»Hat Winnie auch nach gefragt. Aber ich weiß das nicht. Ehrlich. Ich hab dem früher für'n Hunni 'ne schöne Stunde gemacht und dem einen geblasen, dat dem Hören und Sehen verging, wenn der da war, verstehsse? Und mit vollen Mund spricht man bekanntlich nich'.«

»Ah, ja.« Ich nahm eine Praline aus dem Glas. Elli guckte mich an.

»Du weißt doch gar nix, Prinzesschen.«

»Ja, Frau Oberschlau – aber wer sitzt denn jetzt hier und heult? Kann ich mal telefonieren?«

Elli langte wieder ins Pralinenglas. Ich ging in die Diele und rief im Präsidium an. Peter meldete sich. Er klang müde.

»Schon was rausgefunden?«

»Oh Mann, sag mal, es reicht mir, Winnie Blaschke im Nacken zu haben!«

»Ich hab nur gefragt. Und ich habe was vorbeizubringen, aber nur, wenn du versprichst, es Winnie sofort auszuhändigen.«

»Aber natürlich. Was ist es diesmal? Hast du einen Klon von Rudi entdeckt?«

Ich ließ mir meine Enttäuschung darüber, dass Karin und Peter offensichtlich noch gar nichts unternommen hatten, nicht anmerken und sagte:

»Rudi Rolinskis Terminkalender. Hab ich von Matti. Der hat ihn gefunden. Müsstet ihr nicht längst eine Information über den Todeszeitpunkt von Macke haben? Vielleicht hat Rudi ein Alibi, was der Zwillingstheorie Auftrieb geben würde.«

»Du nervst, Maggie. Selbst wenn ich es wüsste, würde ich es dir nicht sagen. Aber komm um Himmels willen vorbei und bring den Kalender mit.«

»Und noch was – Danuta Piontek, ja, die der Seidel auf dem Kieker hat ... fragt die doch mal danach, wie ihr Freund heißt. Ich glaube, dann haben wir den Zwilling schon gefunden.«

»Spinnst du?«

»Nei-en! Ich glaube, ich erzähle das alles lieber Winnie. Du bist wohl nicht im Bilde.«

Plötzlich meldete sich Winnies Stimme aus dem Hintergrund: »Miss Marple, wenn ich erfahre, dass Rudi bei dir war und du nicht Bescheid gesagt hast, dann ... verhafte ich dich und du verbringst den Heiligen Abend hinter Gittern!«

»Hast du die ganze Zeit mitgehört?«

»Natürlich.«

»Dann weißt du ja jetzt, was los ist. Ich bin bei Elli, schick einen Streifenwagen, der den Kalender abholt, ich habe keine Lust, durch den Schnee zum Präsidium zu laufen. Ich muss morgen arbeiten.«

»Ach? Wie das denn?«

»Bestattungen Abendroth, was kann ich für Sie tun, Herr Kommissar?«

»Ich schicke einen Wagen«, sagte Peter. »Und wenn Winnie dich erwischt, dreht er dir den Hals um.«

»Warum kann er mir das nicht selber sagen?«

»Darum. Einen schönen Abend noch.«

Elli war auf der Couch eingeschlafen. Ich holte eine Decke aus dem Schlafzimmer und stellte ihren Wecker auf sieben Uhr. Dann stibitzte ich noch eine Praline und ging hinaus, um auf den Streifenwagen zu warten. Ich hätte den Hinterausgang nehmen sollen. Winnie stand schon mit laufendem Motor vor der Tür. Deswegen konnte er mir das nicht selber sagen.

Kapitel 19

Ich stieg ein, zog meine neue Mütze über die Ohren, um die Gardinenpredigt, die ich von Winnie erwartete, wenigstens etwas zu dämpfen. Aber anstatt mir Vorhaltungen zu machen, schwieg er, was ich noch schlimmer fand. Um die dicke Luft zwischen uns noch dicker zu machen, zündete ich mir eine Zigarette an. Winnie konterte, in dem er das Schiebedach öffnete. Eiskalte Luft zog mir in den Nacken, und ich zog mir auch noch die Kapuze über den Kopf. Das Martyrium hielt sich also in Grenzen. Schließlich standen wir vor der Einfahrt und er sagte: »Fertig mit Luftverpesten?«

»Fertig mit Rummuffeln?«

Er grinste und schloss das Schiebedach.

»Ganz schön schlau, Frau Abendroth.«

»Wie soll ich das jetzt verstehen?«

»Ich muss sagen, die Zwillingstheorie hat was, bei Grimms Märchen vielleicht. Aber die Rechtsmedizin hat mittlerweile den Todeszeitpunkt von Macke eingegrenzt, und wenn Rudis Kalendereintragungen der Überprüfung standhalten sollten ...«

»Was dann? Nix mehr Märchenstunde? Warum wehrst du dich so vehement gegen die Idee? Ich denke, du magst Rudi?! Dann spring mal über deinen Schatten.«

Winnie schwieg. Er sah müde aus. Eigentlich tat er mir fast schon leid, aber er hatte die Mittel, Rudi aus dem Schlamassel zu holen. Warum tat er es nicht einfach?

»Und wann ist Macke gestorben?«, fragte ich.

»Erst den Kalender.«

Ich verschränkte die Arme vor der Brust und hielt meine Tasche fest umklammert. »Such ihn doch.«

»Kann ich jetzt das Beweisstück endlich haben?«

»Sag mir ein Datum und eine Uhrzeit.«

»Donnerstag, circa 23 Uhr plus-minus drei bis vier Stunden.«

»Das deckt sich doch mit dem Anruf, den ich im Callcenter hatte.«

»Ich wusste, dass du das sagen würdest.«

»Ja, und? Hab ich es eben gesagt. Ich hab nämlich mit Elli gesprochen, und so ein Wagen mit Frankfurter Nummer, wie Macke gefahren hat, ist heute Abend hier gewesen, wurde in der Garage da vorne beladen und ist dann weggefahren worden. Sah aus wie ein Audi Kombi.«

»Kennzeichen?«, fragte Winnie.

»Irgendwas mit F-DH. Hab ich nicht aufgeschrieben.«

»Und womit wurde der beladen?«

»Mit Kartons.«

»Spektakulär.«

»Jetzt mal andersrum Verhör, Herr Kommissar. Woran hat der Macke denn gearbeitet? Oder für wen?«

»Würde ich dir grad sagen, wenn ich es wüsste. Aber ich weiß es nicht. Wir suchen immer noch seine Unterlagen, und von der Kleidung etc. pp. haben wir auch noch nichts gefunden.«

»Vielleicht sind die ja in seinem Auto?«

»Hm ...«

»Irgendein Hotel oder eine Pension ausfindig gemacht, wo der gewohnt haben könnte?«

»No.«

»Vielleicht hat er ja in seinem Auto campiert? Meldet sich in seinem Büro denn keiner auf eure Anrufe?«

Winnie schlug mit beiden Händen aufs Lenkrad. »Du kannst einen wahnsinnig machen, Maggie Abendroth.«

»Es muss auch was geben, das ich gut kann. Sollen wir mal in der Garage gucken, ob die Karre da ist?«

»Ich habe keinen Durchsuchungsbeschluss. Sorry.«

»Du Armer. Neugierige Nachbarin braucht keine amtlichen Bescheinigungen.« Ich stieg aus und lief über den Hof. Die Lampen gingen an. Ich rüttelte am Garagentor. Es war offen. Ich warf einen Blick in die Garage. Kein Wagen. Eine weitere Untersuchung konnte ich nicht vornehmen, da ich kein Licht machen wollte, also schloss ich die Tür und ging zu Winnies Auto zurück.

»Nix. Und sag jetzt nicht: Hab ich was anderes erwartet?«

»Okay, ich sage es nicht, aber gedacht habe ich es. Aber mal was ganz anderes. Kommst du mit nach Spanien? Matti macht den Betrieb doch zu.«

»Nein. Auf gar keinen Fall fahre ich nach Spanien. Ich hüte das Bestattungsinstitut und räume ein bisschen auf. Wann geht dein Flug?«

»Wir sind alle für übermorgen elf Uhr nach Barcelona gebucht. Hat Mia gecheckt, inklusive Leihwagen.«

»Ich bedaure die Crew auf dem Flug jetzt schon. Gute Reise«, sagte ich und ging.

»Hey«, rief Winnie mir hinterher, »Maggie! Rudis Kalender?!«

Ich reichte ihn Winnie durchs offene Fenster. »Vermisst eigentlich keiner diesen Macke? Ich meine Vermisstenanzeige oder so?«

»Bis jetzt nicht. Elli hat gesagt, der war mehr so ein Einmannbetrieb.«

»Hm, aber wie war das noch gleich mit George Clooney in *Ein unmöglicher Härtefall*? Hinter jedem Edmund Hillary steckt ein Tenzin Norgay.«

»Was heißt das jetzt?«

»Dass du nicht genug Filme guckst. Es bedeutet, dass es immer einen gibt, der einem den Rucksack trägt. In Mackes Fall eine Sekretärin vielleicht – so eine Miss Topisto?«

»Wer ist das denn jetzt wieder?«

»Egal, ich kann jetzt mit dir nicht die Fernsehereignisse der letzten zwanzig Jahre durchgehen. Kümmere du dich um die Zwillingstheorie und um Danuta. Je schneller, desto besser. Rudi will an Heiligabend seiner Elli einen Heiratsantrag machen. Versau ihm das nicht.«

Winnie blätterte in Rudis Kalender und verzog das Gesicht. »Schade, wäre ja zu schön gewesen.«

»Was steht denn da?«

»Bis 21 Uhr hat er mit Matti in der Werkstatt gearbeitet. Und dann hat er geschrieben: *Alleine zu Hause bis zum nächsten Tag sieben Uhr* ... wenn ich das Gekritzel richtig interpretiere. Schreibt der eigentlich immer alles auf? Oder ...? Maggie?!«

»Ich hab nix damit zu tun. Das hat ihm bestimmt Miss Topisto geraten.«

Er kurbelte die Scheibe hoch und gab Gas.

Ab jetzt wurde es lebensgefährlich für Rudi. Die Fahnder würden nicht eben zimperlich mit ihm umgehen, wenn sie ihn fänden. Ich drehte die Heizungen auf und warf meine Tasche auf die Couch. Meine erste Nacht in meiner neuen Wohnung. Von Doktor Thoma keine Spur, na ja, nicht ganz. Eine Teppichfliese hatte er bereits so bearbeitet, dass sie schon ganz dünn in der Mitte war. Ich kniete mich auf den Boden und schnupperte. Es roch nicht nach toter Maus, nur nach der Chemie, die neue Teppichfliesen eben so ausdünsten.

Ein Klopfen an der Tür ließ mich zusammenfahren. Ich rappelte mich auf und schob die Gardine zur Seite. Walburga starrte mich an.

»Was willst du?«, rief ich durchs geschlossene Fenster.

»Ist das deine Katze?«, schrie sie zurück.

»Welche?«

»Die bei meiner Freundin in der Küche hockt und den Kühlschrank leer frisst!«

»Könnte sein«, sagte ich. »Schmeiß sie doch raus.«

»Die lässt sich aber nicht anfassen!«

»Ich komme«, sagte ich und öffnete die Tür.

»Was machst ausgerechnet du hier?«, sagte Walburga unfreundlich.

»Wohnen. Was dagegen?«

»Hast du das mit dem Body gepetzt? Danuta und ich haben totalen Ärger.«

»Ach? Ich dachte, ihr habt Urlaub.«

»Vielleicht verlieren wir sogar unseren Job.«

»Sei mal ein bisschen freundlicher, sonst kann deine Freundin sehen, wie sie den Kater wieder aus der Bude kriegt. Und nein, ich habe nichts gepetzt«, log ich. »Jones kommt auf manche Sachen auch von ganz allein. Vor allem, wenn ihr den Kram auf dem Flohmarkt vertickt, und die halbe Belegschaft weiß davon. Und im Übrigen: *Ich* habe heute Morgen meine Kündigung gekriegt und nicht ihr.«

Walburga blieb plötzlich mitten auf dem Hof stehen, und ich stolperte in sie hinein. »Warum das denn?«, sagte sie.

»Ist leicht zu erraten. Möhl und seine Beurteilungen. Und ich wette mit dir, dass Danuta da mit dran geschraubt hat, und du wahrscheinlich auch. Ihr habt mich vom ersten Tag an gemobbt. Und jetzt lass mich den Kater holen, und dann verschwinde aus meinem Leben. Ich möchte in Ruhe hier wohnen und mit dir nichts mehr zu tun haben.«

Walburga kniff die Augen zusammen und öffnete den Mund, um was zu sagen, aber ich hob die Hand und sagte: »Verzichte auf deine Entschuldigung.«

»Das hättest du wohl gern. Ich hab mich für nix zu entschuldigen. Und schon gar nicht bei dir!«

Im ersten Stock erwartete mich das übliche Szenario. Doktor Thoma in der Küche, verzweifelte Kühlschrankbesitzer eng zusammengedrängt im Wohnzimmer. Kaum, dass ich in der Diele stand, wollte Frau Schmicke auf mich losgehen, aber Walburga drängte sie zurück ins Wohnzimmer.

»N'Abend«, sagte ich. »Tolles Kostüm – Kinky-Slinky-Extra-Schlank, wie ich sehe. War letzte Woche im Angebot.«

Der Mann auf dem Sofa stellte sich mir nicht vor, sondern glotzte nur, schob Tabakkrümel vom Couchtisch auf den Teppich und drehte den Fernseher lauter. Frau Schmicke riss ihm die Fernbedienung aus der Hand, bückte sich, klaubte die Tabakkrümel wieder auf und fauchte: »Sag du doch auch mal was. Die kommt hier einfach rein ... und ...«

Der Kerl stemmte sich aus dem Sofa, grunzte und schlug die Wohnzimmertür zu.

»Du hast ja tolle Freunde«, sagte ich zu Walburga. »Die reinsten Salonlöwen.«

»Halt die Klappe, Maggie«, zischte sie und schubste mich durch die Diele in Richtung Küche. Die beiden Couchpotatoes konnten durchaus die Personen gewesen sein, die im Hof den Wagen beladen hatten. Dagegen sprach, dass ich mir kaum vorstellen konnte, wie der Typ überhaupt unfallfrei einen Karton tragen, geschweige denn einen frisierten Audi fahren sollte. Rein geistig schien er das Niveau eines Spielgefährten aus Kautschuk zu haben.

»Jetzt mach endlich«, sagte Walburga.

Die Küche sah aus wie der Ausstellungsraum von Quality-TV. Bis auf den ausgeräumten Kühlschrank und den dicken Kater, der rülpsend unterm Küchentisch saß, selbstverständlich. Bevor Doktor Thoma überhaupt kapierte, was los war, hatte ich sein Nackenfell gepackt und ihn unter dem Tisch hervorgezogen. Er war so vollgefressen, dass er noch nicht einmal mehr protestierte. Vielleicht war er aber auch erschöpft von der wilden Verfolgungsjagd, die er sich mit den Bewohnern geliefert hatte, wovon eine zerbrochene Tasse und verschüttete Milch mit einem Topping aus Fruitloops und Haferflocken auf dem Fußboden und mehrere Löcher und gezogene Fäden in den Fenstervorhängen zeugten.

Walburga machte die Tür frei, und ich ging.

»Wäre besser, du würdest die Bude gleich wieder kündigen«, sagte sie. »Wir wollen dich hier nicht.«

»Tut mir leid. Mir gefällt die Wohnung.«

»Ich werde mit dem Vermieter reden, verlass dich drauf. Du fliegst hier schneller wieder raus, als du glaubst. Und wie willst du die überhaupt bezahlen, ohne Job?«

»Ich hoffe, der Vermieter hat einen guten Anwalt. Und an deiner Stelle würde ich mal den Mund nicht so voll nehmen. Wenn Kommissar Seidel erst mal seine Zähne in deinen Hals geschlagen hat, dann war es das.«

»Woher kennst du den denn?« Walburgas Stimme überschlug sich.

»Ich kenne eben die richtigen Leute. Und schönen Gruß an Danuta. Lange nicht gesehen, die Gute. Aber ...« Ich reckte die Nase in die Luft und schnupperte. »Pötti Papa Nöll, wenn mich nicht alles täuscht. Hat sie sich im Wandschrank versteckt?«

Walburga knallte mir die Tür vor der Nase zu. Mist! Ich hätte sie nach Danutas Kneipenbekanntschaft fragen sollen.

Anstatt die Treppe herunterzugehen, drückte ich den Kater an mich und klopfte mit dem Ellbogen an die Wohnungstür. Walburga riss die Tür auf.

»Mit wem trifft sich Danuta eigentlich in der *Roten Laterne*? Wollte ich noch wissen.«

»Scher dich zum Teufel, Maggie!«

Diesmal drehte sie den Schlüssel um und legte die Kette vor. Doktor Thoma hing wie ein nasser Sack in meinen Armen. Ich ging mit ihm zurück zum Anbau und verriegelte hinter mir die Tür. Das waren ja hervorragende Aussichten für die nächste Zeit. Wenn ich es recht überlegte, konnte mir die Schmicke hier das Leben zur Hölle machen.

»Doktor Thoma, die könnte dich vergiften.«

Ich setzte den Kater auf dem Boden ab. Er schleppte sich sofort wieder zu seiner Lieblingsstelle, fiel auf die Seite und blieb liegen.

»Geht es auch etwas weniger mittig?«

Ich bekam keine Antwort. Der Kater war eingeschlafen. Gute Idee, dachte ich mit einem Blick auf das Quietscheentchenradio mit eingebauter Uhr: 22.30 Uhr. Unschlüssig betrachtete ich die Nudelpackung und den Parmesan, entschied mich aber dann für Dusche und Bett. Leider war ich nach dem Duschen hellwach. Ich holte den Zettel aus der Tasche, auf dem ich die Telefonnummer der Brenners notiert hatte. Offenbar musste man hier ja alles alleine machen. Matti hätte bestimmt nichts dagegen, wenn ich das Firmenhandy mit einem Anruf für Rudi einweihen würde.

Die Frau, die sich meldete, klang nervös, als sie sagte: »Monika Brenner hier.«

Ich entschuldigte mich für die späte Störung, und sie hörte schweigend zu, als ich ihr den Grund meines Anrufes erklärte. Und als ich Rudi erwähnte, sagte sie nur: »Ach. Ich hatte solche Sorge, dass es das Krankenhaus sein könnte. Meinem Mann geht es nicht gut. Aber Sie wollten mir von Rudi erzählen, wie geht es dem armen Jungen?«

»Er ist in Schwierigkeiten, Frau Brenner.«

»Ach, der Unglücksrabe ... ich hoffe, er hat nichts angestellt.«

Sie sprach von Rudi, als wäre der mal grad zehn Jahre alt, und in ihrer Stimme schwang echtes Bedauern mit. Also fragte ich sie ganz direkt: »Frau Brenner, hätten Sie Rudi damals lieber behalten?«

»Aber sicher. Wir hatten schwierige Zeiten, als mein Mann den Schlaganfall hatte ... es war nicht leicht, bestimmt nicht. Aber das Jugendamt hat entschieden, dass der Junge wegkommt. Das hat mir so leid getan. Er war ein lieber Kerl.«

»Das ist er immer noch. Und er hat Sie nicht vergessen. Können Sie mir sagen, ob er einen Bruder hat?«

Frau Brenner dachte nach. Nach einer Weile sagte sie: »Darüber weiß ich nichts. Solche Dinge wurden einem damals nicht mitgeteilt. Das Krankenhaus, wo er geboren wurde, müsste das wissen. Die Hebamme vielleicht ...?«

»Haben Sie noch Papiere aus der Zeit?«

»Nein, leider nicht. Ich habe nur ein Foto von ihm behalten. Ich muss jetzt auflegen. Das Krankenhaus könnte anrufen.«

Ich verabschiedete mich von ihr und schickte eine SMS an Winnie: *Frag das Krankenhaus! Oder such nach der Hebamme! Rudis Pflegeeltern hab ich selbst angerufen! Die wissen leider nichts.*

Am liebsten hätte ich das alles in Großbuchstaben geschrieben, aber ich wollte Winnie nicht vollends verärgern. Er war schon sauer genug auf mich.

Am nächsten Morgen wurde ich von einer Tangomelodie geweckt. Im ersten Moment wusste ich nicht, wo ich war. Ich hatte schlecht geschlafen und war dementsprechend orientierungslos. In der Nacht hatten die Garagentore gequietscht, und Autos waren über den Hof gerollt. Dann hatte ich geglaubt, ein tiefes Brummen direkt neben meinem Bett zu hören. Irgendwann waren alle Geräusche zu einem unheilvollen Traum verarbeitet worden, in dem ein schwarzer Audi, vollgeladen mit Teppichen von Quality-TV, die Hauptrolle gespielt hatte. Ich fiel beinahe von der Couch, als ich mich aufrichtete, denn Doktor Thoma hatte sich so breit gemacht, dass er mich bis an den Rand der Schlafcouch gedrängt hatte. Es dauerte eine Weile, bis ich das Handy in meiner Tasche gefunden hatte. Auf dem Display leuchtete mir *Bestattungen Abendroth* entgegen. Und ich sah die Uhrzeit: 7.30 Uhr. Ich freute mich trotzdem, Mattis Stimme zu hören. Aber es war Mia, die mir zum neuen Job gratulierte und mich bereits sehnsüchtig erwartete. Sie versicherte mir, dass sie umgehend Espresso für mich besorgen wollte und ein neues Notizbuch und sie würde mit Matti bis zu meiner Ankunft einen weiteren Schreibtisch aufbauen, und, und, und.

Mit dem Hörer in der Hand starrte ich auf den Garagenhof und begleitete Mias Erklärungen mit ein paar »Hms« und »Ja« und »Toll«. Ich wurde aus meinen Gedanken gerissen, als Mia sagte: »Bis dann, also ... Hast du was von Rudi gehört?«

»Nein«, sagte ich und verabschiedete mich. Und endlich wurde mir klar, warum es draußen viel dunkler war, als ich erwartete hatte. Der Schnee war weg. Ich öffnete das Fenster und ein laues Lüftchen wehte herein. Aus der Traum von der weißen Weihnacht.

Ich schaute aufs Handy. Keine Nachricht von Winnie. Der müsste doch mittlerweile Rudis Familienverhältnisse überprüft haben. Mach schneller, Winnie, dachte ich. Je eher Rudi aus dem Schneider ist, desto schneller bin ich den Job bei Matti wieder los.

Aber das willst du doch gar nicht, sagte meine innere Stimme. Was weißt du denn schon, was ich will und was ich nicht will. Egal, was da im Sarglager war – Matti und ich, darüber gibt es nichts zu diskutieren.

Da hab ich aber was anderes gesehen ...

Die Tangomelodie hielt mich von der Fortsetzung meines stummen Streitgespräches ab. Worüber ich sehr froh war, denn ich ahnte, dass ich die Diskussion diesmal verlieren könnte.

Ich nahm den Anruf an, hörte Reifen quietschen, Ellis Stimme, die Oma Berti zu noch forscherer Fahrweise aufforderte, und plötzlich ein Martinshorn und wieder Ellis Stimme: »Maggie, Maggie ... die Bullen sind hinter uns her.«

»Und warum?«

Plötzlich war die Leitung tot. In der nächsten Sekunde schoss Bertis alter grüner Mercedes Kombi auf den Hof, bremste und geriet ins Rutschen. Ich machte einen Satz vom Fenster weg, weil das Heck des Wagens direkt auf mich zukam. Ich sah die vor Panik aufgerissenen Augen von Davidoff, der auf der Rückbank herumgeschleudert wurde.

Der Motor erstarb, und zwischen die Heckleuchten und mein Wohnzimmerfenster passte keine Briefmarke mehr. Berti und Elli stiegen aus, an der Hofeinfahrt rauschte ein Polizeiwagen vorbei, und das Quäken des Martinshorns wurde leiser.

Ich öffnete die Tür. »Was glaubst du, wo ich einziehen werde, wenn du mir mit deinem Wagen ein Loch in die Mauer rammst?«, sagte ich zu Berti.

»Is doch gar nix passiert. Ich hab die Karre im Griff. Und hat doch geklappt – die Trachtentruppe is wech.«

»Warum flüchtest du überhaupt vor der Polizei? Ist deine Bonuskarte in Flensburg voll?«

Berti zuckte die Schultern. Elli schob mich von der Tür weg und pflanzte sich mitten im Zimmer auf.

»Seid ihr sicher, dass die hinter euch her waren?«

»Wat denn sonz?«, sagte Berti, guckte sich kurz in der Wohnung um und fuhr fort: »Zieh dir ma wacker wat an. Wir müssen uns wat angucken.«

»Müssen wir das? Sind wir bis zwölf wieder zurück? Ich hab nämlich einen neuen Job.«

»Wissen wir«, sagte Elli und stupste Berti in die Seite. Die holte aus ihrer großen Handtasche einen Briefumschlag, der bereits aufgerissen war. »Dat hat so'n Hassan bei mir für dich abgegeben«, sagte Berti.

Ich nahm den Umschlag entgegen. »Und da war der schon offen?«

»Nee. Dat war ich.«

»Schon mal was von Briefgeheimnis gehört?«

»Dat is doch gar kein Brief. Dat is eine Liste. Und da haben wir wat gefunden.«

»Kann ich 'n Kaffee?«, sagte Elli kleinlaut. »Ich hab nich viel geschlafen.«

»Bedien' dich«, sagte ich und rührte mich nicht von der Stelle. Ich betrachtete mehrere Seiten der Liste, die Hassan für mich ausgedruckt hatte. Die Bestellungen der Designerteppiche von Quality-TV. Auf der ersten Seite hatte er am Rand handschriftlich hinzugefügt, dass er die Teppiche, die nicht von NRW aus bestellt worden waren, aussortiert hatte, ebenso diejenigen, die in andere Bundesländer geliefert worden waren. Übrig geblieben waren von fünftausend Adressen nur noch 637.

»Das sind aber viele«, sagte ich. Elli kam mit dem Bialetti Espressokocher aus der Küche und hielt ihn mir hin. »Der geht nicht auf.«

Der Kater hob schlaftrunken den Kopf aus den Kissen und rollte sich wieder ein.

»Gezz sach doch ma, wat du gemacht has«, sagte Berti und nahm Elli die Bialetti aus der Hand.

»Ja, also ... ich war noch mal in der *Roten Laterne*. Und da hab ich den Dings, also den Chef gefragt, wer die Tussi denn war, also die Blonde. Sagt der, die heißt Danuta. Das hast du ja auch gesagt. Und dann hab ich gefragt, ob der weiß, wie der Kerl hieß, den die bei sich hatte, da sagt der, dass die den immer Eckes genannt hat, und er hätte sich gewundert, dass der Rudi mit so'n komischen Namen einverstanden wäre ... Ja, und dass ein Kerl Kirschlikör trinkt. Und dann hab ich erst mal'n Schnaps gebraucht. Irgendwann bin ich zu Berti. Und da hat die die Liste da liegen, und ich find diese Danuta Piontek da drauf.«

»Und dann? Was habt ihr dann gemacht?«

»Haben wir uns überlegt, dass wir da jetzt mal hinfahren«, sagte Elli, als sei es das Selbstverständlichste von der Welt, mal eben bei der Frau vorbeizufahren, der man tags zuvor noch die Haare ausgerissen hatte.

»Und dann?«

»Frach doch nich immer: und dann!«, mischte sich Berti ein. Ohne Sinn für Gefahr, schubste sie Doktor Thoma von der Sofakante und setzte sich auf den angewärmten Platz. »Wir warten vor der ihre Haustür.«

»Und dann?«

»Kommt vielleicht der Kerl, den die Eckes nennt, raus – und dann sehen wir weiter«, sagte Elli. »Wegen dem endgültigen Beweis. Wir müssen den Typ finden.«

»Ach ja? Und wie soll der aussehen, der endgültige Beweis?«

»Watte ma ab. Wir haben da so unsere Methoden. Wenn ich einen seh, und noch einen inne selbe Sekunde, dann sind dat zwei. Kapiert? So, und gezz zieh dir wat an. Aber dalli.«

»Was? Zwei?! Warum muss ich denn überhaupt dabei sein, wenn ich mal fragen darf? Ihr braucht ja wohl keinen dritten Mann zum Skat, oder?«

»Nee«, sagte Berti, »aber wenn der Kerl auftaucht, dann kann et sein, dat et'n bissken hoch hergeht, weil ich vorhab, den dann festzunehmen ... verstehsse?«

»Du?!«

»Jasija. Dat is' gesetzlich erlaubt.« Berti zückte ein Büchlein aus ihrer Manteltasche, blätterte darin, hob den Zeigefinger und referierte: *Wer als Privatperson eine vorläufige Festnahme durchführt, muss den Festgenommenen unverzüglich der Polizei übergeben. Der Festnehmende darf bei der Festnahme in gewissem Umfang Gewalt anwenden, um den Verdächtigen festzuhalten. Dies ist aber nur insoweit rechtmäßig, als der Gewalteinsatz erforderlich ist, um den Verdächtigen am Weggehen zu hindern.* So, weisse gezz Bescheid.«

»Und du rechnest tatsächlich mit Gewaltanwendung. Ich bin total beruhigt. Wir beide halten den Kerl fest, also einen mutmaßlichen Mörder, und Elli setzt sich dann auf unseren Festgenommenen drauf, bis die Polizei kommt, oder was?«

»So weit isset noch nich. Aber wenn, dann müssen wir zuschlagen können. Da zählt jede Hand. Ich weiß ja nich, in welchem Zustand der Rudi dann is, wenn der seinen leibhaftigen Bruder erssma gesehen hat.«

»Aber wir wissen doch noch gar nicht, ob meine Theorie stimmt!«

»Deswegen machen wir dat doch. Stehss du auffe Leitung?«

»Aber ... Rudi?! Wieso, Rudi?!«

Kapitel 20

Kaum hatte ich auf dem Rücksitz neben Davidoff Platz genommen, der es sich nicht nehmen ließ, mir eine echte Pudelwäsche angedeihen zu lassen, hob sich auf der Ladefläche eine Decke, und Rudi wünschte mir einen guten Morgen.

»Warum machst du das?«, herrschte ich ihn an, ohne seine Begrüßung zu erwidern. »Der Herzig steht für dich parat, und du lungerst hier mit unseren beiden Hobbydetektivinnen rum.«

»Lass meinen Freund in Ruhe«, kam es vom Beifahrersitz, »sonst hetz ich den Hund auf dich.«

»Der hat mich schon abgeschlabbert, schlimmer kann es nicht mehr kommen.«

»Wart's nur ab«, sagte Elli.

Berti trat das Gaspedal durch, und unsere Köpfe schnackten kollektiv nach hinten und wieder nach vorne. Von der Ladefläche kam ein »Aua«. Ohne vom Gas zu gehen, steuerte Berti den alten Benz durch die Hofeinfahrt und bog in die Taubenstraße ein. Sie machte sich nicht die Mühe, an der nächsten Straßenecke zu gucken, ob eine Lücke frei war. Die anderen Autofahrer mussten glauben, wir hätten uns einfach mal eben aus dem Nichts auf der linken Spur materialisiert. Der Wagen touchierte beinahe einen ahnungslosen Fußgänger, der einen Kaffee balancierend sein Heil in der Flucht suchte. Hinter mir versuchte Rudi Halt zu finden. Ich hörte, wie Schädel gegen Metall prallte.

»Berti! Wenn Rudi heil aus der Sache rauskommen soll, dann fahr ordentlich!«, rief ich und klammerte mich mit beiden Händen an Ellis Kopfstütze.

»Geht schon«, stöhnte Rudi. »Je eher wir die Sache geregelt haben, desto besser.«

Ganz in meinem Sinne, aber wenn Berti weiterhin wie Michelle Mouton herumraste, würden wir alle im Leichenschauhaus enden. Wir konnten etwas durchatmen, als sie an der roten Ampel vor dem Schauspielhaus anhielt. Kaum sprang die Ampel auf Grün, ging es im Stil der Rallye Paris-Dakar weiter. Rudi wurde auf der Ladefläche herumgekegelt, und Davidoff zitterte und versuchte, auf meinen Schoß zu klettern.

Ich rief: »Wenn wir zur Erzstraße wollen, dann musst du die Bessemer rechts rein und am Bochumer Verein links auf die Alleestraße.«

»Mach ich doch«, rief Berti.

Sie bremste in letzter Sekunde und kurbelte das Steuerrad herum. Hinter uns begann die Symphonie für 43 Hupen und 172 kreischende Bremsbeläge.

Berti, lässig eine Hand am Steuer, drehte sich um und sagte: »Rudi, du sollz unterre Decke bleiben. Wenn die Bullen dich sehen, bisse erledigt.«

»Sind wir sowieso und zwar wegen dir! Guck nach vorne!«, sagte ich. »Rudi ist da das kleinere Problem.«

»Jetzt lass doch mal die Berti fahren, wie sie will«, sagte Elli. »Du machst die noch ganz nervös.«

»Was mich nervös macht, ist die ständige Anwesenheit des Todes, sobald sie sich hinters Steuer setzt«, gab ich zurück. Rudi lachte.

»Und was bist du überhaupt so lustig drauf? Sollte dir der Arsch nicht auf Grundeis gehen? Und noch mal überhaupt: Wie kommt es, Elli, dass ihr euch wieder vertragen habt? Weihnachtswunder?«

»Wir haben uns verlobt«, sagte sie.

Den Umstand, dass man sich, um sich zu verloben, vielleicht erst mal hätte wieder versöhnen müssen, übersprang sie geradezu leichtfüßig. Ihr linker Arm schoss nach hinten, und sie hielt mir mit anmutiger Geste ihre Hand vor die Nase. Dort prangte ein Verlobungsring mit einem kleinen Diamanten.

»Der is' echt!«

Berti nahm die nächste Linksabbiegerspur auf die Alleestraße auf zwei Reifen. Ellis Verlobungsring traf mich unterm Kinn. Aber das schmälerte ihre gute Laune nicht im Geringsten.

Unterm Radar flogen wir die Alleestraße hinauf, am Gelände des Westparks vorbei und passierten den Stadtteil Stahlhausen in unter dreißig Sekunden.

»Hast du etwa die Nerven gehabt, den Ring noch abzuholen, Rudi?«, fragte ich.

»War ja kein Problem. Ich hatte doch Zeit. Und da hab ich gedacht, wer weiß, ob ich Weihnachten überlebe oder ob ich Elli jemals wiedersehe. Also bin ich erst zum Juwelier und dann bei ihr vorbei und hab ihr das erklärt. Auch die Geschichte mit meinem Zwilling und dass das deine Idee war. Ne? Meine Zuckerschnute?«

»Ja«, sagte Elli voller Seligkeit und betrachtete den Ring. »Und kannste da Nein sagen?«

»Jederzeit«, sagte ich.

»Der Rudi hat sich nicht geschont. Und er ist wie ein Ritter vor der Tür gestanden, und Blumen hatte er auch dabei gehabt, und dann isser vor mir auf die Knie gefallen und hat gesagt: ›Und wenn es das Letzte ist, was ich tue. Elli Ruschkowsky, egal, was du von *mir* denkst – egal, wie die Sache ausgeht – ich denke nur gut von dir, und ich will, dass du weißt, dass ich bereit bin, den Rest meines Lebens mit dir zu verbringen. Du musst jetzt nichts sagen, aber bitte nimm diesen Ring von mir als Zeichen meiner Zuneigung – dann kannst du mir gerne den Kopf abschlagen‹. Das hat mein Rudi zu mir gesagt!«

Ich drehte mich um und guckte ihn an. Sein Gesicht glühte vor Stolz und Freude.

»Und wann genau war das?«

»Bevor ich zu Berti gegangen bin. Wir mussten doch was tun. Und Berti weiß immer, was richtig ist«, sagte Elli.

Ich war mir nicht ganz sicher, ob das den Tatsachen entsprach, denn der Mercedes schoss nach links über die Straßenbahnschienen hinweg in die Erzstraße, in eine Einflugschneise ungefähr so groß wie die Lücke, die Luke Skywalker auf dem Weg zum Mittelpunkt des Todessterns gehabt hatte. Berti bremste den Wagen ab, schlenzte in eine Parklücke, und dann standen wir endlich vor dem Haus Nummer 11. Jedenfalls war das Danutas Adresse, die bei der Teppichbestellung angegeben worden war.

Ich schob Davidoff zur Seite und guckte an der Fassade hoch. Alle Fenster waren noch dunkel. Mein Handy zeigte 8.15 Uhr.

»Und wie lange warten wir jetzt hier? Sollen wir nicht lieber klingeln und gucken, ob Danuta aufmacht?«

»Aber die kennt dich doch, Maggie. Und die kennt die Elli. Glaubsse, die macht uns einfach die Tür auf und sacht, komma rein, ich lass mir gerne noch einen vonne Elli auffe Ömme geben?«

Ein leises Schnarchen von der Ladefläche zeugte davon, dass Rudi eingeschlafen war.

Elli drehte sich um und sagte: »Ach, der Rudi is' müde. Wir hatten ja auch 'ne lange Nacht.«

»Möchte ich gar nichts Näheres drüber wissen«, sagte ich sofort.

»Und gezz hol ma' die Verpflegung raus«, befahl Berti, und Elli zauberte aus dem Fußraum eine Tasche hervor, holte

Thermoskanne, Tassen und ein Butterbrotpaket heraus und verteilte das Frühstück.

»Bei eine Observierung isset am wichtigsten, datte durchhalten kannz.«

»Steht in deinem kleinen Kriminalratgeber auch, was ich machen soll, wenn ich aufs Klo muss?«, warf ich ein.

»Zusammenkneifen.«

Ich guckte skeptisch auf die Kaffeetasse. Wer weiß, wie lange das hier dauern würde ... aber dann siegte die Unvernunft und der Kaffeedurst und ich trank.

Allmählich erwachte die Straße zum Leben. Die ersten Hundebesitzer verließen mit ihren Vierbeinern die Häuser. Bei dem einen oder anderen Mann sagte Elli: »Ach, guck mal ... der lebt auch noch.« Oder: »Den kenn' ich, der is knauserich. Voll den Igel in 'ner Tasche. Wollte immer das volle Programm – von hinten und von vorne und mit Abspritzen und ohne Kondom, weisste. Hat aber angeblich nur'n Fuffi in der Tasche, weil seine Alte den so kurz hält. Also, für'n Fuffi, hab ich immer zu dem gesagt, kannste mal dein Glück am Straßenstrich in Gelsenkirchen bei 'ner ukrainischen Weißbrotschnitte versuchen, aber nicht bei mir. Seh ich aus, als hätt' ich'n All-Tours-Schild auf der Stirn? Diese All-inclusive-Mentalität heutzutage geht mir voll auf den Zeiger! Keiner hat mehr Sinn für gute deutsche Wertarbeit.«

Berti biss in ihr Fleischwurstbrot und nickte.

Wie gut, dass Rudi schlief. Welcher Bräutigam würde gerne Geschichten hören, in denen andere Männer für die Gunst seiner Angebeteten bezahlten – und vor allem, was sie für ihr Geld alles bekommen hatten?

Zwei Stunden später waren alle Hunde wieder in ihren Häusern, die Zeitungsboten waren durch, genauso wie die

Müllabfuhr und der Postbote. Wir hatten unsere Brote gegessen und den Kaffee getrunken. Rudi war zwischenzeitlich wach geworden, blieb aber unter der Decke liegen, schließlich war es mittlerweile hell, wenn man den wolkenverhangenen Winterhimmel als hell bezeichnen wollte. Rudis Enthusiasmus war unerschöpflich; er kaute an seinem Wurstbrot und plapperte unablässig über Spanien und wie toll es werden würde, wenn er als freier Mann mit seiner Elli am nächsten Tag dort hinfliegen würde. Seine erste Flugreise überhaupt.

»Ist ja ein bisschen wie vorgezogene Flitterwochen, oder so. Voll supi, ich war noch nie in Spanien. Der Raoul wird Augen machen. Ich sag euch, der hatte auch'n Auge auf die Elli geworfen, ganz bestimmt.«

»Das Einzige, was ich Raoul je habe werfen sehen, waren sehr scharfe Messer«, sagte ich. »Und wenn diese Observierung ergebnislos bleibt, was macht ihr dann? Vielleicht ist der Typ ja gar nicht hier?«

»Der Winnie arbeitet schon dran«, sagte Berti. »Der packt dat Problem von'ne offizielle Seite an. Nur, wir wollten ja nix unversucht lassen. Und wir sind einfach schneller ...«

»... als die Polizei erlaubt. Wie wahr. Wir hätten längst Winnie anrufen können«, sagte ich. »So, und ich muss zur Toilette – und ich werde das Observierungsfahrzeug jetzt verlassen, und im *Gazi-Antep-Grill* mein Glück versuchen.«

»Bringste mir so 'ne Türkenbrause mit?«, sagte Rudi. »Uludag heißt die. Steh ich voll drauf.«

»Noch jemand irgendwelche Bestellungen? Elli? Vielleicht'n Döner?«

»Nee«, sagte sie und zwinkerte mir zu. »Bin doch auf Diät – wegen dem Hochzeitskleid.«

Ja, ja, Pralinen-Alkohol-Spiegeleier-Diät. Ich verkniff mir einen Kommentar, denn Rudi sagte voller Stolz: »Die Elli, die is' schneller, als die Weight Watchers erlauben, ne? Aber ich liebe jedes Gramm an ihr, wegen mir muss die das nicht machen, die sieht sogar im Kartoffelsack aus wie 'ne Königin.«

»Na, siehste, Elli, musse dich gar nich' so kasteien«, sagte Berti, holte unter ihrem Sitz ein Fernglas hervor, beobachtete die Fenster von Haus Nummer 11 und murmelte: »Wann steht die Tussi denn endlich ma auf?«

»Vielleicht hat der Seidel die längst verhaftet? Oder die ist abgehauen.«

»Warum sachste dat denn nich gleich, Maggie?«

»Mich fragt ja keiner. Und was ist jetzt Elli? Döner oder nicht Döner?«

»Nimm einen«, befahl Berti. »Wenn'ze noch zwanzich Kilo verlierss, dann sieht dein Hintern aus wie'n Raffrollo, und mit deinen Halsbehang kannze'n Truthahn Konkurrenz machen. Denk ma drüber nach – oder hasse schon inne Schönheitsklinik gebucht für dat Straffen. Kostet ja 'ne Stange Kohle, ne?«

Berti drückte mir einen Zwanzig-Euro-Schein in die Hand. »Ich will'n Döner mit Tsatsiki und mit Scharf.«

»Für die Elli auch«, sagte Rudi. »Was soll ich mit einem Raffrollo und 'nem Truthahn im Bett? Wärmt doch gar nicht.«

Elli zuckte die Schultern. »Na gut. Aber mit Salat und kein Scharf und kein Knoblauch.«

Wenn der Tag so weiterginge, würde ich es wegen ununterbrochenen Kopfschüttelns ins Guinnessbuch der Rekorde schaffen. Während ich in der Dönerbude auf der Toilette saß, dachte ich ernsthaft darüber nach, Winnie anzurufen, um Bertis Ausflug zu petzen, ließ es dann aber doch sein. Ich dachte, das Schlimmste, was passieren kann, ist, dass nix passiert, keine Danuta und kein Eckes auftaucht, ich um halb zwölf die nächste Bahn nach Wiemelhausen nehme und die Dreierbande die Observierung irgendwann ergebnislos abbrechen muss.

Als ich von der Toilette kam, nahm ich drei Döner in Empfang, holte eine große Flasche Uludag aus dem Kühlschrank, bezahlte und trat hinaus auf die Straße. Ich hörte Rudi rufen: »Der sieht ja echt voll aus wie ich«, was Eckes mit einem Fußtritt in Richtung von Rudis Kronjuwelen quittierte. Er zappelte und trat um sich, wie ein wild gewordener Brummkreisel, aber sein Hals befand sich in der eisenharten Umklammerung von Ellis Armen. Bevor sich Rudi auf seinen Zwilling stürzen konnte, rammte der Elli einen Ellbogen in die Seite und stieß ziemlich unfair mit dem Knie nach. Mir fiel vor Schreck die Flasche mit der Limo aus der Hand, die mit lautem Knall auf dem Bürgersteig zerschellte. Alle Köpfe drehten sich in meine Richtung. Nur Oma Berti machte in aller Ruhe Fotos mit ihrem Handy. Elli rang vor Schmerz nach Luft. Das nutzte Eckes aus, um sich endgültig aus dem Schwitzkasten zu befreien. Rudi stürzte nach vorne, packte Eckes von hinten, und dann rollten die beiden über die Straße. Binnen Sekunden konnte niemand mehr sagen, wer wer war. Einer der beiden schrie: »Du Arschloch hast mir auch noch einen Anzug geklaut!«

»Du hast doch genug davon, Bruderherz!«

Es war wie das Hütchenspiel: Kaum dachte man, sicher zu sein, wer Rudi war, rollten sie herum und man wusste es wieder nicht. Irgendwann bekam der eine vom anderen einen Schlag in den Magen, vermutlich Rudi, denn der andere, also Eckes, sprang auf die Füße und rannte direkt auf mich zu.

»Bleib stehen!«, schrie Rudi. Davidoff sprang aus dem Auto und galoppierte dem Flüchtenden hinterher.

»Fass!«, rief Elli, und ich hoffte, dass Davidoff wüsste, wen seine Chefin damit meinte.

»Hättste wohl gerne«, keuchte Eckes, schubste mich brutal zur Seite und verschwand in der Dönerbude. Kaum hatte ich mich vom Schreck erholt, stürzte Rudi an mir vorbei. Ich hörte Türen klappern und dann war es ruhig. Drei Portionen Döner klebten auf meiner neuen Bestatterjacke – und statt dem Flüchtigen hinterherzurennen, bremste Davidoff vor mir ab und warf sich an meine Brust.

Berti steckte ihre Kamera ein und half Elli auf, die vor Schmerzen stöhnte.

Hinter mir flog die Tür vom Dönerladen wieder auf.

»Warum hast du ihm kein Bein gestellt, Maggie?!«, rief Rudi und warf vor Verzweiflung die Arme in die Luft. Dann drehte er sich um seine eigene Achse. »Herrgott! Ich war so nah dran, meinen … meinen … äh meinen Bruder kennenzulernen! Jetzt ist er weg ... wie ...!«

»Stopp ma!«, rief Berti. »Woher sollen wir wissen, ob du Rudi bis?«

»Aber ich bin es doch.« Er zerrte an meiner Jacke herum. »Maggie, sag du doch mal was.«

Ich versuchte mich aus seinem Klammergriff zu befreien und sagte: »Weiß ich nicht«, und bekam Angst. Vielleicht hatte Eckes seinen Bruder auf dem Hof hinter der Dönerbude zu Brei geschlagen und mimte jetzt den Unschuldigen. Aber ich musste mich nicht lange fürchten, denn Elli walzte auf uns zu, packte Rudi am Revers seines Anzugs und sagte: »Bücken!«

Der Kerl, der vorgab, Rudi zu sein, wehrte sich nicht und beugte sich vornüber. Elli, völlig unbeeindruckt von der Menschentraube, die sich auf der Straße sammelte, zog seine Hose halb herunter und sagte: »Er ist es!«

Berti lachte und machte noch ein Foto von Rudis einwandfrei identifiziertem, blankem Hintern, den ein Tattoo zierte. Ein kleines Herz, in dem stand: Elli forever.

Rudi zog sich die Hose wieder hoch und küsste seine Verlobte. »Du bist so klug, Elli. Da wär ich jetzt von selber gar nicht drauf gekommen.«

Berti nahm Rudi in den Arm und sagte: »Ich hab allet fotografiert, dat zeigen wir Winnie, und du bis entlastet.«

»Aber das ist mein Bruder ... Ich habe einen Bruder ... einen Zwilling ... und der sieht aus wie ich ...« Rudi schien von der Wucht der Erkenntnis schwer getroffen, denn es sah aus, als würde er im nächsten Augenblick ohnmächtig umkippen.

»Rudi!«, Berti erhob ihre Stimme, »dat is doch gezz egal! Und warum willze den Spacken kennenlernen? Der is doch verdorben bis auffe Knochen – seinen eigenen Bruder'n Mord inne Schuhe schieben!«

»Aber trotzdem ...«, sagte Rudi enttäuscht und ließ den Kopf hängen. Elli streichelte ihm über den kahlen Schädel.

Mittlerweile war der Besitzer der Dönerbude hinter der Theke hervorgekommen und sammelte mit der Kehrschaufel die Reste der zerfledderten Dönertaschen vom Boden auf. Davidoff fand wohl, dass das eine fantastische Abwechslung sei, und biss in den Handfeger.

»Wir fahren nach Spanien, Elli, wir fahren nach Spanien ... Aber vorher hau ich meinem Bruder noch auf die Fresse, verlass dich drauf«, sagte Rudi.

»Aber sicher«, sagte Elli, als die beiden in den Wagen stiegen.

»Gezz mach dich ma sauber, Maggie, du machs mir sonz die Sitze schmierig. Und komm ma inne Hufe, oder willze da ewig stehen bleiben?«

Der Döner-Mann reichte mir wortlos einen feuchten Lappen, ging zurück in seinen Laden und knallte die Tür zu.

Davidoff schaute mich aus seinen schwarzen Knopfaugen an. So sieht Enttäuschung aus.

»Und was jetzt?«, fragte ich in die Runde, als wir wieder im Auto saßen. Es stank entsetzlich nach Knoblauch und Dönerbrät, und Davidoff klebte schon wieder mit seiner Zunge an meiner Jacke. »Ich muss nach Hause, mich umziehen, die Jacke in die Reinigung bringen und dann zu Bestattungen Abendroth.«

»Ich würd ja mitkommen«, sagte Rudi.

»Nix da. Wir fahren gezz ins Präsidium und liefern die Fotos ab. Und dann würd ich sagen, dat wir danach alle ma schön nach Hause gehn und die Koffer packen«, sagte Berti.

Elli trank den letzten Schluck Kaffee, gab einen kleinen Rülpser von sich und nickte: »Gute Idee. Koffer packen ist eine sehr gute Idee.«

»Noch besser wäre es, wenn ihr erst mal den Herzig anruft«, gab ich zu bedenken.

»Maggie, wennze mit mir Armdrücken willz, musse früher aufstehn. Der is längst informiert.«

»Ach ja. Und erklärt der Herzig auch deinem Enkel diese, wie soll ich sagen, Fahndungspanne?«

Davidoffs Zunge hatte sich mittlerweile bis zum Kragen meiner Jacke hochgearbeitet.

»Et is keiner gestorben, wir haben, wat wir brauchen, und dat war et. Wat willze denn noch, Maggie?«

»Winnie heute lieber nicht unter die Augen treten. Das will ich. Denk doch mal nach: Dieser Eckes ist alarmiert und taucht unter, und was glaubst du denn, wer jetzt nicht mit nach Spanien fährt? Dein Winnie, der muss nämlich hierbleiben, weil er die Fahndung nach dem Täter leiten muss. Schon mal drüber nachgedacht?«

Bertis Kopf fuhr herum.

»Na, endlich mal sprachlos?«, konnte ich mir nicht verkneifen hinzuzufügen. »Die Ampel ist übrigens rot.«

Berti bremste scharf ab. Unsere Köpfe schnackten nach vorne, und Davidoff rutschte vom Rücksitz und blieb verdattert im Fußraum liegen.

»Ach«, sagte Rudi, »den haben die schnell. Und da hat der Winnie seine Leute dafür, oder? Die können doch drei Tage auf den verzichten, und es ist ja sowieso Weihnachten.«

Ich schüttelte über Rudis Naivität den Kopf. »Das Verbrechen kennt keine Feiertage, soweit ich weiß.«

Berti fuhr die Strecke zurück zu meiner Wohnung zwar nicht mehr ganz so schnell, aber an ihrem Schweigen konnte ich erkennen, dass die missglückte Mission an ihr nagte. Und dass ausgerechnet sie es war, die dem Brautführer die Hochzeit vermasselte. Wieder ein Anzug aus Winnies Sortiment, der jetzt nicht zur Vorführung gebracht und beklatscht werden konnte.

»Wat machst du denn an Weihnachten?«, fragte Berti unvermittelt.

»Nix«, sagte ich. »Und komm jetzt nicht auf die Idee, dass ich, nur weil Winnie verhindert ist, das überzählige Flugticket übernehme. Ich wollte euch alle zum Essen einladen – aber ihr fahrt ja lieber nach Spanien, um der Hochzeit von Wilma beizuwohnen und euch vom Knipser ablichten zu lassen.«

»Nee«, sagte Elli. »Du hast vergessen, dass wir auch zu unserem Lieblingskoch fahren. Ne?! Berti?! Und seit wann kannst du überhaupt kochen?«

»Genau, Elli. Und du Maggie, sei man nich so kratzbürstich. Ich dachte, dat du die Gelegenheit wahrnimms, dich mit Wilma zu versöhnen, und datte froh bis, wennze ma'n paar Tage rauskomms.«

»Nein, keine Chance. Ich habe Matti mein Wort gegeben, dass ich auf den Laden aufpasse, wenn er nicht da ist. Und ich hab auch noch einiges in meiner Wohnung zu tun.«

»Wat denn? Hasse etwa vor, da länger zu bleiben?«

»Ich meinte damit: schlafen, nicht renovieren. Ach, und Elli, kannst du mir bitte die Telefonnummer von dem Macke geben?«

Elli und Rudi hatten sich zwischenzeitlich über die Rückenlehne des Vordersitzes hinweg aneinander festgesaugt. Es sah so aus, als müssten sich zwei ineinander verkeilte Oktopoden voneinander lösen.

»Elli, die Nummer von Macke.«

»Ja«, sagte sie, »schick ich dir per SMS. Was willst du von dem, der ist doch tot?«

»Vielleicht begebe ich mich auf die Suche nach seinem Sherpa.«

»Is wat in deine Birne durcheinandergekommen, als der Eckes dich geschubst hat?«, fragte Berti.

»Nein, würde ich nicht sagen. In meinem Hirn sieht es so aus wie immer.«

»Also wie Wattenscheid Hauptbahnhof?«, sagte Berti.

Rudi lachte. »Fährt da überhaupt noch 'ne Bahn?«

»Nee«, prustete Elli, »Dafür haben die aber da keine Probleme mit Verspätungen ... t'schuldigung Maggie ... aber ... aber ...«

Ich hatte die Wohnungstür noch nicht aufgeschlossen, da hatte ich das Handy hervorgeholt und telefonierte mit Winnie, um die ganze Bande zu verpetzen.

»Und warum hast du mich nicht sofort angerufen? Wie kannst du nur ...?! Und warum höre ich die Story überhaupt von dir? Ich hab ein Observierungsteam vor Ort!«

»Da war keiner. Sonst hätten die doch eingegriffen, als Rudi sich mit Eckes geprügelt hat.«

»...«

»Winnie? Bist du noch dran?«

»Ja. Bist du sicher?«

»Glaubst du, ich erzähl dir Märchen? Vielleicht waren deine Leute grad frühstücken. Berti ist mit Elli und Rudi auf dem Weg zu dir. Sie hat Fotos gemacht. Und noch eins: Nimm deiner Oma den Führerschein weg, das ist mein Wunsch für dieses Weihnachtsfest.«

»Sorry, das Christkind nimmt keine Wunschzettel mehr an. Bis dann.«

»Viel Spaß in Spanien ...«

Winnie hatte aufgelegt. Stille kann ein sehr aufdringliches Echo haben.

So machte das alles keinen Spaß, dachte ich, als ich aus der Dusche kam. Ich wickelte mich in ein Handtuch und ging in den Wohn-Schlafraum, um eine Zigarette zu holen. Doktor Thoma war gerade dabei, seine Lieblingsteppichfliese vom Boden abzulösen.

»Und du suchst dir auch mal ein anderes Hobby!«, sagte ich, schubste ihn von der Fliese weg und traktierte die hoch stehende Ecke mit dem Fuß. Aber sie wollte partout nicht kleben bleiben.

Kapitel 21

Bevor mein erster Arbeitstag bei Bestattungen Abendroth angefangen hatte, war er auch schon wieder vorbei. Mia, Matti und ich hatten Kuchen gegessen, Kaffee getrunken, ich hatte mir von Mia die neue Telefonanlage erklären lassen und mich darüber gefreut, dass Matti mir die Schlüssel für ›den kleinen Sarg‹ überließ, wie Rudi den Stadtwagen nannte, mit dem Mia sonst herumkurvte, wenn sie Erledigungen zu machen hatte. Mia hatte sich bald verabschiedet, um daheim die Koffer zu packen, und dann war ich mit Matti allein. Er räumte im Büro herum, und ich tat so, als hätte ich auch jede Menge zu tun. So guckten wir geflissentlich aneinander vorbei.

Schließlich sagte er: »Sie können jetzt gehen, Frau Margret. Es ist ja nichts mehr zu tun.«

»Ach was. Sie sollten lieber gehen und Ihre Koffer packen. Ich schließe ab«, sagte ich und schob auf meinem Schreibtisch die jungfräuliche Stiftebox hin und her.

»Frau Margret ... ich möchte ... ich ...«

»Kein Problem. Ich schlage vor, wir reden darüber, wenn Sie aus Spanien wieder da sind. Dann haben Sie nachgedacht und ich vielleicht auch. Zugegeben, es hat mich überrascht ... positiv überrascht. Aber ich kann das nicht einordnen, wenn Sie verstehen, was ich meine. Also ... Herrgottnocheins – ich weiß es nicht!«

Matti guckte mich mit großen Augen an und lächelte.

»Nicht lachen, jetzt. Ich fürchte einfach, wir machen Fortschritte und ich bin darauf nicht vorbereitet. Ich ... ich ... mag Sie einfach. Und Sie scheinen mich auch zu mögen ... Aber ich weiß nicht, warum.«

»Das weiß man doch nie«, sagte Matti. »Und das ist auch gar nicht schlimm. Ich geh dann jetzt packen.«

»Ja, machen Sie das, sonst mache ich mich hier komplett zum Affen.«

Als hätte ich das nicht schon längst getan. Die Türglocke bimmelte, und Matti war weg. Vor Wut über mich selbst zerbrach ich einen Bleistift, und weil es so viel Spaß machte, folterte ich seine Brüder aus der Stiftebox im elektrischen Anspitzer, bis nur noch Holzschnecken, ein Häufchen Graphit und verwaiste Radiergummis übrig waren.

Kurz vor halb sechs schob ich die Überreste meiner Folteropfer in den Mülleimer, nahm meine Tasche und wollte eben gehen, als Rudi hereinpolterte. Bevor ich überhaupt nachdenken konnte, hatte er mich umarmt und abgeküsst. »Danke«, sagte er. »Danke. Weißt du, wenn ich ja nicht die Elli lieben würde und ich nicht genau wüsste, dass du und Matti ... also, dann hätte ich dir einen Heiratsantrag gemacht. Aus lauter Dankbarkeit.«

Ich löste mich aus seiner Umklammerung und sagte: »Nun mal halblang, Herr Rolinski. Aus drei Gründen sollte man nie heiraten: Steuerkarte, Dankbarkeit und Langeweile. Das ist dir doch klar.«

»Ja, ja ... war ja jetzt nur so ... du weißt schon. Ich bin so ... so erleichtert und glücklich.« Er ging zum großen Sideboard, hob den Deckel der dort stehenden Urne und griff sich eine Handvoll Gummibärchen, setzte sich auf den Schreibtisch, ließ die Beine baumeln und sagte: »Mir ist ein spektakulärer Gedanke gekommen.«

Ich warf einen Blick auf die Uhr und antwortete: »Ich hab Feierabend. Ich hoffe, dein Gedanke ist kürzer als das Vater Unser.«

»Glaub schon. Also, stell dir mal vor: Der Eckes hat meine, also, unsere Mutter erschlagen, und nicht ich. Und ich hatte gar keinen Blackout, also, ich hatte schon einen, weil ich so geschockt war, als ich die tot hab liegen sehen ... aber nicht, weil ich das getan hatte. Ich konnte mich an nix erinnern, weil ich das auch gar nicht war. Und hinterher, da hatten sie mir ja alle eingeredet, dass ich ein Mörder bin. Die Beweise und das alles – und am Ende hab ich das dann selbst geglaubt. Ich hatte noch nie einen Blutrausch. Das hat der Richter damals gesagt. Blutrausch und Heimtücke und der ganze Kram. Ich krieg jetzt noch Plaque, wenn ich dran denke.« Er stopfte sich die Gummibärchen komplett in den Mund.

»Was für eine Idee. Aber könnte so gewesen sein. Vielleicht hast du damals die Leiche nur gefunden ... und den Hammer in die Hand genommen und so ... also ... immerhin hat er sein T-Shirt bei dir gelassen ... und einen deiner Anzüge geklaut. Der wusste wahrscheinlich die ganze Zeit, dass es dich gibt.«

»Wenn du ihm ein Bein gestellt hättest, dann hätte ich ihn fragen können.«

»Hm ... stimmt. Ich hole es bei nächster Gelegenheit nach. Winnie wird ihn kriegen, und dann kannst du ihn auch selber fragen.«

»Glaubst du, der wird den Mord an unserer Mutter zugeben?«

»Kommt auf die Foltermethode an«, sagte ich und stellte mir vor, Eckes' Finger in den elektrischen Anspitzer zu stecken.

»Denn, wenn ich unschuldig im Knast gesessen hab, dann hab ich Anspruch auf Entschädigung – und dann hätte ich Geld und könnte dem Matti anbieten, mich hier zu beteiligen. Rolinski & Abendroth. Das hört sich doch seriös an!«

»Dann musst du aber für den Schriftzug einen längeren Leichenwagen kaufen. So Rudi, ich muss jetzt gehen.«

»Bleibst du nicht zum Abendessen? Matti hat bestimmt was gekocht.«

»Hat er nichts von gesagt. Der packt seinen Koffer für Spanien. Solltest du jetzt auch machen. Viel Spaß.«

»Werd' ich haben. Soll ich Wilma von dir grüßen?«

»Nicht nötig, das verdirbt ihr nur die Laune.«

»Sei vorsichtig mit dem Auto, Maggie. Der Airbrush ist mein Meisterstück. Da hab ich über zwei Wochen für gebraucht. Hast du die Türgriffe gesehen? Mit Goldlack, wie beim Mafioso 2000.«

»Keine Sorge, der kleine Sarg ist in guten Händen. Ich habe nicht vor, noch mal in meinem Leben bei einer Verfolgungsjagd den Kürzeren zu ziehen. Ach, Moment, hier ist die Telefonnummer von den Brenners. Ich glaube, Monika würde sich sehr über einen Anruf von dir freuen.« Ich gab Rudi den Zettel mit der Adresse seiner ehemaligen Pflegefamilie. Er starrte darauf und schluckte. »Echt?«

»Ich habe mir ihr gesprochen, am Telefon. Sie hat immer noch das Foto von dir, Rudi. Sie hat dich nicht vergessen.«

Er stieß einen Jubelschrei aus und rannte aus dem Büro. Ich hörte ihn die Treppe hinaufpoltern – und bevor über meinem Kopf eine Vorstellung von *Lord of the Dance* losgehen würde, verließ ich schnell das Büro.

Kaum zu Hause angekommen, meldete sich mein Handy. Ein Schniefen, ein Schluchzer, dann die brüchige Stimme von Wilma: »Was hab ich getan?«

»Das weiß ich nicht, Wilma.«

»Alles ist fürchterlich. Acki ist nicht der Richtige. Und hier ist alles furchtbar, und Raoul nervt. Und Carmen ist hier und hat das ganze Dorf aufgemischt. Ich stehe den ganzen Tag in einer Art Gemischtwarenladen rum und muss sämtlichen Frauen die Haare machen. Ich wusste noch nicht mal, dass hier so viele Leute wohnen in dem Dorf. Da hätte ich auch zu Hause bleiben können! Und dann spricht Carmen auch noch fließend Spanisch, und ich verstehe kein Wort, was die da bequatscht.«

»Aha.«

»Mein Leben geht den Bach runter ... Und der Knipser bringt Grazia mit ... davon war nie die Rede! Was soll ich denn jetzt machen? Die sieht bestimmt besser aus als ich ... Ich sehe aus wie ... wie ... und weit und breit kein Spa und kein Klamottenladen. Noch nicht mal die Fingernägel kann man sich hier machen lassen. Und Acki findet alles nur total romantisch und toll und hat nichts anderes im Kopf, als mit den Kerlen aus dem Dorf auf dem Marktplatz Menschenpyramiden zu machen - die sind total bekloppt hier, was soll das für ein Sport sein? Und gestern ist er gestürzt und hat jetzt ein dickes Knie ... und er passt nicht mehr in seine Jaggerhose und den rechten Schuh kriegt er auch nicht mehr an. Maggie, hilf mir!«

»Blas es ab. Kommen auch wieder bessere Zeiten.«

»Das ist alles, was du dazu zu sagen hast?« Wilma hörte sich plötzlich wieder ganz normal an, also streitlustig.

»Ja. Was soll ich denn sonst sagen? Wilma will heiraten – Wilma plant Hochzeit. Wilma will nicht mehr heiraten – Wilma sagt Hochzeit ab. Ich war von Anfang dagegen. Wohlgemerkt, ich habe nichts gegen deinen Fahrradfreak, überhaupt nichts, aber ich hatte nicht den Eindruck, dass ihr beide wirklich über die üblichen drei Amüsiermonate hinaus zusammenpasst. Und diese Idee, einfach hier abzuhauen ... Aber bitte, es ist dein Leben. Verpfusche es mit allem, wonach dir der Sinn steht. Das mache ich schon seit Jahren so, und es funktioniert total gut. Nimm mich einfach als bestes schlechtes Beispiel.«

»Aber Maggie ...«

»Komm, stell dich nicht so an, wasch dir die Haare, feile dir die Fingernägel, klatsch dir Eiswasser ins Gesicht und hol dir für eine Gesichtsmaske Gurken und Quark aus Raouls Küche – und morgen sind alle Freunde bei dir, dann geht's dir wieder besser. Schöner als bei Raoul kann die Hochzeit nicht werden.«

»Du kommst nicht?« Ihre Stimme überschlug sich.

»Nein.«

»Warum nicht?«

»Darum nicht.«

»Kannst du nicht einmal über deinen Schatten springen? Oder hast du kein Geld fürs Ticket?«

»Es geht nicht ums Ticket, es geht ums Prinzip. Und Grazia ist noch ein Grund obendrauf. Und ich komme nicht, weil ich nicht will. Und ach ... Winnie kommt wahrscheinlich auch nicht, weil er hier noch in einem Mordfall zu tun hat.«

»Und das sagst du mir jetzt erst? Mein Brautführer kommt nicht? Warum kann er mir das nicht selber sagen?« Ihre Stimme war bereits ganz in der Nähe der Königin der Nacht, und ich muss zugeben, dass ich ein wenig grinste. Aber nur ein ganz klein wenig.

»Nimm Matti als Brautführer. Der ist ein würdiger Ersatz. Und jetzt muss ich leider aufhören. Das wird zu teuer. Ich wünsche dir alles Gute, Wilma. Du wirst eine tolle Braut sein. Und Grüße an den Bräutigam und an Raoul. Sag ihm, die Garnelen haben Wunder gewirkt.«

»Ja, dann ... was denn für Garnelen?«, sagte Wilma.

Ich legte auf und betrachtete die Pfützen auf dem Hof. Keine echte Alternative zu Sonne, Dorfleben, Menschenpyramiden und Raouls Küche ... Ich hatte die Wahl gehabt und zu dem einen Ja und dem anderen Nein gesagt. Das war neu.

Ich wählte Gerrits Telefonnummer in der Hoffnung auf einen Fernsehabend mit warmem Abendessen. Als Friedensfahne würde ich ihm sogar anbieten, etwas aus dem Supermarkt mitzubringen. Aber der Anrufbeantworter teilte mir mit, dass sich der Herr Psychologe bereits in den Weihnachtsurlaub verabschiedet hatte. Vielleicht wedelte er schon mit Lestat69 über schneeweiße Hänge in St. Moritz? Mailboxen sind ein todsicheres Depressivum, wenn man auf der Suche nach menschlichem Kontakt ist.

Ich beschloss, dem Abend keine Chance mehr zu geben, legte mich ins Bett und zog mir die Decke über den Kopf.

»Maoooo«. Doktor Thoma saß vor dem Bettsofa und startete einen zaghaften Versuch, indem er eine Pfote auf die Sofakante legte. Als ich keinen Widerstand leistete, sprang er aufs Bett und rollte sich auf der Stelle ein, ohne noch einen weiteren Mucks von sich zu geben. Vermutlich hatte ich grad die Ausstrahlung einer abgerissenen Handgranate.

Mitten in der Nacht meinte ich, ein Geräusch direkt neben meinem Kopf zu hören. Ich öffnete die Augen und versuchte, im Dunkeln etwas zu sehen. Es brummte schon wieder. Aber es hörte sich nicht an wie ein Auto, kam aber trotzdem aus der Garage, die direkt an meinen Anbau grenzte. Ich wälzte mich auf die andere Seite und schlief wieder ein.

Am nächsten Morgen erwachte ich mit der Gewissheit, vollkommen allein auf der Welt zu sein. Ich hatte prompt verschlafen. Es war zehn Uhr durch und ich hätte längst bei Bestattungen Abendroth hinterm Schreibtisch sitzen müssen. Meine Freunde würden wahrscheinlich genau in diesem Moment ins Flugzeug steigen. Ohne große Eile kleidete ich mich an, fütterte den Kater, trank einen Kaffee und kontrollierte das Handy – keine Abschiedsgrüße, keine weitergeleiteten Anrufe von Bestattungen Abendroth.

Auf dem Weg dorthin holte ich meine Jacke aus der Schnellreinigung ab. Als ich mit dem kleinen Sarg auf der Königsallee stadtauswärts fuhr, entdeckte ich Hassan an der Bushaltestelle Schauspielhaus. Ich stoppte und hupte. Er verstand erst gar nicht, wer da was von ihm wollte, aber schließlich erkannte er mich und stieg ein.

»Na, das nenne ich ja mal ein schnittiges Fahrzeug«, sagte er, als er sich anschnallte.

»Das ist der kleine Sarg.«

»Tja, bei einem Unfall bis du dann gleich schon fix und fertig. Die müssen nur noch das Öl ablassen, bevor sie das Ding vergraben.«

»Anderes Thema bitte, Hassan.«

»Aber gerne. Danuta und Walburga sind wieder da. *Sensation!*«

Hassan fuchtelte mit den Händen herum.

»He, das Auto ist zu klein für orientalische Gesprächsführung. Was ist so sensationell?«

»Danuta und Walburga sind total handzahm. Die haben mir gestern ein Brötchen mitgebracht und gefragt, wann ich die nächste Schicht hätte und so ... Also ich weiß ja nicht, was in die gefahren ist. Aber das ist noch nicht das Sensationelle. Möhl ist nicht mehr da. Stell dir vor, er ist zur Polizei gegangen und hat denen gesagt, dass er das alles organisiert hätte, also das mit den Diebstählen.«

»Das glaube ich nicht.«

»Ich auch nicht. Aber er bleibt dabei. Er hat die beiden Weiber komplett entlastet. Die haben ihren Job wieder und Möhl ist draußen.«

»Das nenne ich mal nachgetragene Liebe. Und Danuta? Was macht die?«

»Gar nichts. Schmeißt sich grad an Jones ran. Ohne Erfolg, versteht sich.«

»Die hat sie doch nicht mehr alle. Soll sie doch alle Zähne verlieren, bis auf einen – fürs Zahnweh.«

»Die Vorstellung erheitert mich. Aber ich bin noch nicht fertig: Also, der Jones hatte mich gebeten, den Schreibtisch von Möhl leer zu räumen ... komisch, immer muss ich alles hinter seinen Opfern herräumen! Egal ... und stell dir vor, was ich gefunden habe.«

»Unabgeschickte Liebespoesie von Möhl an Danuta?«

Hassan kramte in seinen Jackentaschen herum und hielt mir einen Datenstick hin. »Nein, viel besser. Den wollte ich heute Nachmittag für dich am Kiosk abgeben. Tataaa!«

»Was ist da drauf?«

»Die MP3 von deinem Gespräch mit dem sterbenden Mann.«

»Aber die haben doch der Polizei gesagt, dass das nicht aufgezeichnet worden war.«

»Da haben wir's. Noch ein paar Fragen mehr, die man beantworten müsste.«

»Wir könnten gemeinsam darüber nachdenken. Kannst ja heute Abend bei mir vorbeikommen.«

Er stopfte den Stick in meine Manteltasche. »Darf ich kochen?«

»Du darfst sogar einkaufen.«

Ich bog von der Königsallee in die Einfahrt von Quality-TV. Der Hof war voller Menschen. Das erinnerte mich fatal an den Friedhofstag.

»Was 'n hier los? Bombenalarm?«, sagte Hassan und stieg aus. »Danke fürs Mitnehmen ... sagen wir 19 Uhr? Ey, guck mal, da ist das Love-Mobil von Kai Pflaume.«

»Wo?« Ich stieg ebenfalls aus und ging bis zum großen Gittertor. Aus der Menge löste sich die Gestalt von Danuta. Sie lief auf uns zu, winkte frenetisch und schrie: »Hassan, Hassan, komm mal her ... der Kai Pflaume ist da.«

»Warum wird mir jetzt übel, Maggie?«, sagte Hassan.

»Weiß ich nicht. Hoffentlich will der nicht mit dir sprechen.«

Im Hintergrund sah ich einen Aufnahmeleiter mit Headset herumlaufen. Er zeigte mit ausgestrecktem Arm auf uns. Die Kameraleute richteten ihre Objektive aus.

»Wenn du einen Rat von mir haben möchtest – die würden dich nicht filmen, wenn es nicht um dich ginge.«

Mit ausgestreckten Armen stöckelte Danuta auf Hassan zu und raunte: »Hassi, du wirst es nicht glauben ... ich darf es ja gar nicht sagen, ich und Walburga, wir haben das für dich eingestielt, weil ... also.«

Sie umarmte ihn und flüsterte ihm was ins Ohr. Hassans Teint wechselte von Oliv zu Aschegrau. Er stieß Danuta zur Seite und schrie: »Jemanden in Bagdad gefunden?! Bist du total bescheuert?!«

Kai Pflaume, gefolgt von einem Kamerateam, kam auf das Tor zu und rief: »Danuta?«

Sie zuckte zusammen, machte den Mund auf und zu, aber es kam kein Wort heraus. Jemand rief: »Laufen die Kameras? Das muss alles mit drauf!«

Ich schob Hassan in den Wagen, knallte die Tür zu und warf mich auf den Fahrersitz. Rückwärtsgang einlegen und mit quietschenden Reifen auf die Königsallee preschen war eins.

Hassan hielt sich am Armaturenbrett fest und krächzte: »Ich bring die Tussi um.«

»Kommt davon, wenn man den falschen Leuten herzzerreißende Geschichten aus Tausendundeiner Nacht erzählt.«

»Hinterher ist man immer schlauer«, sagte er und blickte sich in Panik um. »Ich dachte, die Story wäre gut.«

»War sie ja auch – zu gut. Werden wir verfolgt?«

»Ich glaube, nicht.«

Mir dämmerte, wen Kai Pflaume gefunden hatte, und ich sagte: »Und was jetzt? Wenn du Glück hast, sind deine Eltern in einem Hotel in Köln. Aber die werden mittlerweile wissen, wo du wohnst. Du bist am Arsch, Hassan.«

»So was von am Arsch. Ich muss hier weg. Je schneller, desto besser. Du kannst meinen Fernseher haben, wenn du willst.«

»Vielleicht solltest du doch mit deinen Eltern reden? Wo sie schon mal da sind ...«

»Willst du meinen Fernseher etwa nicht?!«

»Schon gut.«

Wir parkten in einiger Entfernung zu seiner Wohnung, dann schlichen wir über drei Nebenstraßen zu Fuß zum Haus. Während Hassan seine Sachen packte, schaute ich mich in der Wohnung um. Hier gab es beim besten Willen nichts Billiges. Für einen Studenten ein bisschen zu elegant und teuer. Hassan packte Papiere und zwei Ordner in eine Reisetasche, nahm Pass und ein dickes Geldbündel aus seinem Schreibtisch und drückte sie mir in die Hand.

»Was ist mit Klamotten? Willst du nichts zum Anziehen mitnehmen?«

Er hastete ins Schlafzimmer und kam fünf Minuten später mit einem vollen Rucksack auf den Schultern wieder heraus. Dann nahm er den Flachbildfernseher von der Wand, wankte unter dem Gewicht, und ich musste lachen und sagte: »Lass mal hängen – du bist auf der Flucht.« Er stellte das Ding ab und zuckte die Schultern. »Wenn du meinst.«

»Ja, ich meine. Ich schleppe doch jetzt nicht so ein Riesending durch die Gegend. Der passt auch gar nicht in den Wagen.«

Wie gut, dass niemand von mir verlangte, meinen Schmerz über das zurückgelassene Hightechgerät in Worte zu fassen. Nach kaum zehn Minuten zogen wir die Wohnungstür hinter uns zu. Hassan ließ den Schlüssel von außen stecken.

»Gibt es hier einen Hinterausgang?«

»Ja, sicher. Durch den Keller zu den Mülltonnen und in den Garten. Warum?«, fragte Hassan.

»*You never know.*«

Im Garten hielten wir uns dicht hinter der mannshohen Hecke. Hassan schob ein paar Zweige zur Seite und hielt die Luft an. Zwei silberfarbene Limousinen mit verdunkelten Scheiben fuhren durch die Straße. Sie verlangsamten ihre Fahrt, und auf der uns zugewandten Seite surrten die Scheiben herunter. Ein Mann mit einer Kufiya auf dem Kopf schaute aus dem Fenster und zeigte auf die Haustür, durch die wir gottlob nicht gegangen waren.

»Wer ist das?«, fragte ich.

Hassan warf sein Handy ins Gebüsch und trat mit dem Fuß nach, damit es in der Erde verschwand. »Der Bruder meines Vaters. Unser Clanchef.«

»Bist du ein saudischer Prinz oder so was?«

»Nicht ganz ... aber es reicht für die mittelgroße Show.«

Als die Wagen die Hecke passiert hatten, schlüpften wir durchs Gartentor und rannten.

»Ich fahr dich zum Flughafen, wenn du willst«, sagte ich, als wir wieder im Wagen saßen.

»Nicht nötig. Ich nehme den Zug nach Amsterdam. Flughafen wäre das Nächstliegende ... da kommen die auch drauf. Von Amsterdam komme ich schon irgendwann nach London, Fähre oder so ... Und dann mal sehen. Wirf mich an irgendeinem Taxistand raus.«

Ich fuhr direkt in die Gußstahlstraße. Dort scheuchte ich Kiez Kieslowski auf, der in seinem Büro seinen Mittagsschlaf hielt, und befahl: »Taxi nach Essen, Sonderpreis, aber dalli. Und stell bloß keine Fragen. Und du hast diesen Mann nie gesehen, und wenn dich einer fragt, dann beiß dir die Zunge ab. Hast du mich verstanden?«

»Was zum Teufel ...?«, stotterte er und nahm einen Autoschlüssel vom Haken.

»Die Geschichte steht morgen in der BILD-Zeitung.«

Hassan warf seinen Koffer und seine Tasche in den Kofferraum des Taxis und legte sich auf die Rückbank. »Danke, Maggie«, sagte er. »Ich melde mich, wenn ich irgendwo angekommen bin.«

»Pass auf dich auf. Und schick mir deine Primzahl, wenn es so weit ist.«

»Schwierig, die wird über zehn Millionen Dezimalstellen haben.«

»Na ja, viel hilft viel. Mach's gut.« Ich schlug die Autotür zu.

»Ist das'n Krimineller?«, fragte Kieslowski.

»Nein. Und jetzt fahr endlich los.«

»Ich will nicht mit durchgeschnittener Kehle am Straßenrand ...«

»Hör auf zu flennen. Sonst fange ich wieder bei dir an zu arbeiten – dann kannst du sicher sein, mit durchgeschnittener Kehle am Straßenrand gefunden zu werden!«

»Ist ja schon gut.« Kieslowski ließ den Motor an. Der Diesel gurgelte, und der Wagen holperte über das Kopfsteinpflaster.

So sind Prinzipien. Eine echt unbequeme Sache, sagte meine innere Stimme. Bestimmt nicht so unbequem wie'n krummer Rücken vom ewigen Buckeln, gab ich zurück.

Ich tastete nach dem Datenstick in meiner Jacke. Winnie müsste eigentlich im Präsidium sein – mit megaschlechter Laune, vermutlich –, aber vielleicht würde ihn dieses Beweisstück ein wenig aufheitern. Wir müssten nur Elli das Telefongespräch vorspielen. Sie kannte Mackes Stimme.

Und zu meiner Erheiterung würde beitragen, dass ich Winnie sagen konnte, wo sich Eckes Freundin derzeit aufhielt. Wenn sie ihn schon nicht zu fassen kriegten, könnten sie zwischenzeitlich Danuta ausquetschen.

Kapitel 22

Alles in allem nur fünf Stunden zu spät saß ich dann am Schreibtisch bei Bestattungen Abendroth. Ich hatte durch meinen Besuch im Polizeipräsidium niemandes Laune erheblich verbessert, am allerwenigsten meine eigene.

Karin und Peter hatten den Datenstick in Empfang genommen, und meine Argumentationskette Danuta-Eckes-Macke-Mord hatte Winnies Kollegen nur ein mildes Lächeln abgenötigt. »Wissen wir schon. Die Kollegen sind unterwegs«, hatte Peter gesagt.

»Und warum springt Danuta dann noch im Callcenter herum?«

»Wo hast du das Ding her?«, fragte Karin.

»Gefunden. Reicht das? Und lenk nicht ab. Wenn ihr das alles schon wisst, hättet ihr die längst verhaften können.«

Die beiden bekamen plötzlich angespannte Gesichter.

»Ach, verstehe, euch liegt die verpatzte Observierung der Dame noch quer im Magen.«

»Hätte, wäre, wenn ... Wir machen unsere Arbeit und du hoffentlich deine«, sagte Peter. »Und soll ich hier etwa eintragen: Beweisstück 34 C, Abendroth, Fundort: Irgendwo im Nirgendwo?«

»Sagen wir mal so: wurde in Möhls Schreibtisch gefunden und mir ausgehändigt. Von wem, sage ich nicht. Seht zu, dass ihr Elli ans Telefon kriegt, die müssten schon gelandet sein, und spielt ihr das vor – vielleicht hatte ich ja doch recht.«

»Ich hoffe, Winnie wird dich foltern, wenn er zurück ist. Und tschüss, wir haben zu tun.«

»Ist der etwa nach Spanien geflogen?«

»Wenn er nicht hier ist ...«, sagte Karin.

Die Bürotür war vor meiner Nase zugefallen. Ich rannte die Treppen hinunter. Gaben Winnies Kollegen nur vor, so schwer von Begriff zu sein? Ich war kurz davor, die Treppen wieder hinaufzulaufen, um es ihnen noch einmal zu erklären.

Unschlüssig wanderte ich vor der Pförtnerloge auf und ab.

Aus einem der vielen Gänge tauchte plötzlich Kommissar Seidel auf, wollte auf der Stelle wieder umdrehen, aber ich winkte und rief: »Moment, Herr Seidel.«

»Verschonen Sie mich, Frau Abendroth. Wir haben alles im Griff.«

»Wie immer«, sagte ich und Seidel bekam den sarkastischen Ton gar nicht mit, nickte und antwortete: »Na, endlich haben Sie es begriffen.«

»Na, Sie offenbar nicht. Möhl hat Ihnen einen riesengroßen Bären aufgebunden. Der Mann ist liebeskrank und lügt für seine Angebetete Danuta Piontek. Neben all seinen anderen Charakterschwächen ist das allerdings das Geringste, was man ihm vorwerfen kann. Nur in diesem Fall muss ich ein gutes Wort für ihn einlegen.«

»Was hiermit geschehen ist. Auf Wiedersehen.«

Nie zuvor hatte ich einen Polizeibeamten gesehen, der sich unsichtbar machte, aber genau das war in diesem Augenblick passiert. Eben war Seidel noch dagewesen, und kaum hatte ich einmal geblinzelt, war er auch schon weg. Die Dame in der Pförtnerloge, die den Eingang zum Präsidium bewachte, lächelte mich an.

»Ich wette, die Jungs haben noch mehr Tricks auf Lager?«

Sie nickte. »Jede Menge. Zeig dem Seidel eine Säule, und er wird sich dahinter verstecken.«

Ich gab ihr meinen Besucherausweis zurück und wünschte ihr frohe Weihnachten. Irgendwo in der Eingangshalle entfernten sich Schritte. Ich hatte allen gesagt, was ich wusste. Soll mir hinterher keiner kommen und sich beschweren.

Niemand hatte angerufen, noch nicht mal meine Freunde. Während ich ein paar Gummibärchen aus der Süßigkeitenurne naschte, dachte ich darüber nach, dass ich ins Callcenter hätte gehen sollen, um Danuta und Walburgas Köpfe zusammenzuknallen, bevor ich ins Präsidium gefahren war. Ins Fernsehen hatten sie es ja jetzt tatsächlich geschafft. Heute Abend würde es bestimmt einen Beitrag dazu geben.

Dumme Gesichter bei ›Nur die Liebe‹ zählt. Dann die Bilder vom fluchenden Hassan. Voice-Over: *Nicht erfreut war offensichtlich dieser junge Mann, als er vom ›Nur die Liebe zählt‹-Team heimgesucht wurde ... Die Redaktion war zu einer Stellungnahme nicht bereit. Wie allerdings aus gut unterrichteten Kreisen verlautete, handelte es sich um eine Recherche-Panne. Auch konnte der junge Mann, der mit einem Lebenszeichen seiner verschollen geglaubten Eltern überrascht werden sollte, nach seiner Flucht nicht wieder kontaktiert werden. Wie man sieht, wird es hier keine schöne Bescherung geben ... Und jetzt zum Wetter.*

Irgendwann war die Urne leer. Ich füllte neue Bleistifte in die Box und hatte nichts mehr zu tun. Nirgendwo ein Staubkorn. Keine herumliegenden Papiere, nichts, was ich nicht schon dreimal von links nach rechts und wieder in die Mitte gerückt hatte. Vor lauter Langeweile machte ich einen Rundgang. In der Sargausstellung stand Rudis Bäumchen – es hingen immer noch die drei Zettel daran, die wir am Abend vor der Friedhofsausstellung geschrieben hatten. Ich wurde geradezu magisch von dem kleinen Gerippe angezogen und entfaltete den ersten Zettel. Es war meiner – und er war leer. An dem Abend hatte ich keine Idee gehabt, was ich mir hätte wünschen sollen. Und wenn ich es gewusst hätte, hätte ich es bestimmt nicht auf diesen Zettel geschrieben.

Das nächste Blatt war von Rudi. *Ich möchte mein ganzes Leben lang mit Elli glücklich sein* stand da. Könnte funktionieren, dachte ich. Mir zitterten die Hände, als ich Mattis Wunschzettel aufklappte. Da stand etwas auf Finnisch, und ich verstand kein Wort. Trotzdem fuhr mir der Schreck in die Glieder und mir schoss das Blut ins Gesicht. Schnell faltete ich das Blatt wieder zusammen. Kann man eine Ohrfeige bekommen, obwohl niemand im Raum ist?

Ich lief zurück zum Schreibtisch. Hatte ich soeben das Klatschen einer Hand gehört? Ich ließ meinen Kopf auf die Tischplatte sinken. Abendroth, du bist eine Katastrophe. Und keiner da, bei dem ich mich darüber hätte beklagen können. Dass ich meine Freunde plötzlich schmerzlich vermisste, nagelte meinen Kopf regelrecht auf dem Tisch fest. Und ich hörte Mattis Stimme ganz deutlich in meinem Kopf sagen: *Machen Sie, was vor der Nase liegt, Frau Margret. Das ist gut gegen Verwirrung.*

Und was wäre das?, dachte ich. Nach Hause gehen, meine Tasche packen und den nächsten Flug nach Barcelona nehmen?

STANDESAMT INNEN/ TAG

DER DORFBUGERMEISTER SCHWITZT BEIM ANBLICK VON WILMA IN BIANCA JAGGERS HOSENANZUG BLUT UND WASSER. ACKI, MIT DICK BANDAGIERTEM KNIE UND NUR EINEM SCHUH, VERSUCHT DAS GLEICHGEWICHT NEBEN SEINER BRAUT ZU HALTEN, ALS DIE BEIDEN NIEDERKNIEN. DIE DAMEN AUS DEM DORF

SITZEN STOLZ MIT IHREN FRISUREN, DIE ALLESAMT AUS DER VOGUE SEIN KÖNNTEN, AUF DEN STÜHLEN IM TRAUUNGSSAAL.

Cut to

STANDESAMT AUF DEM GANG   INNEN/TAG

MAGGIE ABENDROTH RENNT DURCH DIE FLURE UND REISST EINE TÜR NACH DER ANDEREN AUF. ERSCHRECKTE BEAMTE, QUIEKENDE SEKRETÄRINNEN. SIE SCHLÄGT DIE TÜREN WIEDER ZU. RENNT WEITER. ENDLICH HAT SIE DIE RICHTIGE GEFUNDEN.

BÜRGERMEISTER
(AUF KATALANISCH)

... Ahora él debe hablar o callar para siempre

MAGGIE
Ich ...!

EINE HAND HÄLT IHR DEN MUND ZU. SIE STELLT FEST, DASS ES IHRE EIGENE IST.
ALLE WOHLFRISIERTEN KÖPFE DREHEN SICH ZU IHR UM. GLÜHENDE AUGEN SCHAUEN SIE AN. RAOUL ERHEBT SICH LANGSAM VON SEINEM STUHL IN DER ERSTEN REIHE.

RAOUL

¡Sosiego por favor!

DIE BESUCHER ZISCHEN. MAGGIE GEHT AUF ZEHENSPITZEN ZUM LETZTEN FREIEN STUHL UND SETZT SICH.
DER BÜRGERMEISTER FÄHRT MIT DER TRAUUNGSFORMEL FORT. DIE GÄSTE SCHAUEN WIEDER NACH VORN. UND ALS ERSTES WIRD WILMA GEFRAGT.

BÜRGERMEISTER
Si tomas a este hombre a tu marido ... En bueno como a tiempos malos ...

WILMA
Nein.

Cut to
REACTIONSHOT ACKI.
ER KIPPT NEBEN WILMA UM UND HÄLT SICH DAS SCHMERZENDE KNIE.
ALLE REISSEN DIE ARME HOCH UND JUBELN.

Ich schreckte aus meinem Traum auf. Meine Wange klebte auf der Schreibtischunterlage. Langsam richtete ich mich auf und rieb mir den steifen Nacken. Draußen war es dunkel geworden. Die Uhr auf dem Aktenschrank zeigte kurz vor sechs. Mein Arbeitstag war vorbei, also nahm ich meine Tasche, schloss die Tür ab und fuhr nach Hause. Den nächsten Flug nach Barcelona nehmen? Geht's noch!?

Mein Handy piepste. Während ich die Tür zum Anbau aufschloss, schaute ich aufs Display: Eine Nachricht von Rudi. *Hier ist alles super. Der Knipser hat Montezumas Rache und kommt nicht mehr vom Klo, doofe Grazia schon zurückgeflogen. Raoul sehr froh. Wilma total aufgelöst – Gerrit muss ran: Braut-Coaching. LG Rudi.*

Ich warf meine Tasche aufs Bett. Gerrit? Der Psycho-Man ist mitgeflogen? War er etwa eingeladen gewesen? Ich schickte eine SMS an Rudi: *Viel Spaß noch.*

Rudi schrieb zurück: *Natürlich. Morgen mache ich bei der Menschenpyramide mit.*

Natürlich, natürlich ...! Ich warf das Handy auf den Tisch.

»Katze, wo bist du, wenn man dich mal braucht? Seid ihr Pelze nicht dafür da, gute Schwingungen zu verbreiten?«

Aus einer Ecke kam ein zögerliches »Maoooo«.

Ich entdeckte Doktor Thoma unterm Schlafsofa. Er hatte sich an die Wand gequetscht und guckte mich aus riesigen runden Augen an.

»Was ist los?«

»Maoooo«

Ich hielt eine offene Dose Katzenfutter unters Bett, aber Doktor Thoma reagierte nicht. Ich kniete mich vors Sofa und schob die Dose so weit vor, wie mein Arm reichte. Der Kater wich aus und versuchte, sich noch kleiner zu machen. Was war das für ein Geruch? Ich schnüffelte ... widerlich.

»Hast du mir etwa eine tote Maus hier reingeschleppt? Oder was Größeres?«

Doktor Thoma flitzte ins Bad. Ich krabbelte auf allen Vieren über den Teppich, um die Mäuseleiche zu finden, inspizierte die Küche und zuletzt das Bad. Der Kater saß in der Dusche und verfolgte meine Aktion mit großen Augen.

»Sag wenigstens warm oder kalt ...«

Er gab keine Hinweise, und ich konnte nichts weiter finden als ein leicht überfälliges Katzenklo.

»Bis der Service so weit ist, spiel draußen weiter die beleidigte Leberwurst«, sagte ich und öffnete das Badezimmerfenster. Der Kater war mit einem Satz draußen. Ich stutzte. Das Fenster war geschlossen gewesen. Also konnte Doktor Thoma auch nichts reingebracht haben. Er war zwar in der Lage, alles Mögliche aufzumachen, das einen Griff hatte, aber ich hatte noch nicht gesehen, dass er auch wieder eine Tür hinter sich zumachte.

Verwirrt säuberte ich das Katzenklo, kippte neue Streu hinein. Aber am Geruch änderte das nichts. Im Gegenteil, er war noch aufdringlicher geworden.

Ich beschloss, die Sache auf sich beruhen zu lassen, und setzte Wasser für Spaghetti auf, und eine Stunde später saß ich satt auf dem Sofa und der Geruch hatte sich verstärkt. Ich öffnete alle Fenster. Feuchtwarme Luft schlug mir entgegen. Kurz vor T-Shirt-Wetter. Der Hof war dunkel, und bis auf den Brummton aus der Nachbargarage war es merkwürdig still. Das konnte ja noch heiter werden. Stille Nacht, Heilige Nacht – wie viel kostet der Notdienst für die Rohrreinigung und der Brummtonentfern-Service?

Und dann fiel es mir wie Schuppen von den Augen. Es war mir um ein Haar gelungen, Weihnachten zu vergessen.

Das Handy piepte und kreiselte summend auf dem Tisch herum. SMS von Rudi: *Wilma hat Nein gesagt! Aber die Party ist super.*

Sie hat Nein gesagt? Ich tippte hastig eine Antwort in die Tasten – jetzt hätte ich gerne Genaueres gewusst – vor allem, ob ich tatsächlich hellseherische Fähigkeiten hatte.

Ohne richtig hinzugucken, drückte ich die grüne Taste für Senden und hörte plötzlich ein Freizeichen. Es klingelte fünfmal ... deutlich. Ganz in der Nähe. Ich nahm das Handy vom

Ohr und guckte aufs Display. Wen hatte ich angerufen? Ich lauschte und legte mein Ohr an die Wand. Es klingelte nebenan. Ich drückte die rote Taste und sah, dass ich, statt Rudi eine Nachricht zu senden, Mackes Telefonnummer angerufen hatte, die Elli mir am Vortag geschickt hatte. Ich drückte die Wiederwahltaste, und es klingelte. Ich wählte noch mal. Es klingelte. Aber niemand nahm ab.

Kapitel 23

Ich verstaute das Handy in der Jackentasche, ging hinaus und drückte mich an der Hauswand entlang bis zur Garagentür. Die Klinke ließ sich ohne Probleme herunterdrücken. Mir schlug das Herz bis zum Hals, als ich den einen Flügel der Tür aufzog. Das morsche Holz schrappte über den Schotter auf dem Asphalt. Im Vorderhaus blieb alles ruhig. Ein paar Fenster waren erleuchtet – bei Schmicke blinkte das gesamte Weihnachtssortiment. Um nicht noch mehr Lärm zu machen, nutzte ich den schmalen Spalt und leuchtete mit dem Handy in die Garage. Als wenn die ganze Aktion noch nicht ausgereicht hätte, um mir einen Herzanfall zu bescheren, tat es der schwarze Audi Kombi, der dort stand. Meine Neugier sog mich regelrecht in die Garage, obwohl meine innere Stimme strikt dagegen war. Ruf die Polizei an ... schrie sie, ruf endlich die Bullen! Du hast Mackes Telefon gefunden, da wird er eventuell hier gestorben sein, ist dir das eigentlich klar? Und es stinkt wie aus dem Rachen der Hölle! Kriegst du gar nichts mehr mit?

Doch, durchaus. Zum Beispiel, dass das Handy klingelte. Nur, ich hatte die Nummer nicht gewählt. Das Geräusch kam unter der Tiefkühltruhe hervor, die in der Ecke stand und vor sich hin brummte. Ich fingerte das Telefon unter der stinkenden Kiste hervor und riss mir dabei die Finger auf. Dann drückte ich den grünen Knopf und sagte: »Hallo, wer ist da?«

»Boris hier, wo ist der verdammte Macke? Der hat das Auto nicht zurückgebracht, verflucht. Gib mir mal den Macke ans Handy, Mädchen, aber schnell!«

»Um welchen Wagen geht es?«, sagte ich, bemüht, meiner Stimme einen festen Ton zu geben, obwohl ich mich vor Aufregung auf der Tiefkühltruhe abstützen musste.

»Wer ist denn da?«, fragte der Mann, der sich Boris nannte, unfreundlich.

»Kommissarin Abendroth. Kripo Bochum. Welches Fahrzeug suchen Sie?«

Boris hätte jetzt auch auflegen können, aber er sagte schon wesentlich freundlicher: »Mattschwarzer Audi D6 Kombi. Frankfurt – DH zwo drei zwo. Was ist denn los?«

Ich beugte mich zur Stoßstange herunter und las: F-DH 232 und sagte: »Korrekt. Ich brauche Ihren Namen und Ihre Anschrift.«

Boris teilte mir auch das mit, und ich schrieb alles mit dem Finger in den Staub, der auf der Tiefkühltruhe lag. Dann sagte ich: »Herr Delitsch, ich muss Ihnen leider mitteilen, dass Herr Macke verstorben ist. Wir haben soeben erst seinen Wagen und sein Handy gefunden. Können Sie mir sagen, in welcher Angelegenheit Herr Macke mit dem Wagen unterwegs war?«

Delitsch zögerte. Aber offenbar nahm er mir die Ermittlungsbeamtin doch ab und sagte: »Das ist furchtbar. Wie ist das passiert?«

»Wir gehen von einer nicht natürlichen Todesursache aus. Mehr kann ich Ihnen zurzeit nicht sagen. Die Ermittlungen laufen noch. Wir sind für jeden Hinweis dankbar. Also, wissen Sie, was er in Bochum gemacht hat?«

»In Bochum?! Gar nichts. Er wollte nach Düsseldorf. Er hat was für eine Versicherung erledigt, Autounfälle recherchiert, Sie wissen schon – immer dieselben Leute, Crash hier, Crash da – die melken die Versicherungen. Es kann natürlich sein, dass er einem Fall nachgegangen ist und deswegen in Bochum war.«

»Wissen Sie, für welche Versicherung?«, sagte ich, um Zeit zu gewinnen, und es ratterte plötzlich in meinem Kopf.

Macke war vielleicht nicht allein wegen Elli in Bochum gewesen – aber er hatte Rudi gesucht und Eckes gefunden und war ihm gefolgt. Bis hierher? Ich bekam den Namen der Versicherung, den Delitsch mir nannte, gar nicht mehr mit und sagte: »Danke. Können Sie bitte im Büro von Hauptkommissar Winnie Blaschke bei der Bochumer Kripo anrufen, ich gebe Ihnen die Nummer ...«

Ich hörte am anderen Ende Papier rascheln und diktierte ihm alle Nummern, unter denen man Winnie oder seine Kollegen erreichen konnte. »Sprechen Sie mit seinen Mitarbeitern und sagen Sie, was Sie mir gesagt haben. Sie haben uns sehr geholfen.«

»Was ist mit dem Auto? Kriege ich das irgendwann wieder zurück?«

»Der Wagen ist unversehrt, soweit ich das sehe. Sprechen Sie mit meinen Kollegen im Präsidium darüber. Da muss auf jeden Fall die Spurensicherung ran. Auf Wiederhören.«

»Wie war noch mal Ihr Name?«

»Abendroth. Die Kollegen wissen dann Bescheid. Die werden mich zurückrufen.« Und mächtig auf die Palme gehen, dachte ich, als ich auflegte. Ich lauschte. Es brummte. Ich zog den Stecker der Kühltruhe aus der Dose. Das Brummen erstarb. Aber der Gestank blieb. Mein Herz hämmerte. Ich weiß nicht, ob ich überhaupt etwas dachte, als ich den Deckel anhob und mit Mackes Handy in die Box leuchtete. Niemand wäre auf die Idee gekommen, etwas Appetitliches in dem Ding finden zu wollen. Mir schlug der Pesthauch von Gruft No. 5 entgegen, und ich würgte. Das Erste, was ich sah, waren die Hefte *Mit Netz und Rute*, die obenauf lagen. Mit Hilfe des Handys schob ich sie an die Seite. Aus einem Haufen Kleidung und zerrissenem Papier streckte sich mir eine Hand entgegen. Die Haut an den Fingern war an einigen

Stellen aufgequollen und schwarz. Am Daumen war sie geplatzt und hing lose herunter. Vor Schreck fiel mir das Handy in die Truhe. Ich brachte es nicht über mich, es wieder rauszuholen und knallte den Deckel zu.

Das Licht in der Garage ging an.

»Darf ich vorstellen? Opa Schmicke, der alte Stinker. Leider mit Gefrierbrand.«

Ich fuhr herum und stieß mir das Knie an der Stoßstange des Audis. Ich wollte schon rufen: »Rudi!« Aber ich bekam keinen Ton heraus.

»Du hast doch ein Bestattungsinstitut. Kannst du das mal kurz übernehmen?«, sagte Eckes und lachte. »Die Idee, den toten Macke bei dir abzuliefern, war von Danuta. Und auch noch bei so 'ner Friedhofausstellung. Supi. Hat echt Spaß gemacht. Schade, dass wir keine Zeit mehr hatten, sonst hätten wir den alten Stinker auch noch bei euch abgeliefert.«

Wie er dieses ›Supi‹ sagte, klang genau so wie von Rudi. Gespenstisch. Aber warum bei mir abgeladen? Bei mir? Bei Bestattungen Abendroth ...?! Die bringen jemanden um, und Danuta fällt nichts Besseres ein, als den bei *mir* abzuladen?

»Und warum?«, sagte ich und schob mich Millimeter für Millimeter zwischen Stoßstange und Wand, damit der Wagen zwischen mir und Eckes blieb. Dabei versuchte ich, auf meinem Handy in der Jackentasche tastend 110 zu wählen, und das alles, ohne Rudis bösen Zwilling aus den Augen zu lassen.

»Der Typ hat den Schmicke leider gefunden. Die Truhe ist kaputt. Schlecht fürs Geschäft – ich meine, wenn jemand eine Leiche in der Tiefkühltruhe findet. Weißt du ... Opa Schmicke offiziell nicht tot – Rente läuft weiter, und die Kosten für die Beerdigung hat man sich auch gespart. Man muss nehmen, was man kriegen kann. Sind schlimme Zeiten.«

»Und das alles hat mit den Diebstählen bei Quality-TV gar nix zu tun?« Meine Stimme zitterte, und Eckes grinste. Offenbar hatte er es nicht eilig, denn er fuhr ungerührt fort: »Nee, eigentlich fatale Sache. Der Typ fotografiert mich in dieser Kiezkneipe. Hab ich original mitgekriegt. Mich und Danuta. Ich denk, was will der Kerl – bestimmt wegen der gestohlenen Sachen bei Quality-TV. Und dann krieg ich mit, wie der mir bis hierher folgt ... Tja, und das war leider blöd, dass der hier rumgeschnüffelt hat. Man sollte nie in fremder Leute Garagen gehen ... ts! Ich hab ja erst später kapiert, dass der meinem Bruder auf den Fersen war ... Da arbeitet die Blitzbirne doch tatsächlich beim Bestatter, und dann noch bei dir. Schicker Laden, muss man dir lassen, aber scheißbieder. Da möchte ich noch nicht mal tot überm Zaun hängen. Und wer ist dieser andere Typ? Der sieht ja aus wie aus 'nem Kaurismäki-Film.«

»Der Rudi weiß gar nicht, dass es dich gibt.«

»Ist auch besser so – macht ihn supi tauglich als Sündenbock. Ansonsten völlig aus der Art geschlagen – in unserer Familie arbeitet keiner. Man schämt sich ja geradezu.«

»Du bist bei eurer Mutter aufgewachsen?«

»Na ja, was man so aufwachsen nennt. Ich bin so durchgereicht worden. Oma, Opa, Tante, Onkel, Bratkartoffelverhältnis ... Mein Bruder hat es wesentlich besser gehabt – der war im Heim, wie ich ja mittlerweile rausgefunden hab.«

»Warum weißt du, dass es Rudi gibt?«

»Weil ich ihn gesehen habe ... irgendwann.«

»Und wo warst du die ganze Zeit? Ich meine, Rudi hätte dich doch auch sehen können.«

»Ausland, mal hier, mal da. Lastwagen gefahren ... und jetzt war mir mal wieder nach Heimat zumute. Aber egal, war eben Pech für den Schnüffler. Meinen Bruder gesucht – Schmicke gefunden.«

Eckes plauderte genauso drauflos wie Rudi – nur, und das wurde mir in dem Augenblick bewusst, war er auf der dunklen Seite der Macht. Und was dieser Gedanke bei mir auslöste, war mit dem Wort Angst nicht umfassend zu beschreiben. Ich redete weiter, weil ich nicht wusste, was ich sonst hätte tun sollen. »Ah ... und der Teppich?«

»Der lag im Anbau. Wir mussten echt Teppichfliesen kaufen. Eigentlich sollte Danuta da wieder genau den gleichen Teppich reinlegen – gab aber keinen mehr. Und angestrichen haben wir auch. Meine Fresse, hat der geblutet, also nicht der Vermieter, sondern der Detektiv. Die ganze Wand hoch. Aber ist doch hübsch geworden.«

»Du hast den da drin umgebracht? In meiner Wohnung?!« Die Stimme, die ich hörte, konnte nicht meine sein, so sehr überschlug sie sich.

»Also erstens war das bis dahin meine Wohnung.«

»Aber der Makler hat gesagt, da hätte monatelang keiner gewohnt!«

»Ja, nicht offiziell. Ich zahl doch nicht für so 'ne Bude. Seh ich so aus, als bräuchte ich'n Schlüssel, um irgendwo reinzukommen? Siehste! Und was kann ich dafür, dass dieser ... Macke mir in die Quere kommt. Und wegen dem ganzen Stress, Leiche wegschaffen und die Kisten und dann noch renovieren, ist Opa Schmicke 'n bisschen liegengeblieben. Aber als die Gerti, was ja seine Tochter ist, mir erzählt hat, dass jemand nach dem gefragt hat – so 'ne aufdringliche Alte aus 'nem Kiosk, da wusste ich, dass der weg muss. Und deswegen kannst du mir jetzt helfen, das Ding zu verladen, bevor ich mir was für dich ausdenke. Schätze, ein kleiner Autounfall könnte helfen. Ich hab keinen Bock auf noch mal renovieren. Schade um den schönen Audi ...Was guckst du jetzt so blöd? Du glaubst doch wohl nicht, dass du hier lebend rauskommst. Vielleicht behalte ich den Wagen auch ... Ach, mal sehen.«

Während Eckes redete und redete, versuchte ich die Taste auf dem Handy zu finden, die ich für die grüne hielt. Jedenfalls glaubte ich, dass ich das tat, in der Hoffnung, die Notrufzentrale würde mitkriegen, was los war. Als ich dachte, dass jemand rangegangen sein müsste, schrie ich: »Hilfe! Taubenstraße 14, Anbau, Garagenhof. Ich habe den Mörder von Dieter Macke.«

»Was plärrst'n hier rum?«, sagte Eckes und schaute hinter sich, ob jemand in der Garagentür stand, und ging dabei ein paar Schritte auf der linken Seite des Wagens nach vorn. Ich duckte mich, lief rechts am Auto vorbei, und bevor er sich wieder umgedreht hatte, war ich fast draußen. Er erwischte den Ärmel meiner Jacke und hielt mich fest. Ich trat nach ihm und traf sogar sein Knie. Eckes strauchelte, und mit einem Ruck riss der Ärmel. Ich fiel rückwärts aus der Tür und trat mit beiden Füßen dagegen. Das Holz splitterte, und die Tür fiel krachend ins Schloss. Eckes fluchte. Das Licht im Hof ging an. Ich rappelte mich aus der Pfütze auf und rannte durch die Einfahrt bis zur Straße. In der Garage wurde das Auto angelassen. Eckes ließ den Motor aufheulen.

Mit zitternden Händen schloss ich den kleinen Sarg auf und setzte mich hinein.

Das Garagentor flog aus den Angeln und fiel krachend auf den Hof. Reifen quietschten, und eine Alarmanlage ging los.

Ich startete den Wagen und rammte den ersten Gang ins Getriebe. Mit durchdrehenden Reifen fuhr ich vor die Hofeinfahrt, um Eckes den Weg zu versperren. Der Audi schlingerte rückwärts auf die Einfahrt zu. Ich war hin – und hergerissen. Wegfahren, Rudis Kunstwerk retten? Mich retten? Den Irren entkommen lassen? Wo blieb die Polizei, die hatte ich doch angerufen? Hatte ich? In letzter Sekunde zog ich die Handbremse, sprang aus dem Auto und quetschte mich in den nächsten Hauseingang. Metall knirschte auf Metall, Autoteile flogen durch die Luft. Der kleine Sarg kippte in Zeitlupe auf die Seite, das Heck des Audis schob sich über den kleinen Wagen und blieb dann mit rotierenden Reifen in der Luft hängen. Das Getriebe des Audis kreischte, die Vorderräder schrappten über den nassen Asphalt, aber der kleine Sarg ließ den Wagen nicht frei.

In den umliegenden Häusern gingen die Fenster auf. Ich lief auf die Straße und schrie: »Rufen Sie die Polizei, schnell! Die Polizei!« Ich holte mein Handy aus der Tasche. Die Stimme einer alten Frau sagte: »Hallo? Hallo? Ist da jemand?« Ich drückte das Gespräch weg und versuchte, mit zitternden Fingern die 110 zu wählen, dabei konnte ich vor Angst kaum das Telefon festhalten. Mir schoss durch den Kopf, dass es Macke genauso ergangen sein musste. Nur war er mit seinem Anruf bei mir gelandet.

Die Fahrertür des Audis öffnete sich. Eckes kämpfte sich am aufgeblasenen Airbag vorbei und sprang heraus. Er sah mich und rannte mit gesenktem Kopf auf mich zu. Seine Stirn blutete, er schrie irgendwas und ballte beide Fäuste. Aus einem der Fenster dudelte *Leise rieselt der Schnee.*

Renn!, schrie alles in mir. Weg von hier! Aber meine Beine bewegten sich nicht. *Still und starr ruht der See ...*

Noch drei Meter ... noch zwei ... noch ... Ich hielt die Luft an.

Etwas Schwarzes schob sich vor mein Gesicht, Eckes schnellte zurück und kippte regelrecht aus den Latschen, fiel rückwärts auf den Bürgersteig und blieb liegen. ... *weihnachtlich glänzet der Wald ...*

Ich spürte eine Hand in meinem Rücken, aus der Ferne waren Martinshörner zu hören, und ich dachte beim Anblick der rauchenden Trümmer: Rudi wird mich für alle Zeit hassen, weil ich sein Meisterwerk geschreddert habe. Im selben Moment flog der kleine Sarg mit einem infernalischen Knall in die Luft. Die Druckwelle fegte mir die Beine weg, und Matti und ich segelten auf den Asphalt. Um uns herum regnete es Glas.

... freue dich, s'Christkind kommt bald ...

»Rudis Auto ist hin.«

»Ihr Geschenk auch«, sagte Matti, als wir eine halbe Stunde später in der offenen Tür eines Krankenwagens saßen und darauf warteten, dass die Polizei endlich fertig werden würde und wir gehen konnten. Die Sanitäter rollten Eckes auf einer Krankentrage an uns vorbei. Ich guckte mich um. Alle Polizisten waren mit irgendwas beschäftigt. Wenn nicht jetzt, wann dann?

»Moment«, sagte ich und sprang auf. Eckes stöhnte.

»Warst du das mit eurer Mutter? Hast du die erschlagen und Rudi alles in die Schuhe geschoben?«

»Und wenn?«, sagte er und drehte den Kopf weg. »Mein doofer Bruder ... zu blöd, um'n gelbes Loch in'n Schnee zu pissen ...«

Ich legte meine Hand auf seine gebrochene Nase und drückte zu. »Warst du das?«

»Ja«, schrie er, und der Schmerz trieb ihm die Tränen in die Augen. Sie vermischten sich mit dem Blut auf seinem Gesicht, und er sah aus wie die Karikatur eines bösen Clowns.

»Sie haben das gehört?«, sagte ich zu den beiden Rettungshelfern.

»Ja, haben wir gehört. Aber jetzt ist Schluss – der Mann ist verletzt.«

»Das seh ich«, sagte ich, packte Eckes' blutendes Ohr und zog. Er schrie noch lauter. »Ja, ich hab den zum ersten Mal gesehen, als ich unsere Alte platt gemacht hatte. Der sieht die Leiche, fällt in Ohnmacht, ich drück dem den Hammer in die Hand ... Besser ging's doch gar nicht. Ich musste nur ein paar Jahre verschwinden, bis Gras über die Sache gewachsen war. Lass mein Ohr los!«

Wut war keine treffende Bezeichnung für das, was mich in dem Augenblick im Griff hatte.

»Hey. Lassen Sie das«, sagte einer der Sanitäter und drängte mich von der Trage weg.

»Könnt ihr die Arschmade beim Verladen nicht noch mal fallen lassen? Ich zahle jeden Preis!« Und wenn Matti mich nicht festgehalten hätte, hätte ich mich auf Eckes gestürzt, um ihm seine Nase komplett ins Hirn zu rammen. Man hat nicht oft die Gelegenheit, dem weißen Rauschen im Kopf auf würdige Art und Weise Ausdruck zu verleihen.

Als ich wieder aufschaute, schlossen die Sanitäter die Türen des Krankenwagens und fuhren mit Eckes davon.

»Ich wünschte mir, Rudi hätte das sehen können. Das wäre das richtige Weihnachtsgeschenk für ihn gewesen«, sagte ich.

»Er freut sich jetzt schon.« Matti hielt mir sein Handy hin. Fotos von Eckes mit zermatschter Nase.

»Wenn Winnie davon erfährt. Oh je, und wahrscheinlich hat er es schon gesehen ...«

»Macht doch nichts«, sagte Matti. »Es ist vorbei.«

»Womit haben Sie Eckes eigentlich gestoppt?«, fragte ich. »Ein Brett? In seinem Kopf hat es richtig geknallt.«

»Ein Laptop. Wir hatten alle zusammengelegt. Sie wollten doch wieder schreiben.«

Hätte ich Zeit gehabt, hätte mich die Rührung übermannt. Aber ein Polizist stand plötzlich vor uns und überreichte mir eine flache gepolsterte Tasche, in der es bedenklich schepperte.

»Gehört das Ihnen?«

»Vermutlich. Danke«, sagte ich. »Frohe Weihnachten.«

»Der ist wohl nicht mehr zu gebrauchen«, sagte der Polizist.

»Besser der als ich.«

Die Tür des Vorderhauses ging auf, und mehrere Uniformierte führten Gerti Schmicke und ihren Lebensabschnittsgefährten zu einem Polizeiwagen. Dahinter kam mit gesenktem Kopf Walburga aus der Tür. Und weil ich die kleine Karawane beobachtete, hatte ich ihn gar nicht kommen sehen.

»Guten Abend, Matti. Und Kommissarin Abendroth, mal wieder in bester Gesellschaft«, sagte Winnie und baute sich vor mir auf.

»Was machst du denn hier? Ich denke, du führst widerborstige Bräute zum Traualtar?«

»Ich mache meinen Job auch ohne deine Einwilligung – und am allerliebsten eigentlich auch ohne deine Beteiligung. *Kommissarin Abendroth!* Man nennt das Amtsanmaßung, gnädige Frau. Schon mal gehört?«

»Ja, klar. Aber sofort wieder vergessen. Der Zweck heiligt die Mittel. Und ich verstehe immer noch nicht, warum du hier bist, ich dachte ... also Karin hat gesagt, du bist nicht da. Ach ... oh!«

»Ja?«, sagte Winnie. »Was, Frau Abendroth?«

»Ich fange an zu verstehen ... Du bist nicht in Spanien, weil Nikolaj da ist. Wilma hat ihn nicht ausgeladen, weil sie von eurer Trennung gar nichts wusste. Na dann ... Willkommen im Klub, Herr Kommissar.«

Winnie blinzelte und fuhr sich mit beiden Händen durch die Haare, vermutlich, weil er sie davon abhalten wollte, sich um meinen Hals zu legen und zuzudrücken.

»Schon gut«, sagte ich. »Wir reden ein andermal darüber.«

Winnie verschränkte die Arme vor der Brust. So standen wir einige Sekunden da. Schließlich lächelten wir beide und Winnie sagte: »In der Tiefkühltruhe herrscht eine ziemlich eklige Gemengelage.«

»Weiß ich. Ich hab ja reingeguckt. Sag mal, was kriegt man eigentlich für ›Toten-Opa-in-die-Tiefkühltruhe-stecken‹?«

»Wenn er vorher eines natürlichen Todes gestorben ist, dann nur irgendwas wegen Störung der Totenruhe. Geldstrafe vermutlich.«

»Armer Opa Schmicke ... Können wir jetzt gehen, Sherlock?«

»Ja, sicher. Am besten in den Kerker. Ohne Wasser und Brot.«

»Heute ist Weihnachten, kannst du da nicht mal ein Auge zudrücken? Ich maße mir auch nie wieder ein Amt an. Hat sich so ergeben – und hat ja auch funktioniert.«

Mit Blick auf die immer noch rauchenden Autowracks sagte Winnie: »Wie man sieht.«

»Kann ich jetzt meine Sachen und den Kater holen?«

Winnie nahm mich in die Arme und drückte mich so fest, dass mir die Luft wegblieb. »Einer von der Spurensicherung geht mit. Und dann verschwindest du am besten für die nächsten Wochen aus diesem Land. Ich bin verflucht sauer auf dich.«

Ich schob ihn von mir weg und sagte: »Ach ja? Sauer? Ich hoffe, du glaubst mir jetzt, dass Rudi einen Zwilling hat. Einen eineiigen. Und Eckes hat gestanden! Was gibt es denn wohl Besseres?«

»Glaubst du, ich hätte Rudi nach Barcelona fliegen lassen, nur weil Oma Fotos gemacht hat? Ich verrate dir mal was: Karin und Peter haben Tag und Nacht geschuftet, die Unterlagen aus dem Krankenhaus waren eindeutig: Es waren zwei

Jungs. Und dann haben die beiden weitergeforscht: Es gab vor ein paar Jahren einen Überfall auf einen LKW – an der deutsch-polnischen Grenze. Der Fahrer hat mit knapper Not überlebt. Und rate, wessen DNA am Tatort gefunden wurde? Die von Rudi – aber er konnte es nicht gewesen sein, weil er ja im Gefängnis saß. Die polnischen Behörden haben das nicht weiterverfolgt, weil das Opfer nach seiner Genesung auf eine Anzeige verzichtet hat. Denn für die Behörden war klar, dass nicht sein kann, was nicht sein konnte. Die haben an einen Fehler im Labor geglaubt.«

»Warum hat Karin mir nichts davon gesagt?«

»Weil du kein Bulle bist. Außerdem laufen derzeit weitergehende DNA-Analysen, um die beiden Brüder zu unterscheiden. Die Technik gab es damals noch nicht. Und erst wenn das alles erledigt ist, wird der Fall klar sein.«

»Welchen Grund gibt's denn dann, sauer zu sein?«

»Einen? Ungefähr fünfzig. Aber es sind immer dieselben fünfzig, deshalb spare ich mir jetzt die Aufzählung. Wir reden ein andermal darüber.«

»Wo ist eigentlich Danuta?«, fragte ich. Themenwechsel war dringend angeraten.

»Verhaftet. Was war da überhaupt am Callcenter los? Ich hab' Kai Pflaumes Love-Mobil auf dem Hof stehen sehen.«

»Keine Ahnung«, sagte ich.

»Warum glaube ich dir das nicht? Setzt das auf die Liste für unser Gespräch.«

»Hat sie gestanden?«

»Ungern, aber wie ich hörte, hatte Kollege Seidel einen ereignisreichen und erfolgreichen Nachmittag.«

»Und jetzt ist sie enttäuscht von ihrem Eckes?«

»Das kommt davon, wenn man sich mit Schalkern einlässt. Aber sei froh, dass sie geredet hat. Sonst wäre das hier anders ausgegangen. Du hast ja diesem Delitsch nicht gesagt, wo das Auto steht.«

»Wenn ich mich recht erinnere, war Matti vor dir da.«

»Jetzt mal nicht kleinlich werden, Frau Abendroth. Wir sprechen uns noch.« Winnie boxte mir zum Abschied freundschaftlich in die Schulter. Ich boxte zurück. »Genau. Wir sprechen uns noch ...«

Winnie ging zurück zu seinen Kollegen, die eben dabei waren, die Autowracks zu bergen.

»Winnie!«, rief ich.

Er drehte sich um und lief rückwärts weiter.

»Guter Bulle! Frohe Weihnachten.«

Er verbeugte sich mit großer Geste. Dann verschwand er im Gewimmel der Einsatzkräfte.

Eine halbe Stunde später war meine Habe in Mattis großem Leichenwagen verladen. Den Kater hatte ich im Badezimmer wiedergefunden, und er hatte sich widerstandslos in die Transportbox schieben lassen.

Der Abschied vom Anbau fiel mir nicht schwer, besonders weil ich gesehen hatte, was die Spurensicherung unter den Teppichfliesen gefunden hatte – große Flecken getrockneten Blutes. Und wenn ich noch fünf Minuten länger geblieben wäre, hätte ich wahrscheinlich halluziniert, dass das Blut aus den Wänden tropft, denn die Tatwaffe, einen Hammer, wie mir der Mitarbeiter der Spurensicherung stolz erklärte, hatten sie hinter der alten Waschmaschine im Bad gefunden.

Bevor meine Drähte endgültig durchbrennen konnten, bekam ich eine SMS von Rudi, in der er mir mitteilte, dass er mir als Zeichen seiner Dankbarkeit seine Wohnung überlassen wollte. *SO LANGE DU WILLST!* Ich schrieb zurück: *Werd erst mal wieder nüchtern. Aber trotzdem, danke.*

»Warum sind Sie eigentlich hier und nicht in Spanien?«, fragte ich Matti, als wir losfuhren.

»Nun, ich habe eine Entscheidung getroffen.«

»Ist Gerrit van Sandt so zu seinem Ticket gekommen?«

»Herr Winnie machte den Vorschlag. Es war mir ganz recht.«

»Wussten Sie, dass er auch nicht mitgeflogen ist?«

»Nein.«

»Und da waren Sie die ganze Zeit zu Hause und haben mir beim Arbeiten zugeguckt?«

»Ich war zu Hause, aber nicht immer. Ich hatte ja zu tun. Reiseplanung.«

»Geht's auch ein bisschen genauer?«

»Wir fahren nach Finnland.«

»Wer ist *wir*?«

»Wir drei. Sie, Doktor Thoma und ich. Zwei Wochen. Ich wollte Sie vorhin überraschen damit, aber dann ist Ihnen was dazwischen gekommen.«

»Ziemlich dezente Beschreibung für das Desaster.«

»Wollen Sie etwa wieder ablehnen?« Mattis Augen funkelten beinahe türkis, oder waren das nur die Reflexe der Blaulichter, die um uns herum auf den Polizeiwagen kreisten?

Ich hatte das Ja schon auf den Lippen, da holte meine innere Stimme aus, gab mir eine schallende Ohrfeige, und ich sagte: »Nein. Was für eine tolle Idee. *Finland, Finland, Finland, the country, where I want to be ... eating breakfast or dinner ... or just watching tie vie.*«

»Sie können gar nicht singen«, sagte Matti und lachte.

»Gewöhnen Sie sich dran. Das kann eine lange Reise werden.« Ich öffnete das Handschuhfach in Erwartung mehrerer Klafter Schokolade, die meine Nerven jetzt dringend brauchten. »Oh ...! Die Weihnachtskollektion: Zitronenbrauseschneemänner von Oma Berti.«

»Hyvää Joulua«, sagte Matti.

»Maooooo«, kam es aus Doktor Thomas Transportkiste.

Und was auch immer das heißen mochte – ich war dafür.

Kapitel 24

Ich hätte mich vorher über die Witterungsverhältnisse in Kemijärvi, der nördlichsten Stadt Finnlands, informieren sollen. Zwar war ich auf eine gewisse winterliche Landschaft eingestellt, schon allein deshalb, weil Matti mir bezüglich dicker Socken und Pullover alle erdenklichen Ratschläge und Ausrüstungsgegenstände gegeben hatte, aber wenn ich aus dem Fenster schaute, sah ich Winter 5.0. – Special Edition.

Und Matti mittendrin, auf dem zugefrorenen See. Meistens ohne Pullover. Unerschütterlich bei 20 Grad minus, vorbeiziehenden Rentieren, Dunkelheit, Aurea Borealis oder seiner Reisebegleitung, die täglich mehrere Stunden auf eine alte Remington Schreibmaschine eindrosch, weil ihr so langweilig war, dass sie beschlossen hatte, ihre Ankündigung wahr zu machen und einen Roman zu schreiben. Denn am Tag war es auch meistens dunkel. Es gab keinen Fernseher, und der nächste Ort war kilometerweit entfernt. Um dorthin zu gelangen, hätte ich erst mal lernen müssen, das Schneemobil zu fahren. Der Unterschied war, dass Matti, wenn er behauptete, es sei Tag, nach draußen ging und es sich auf dem See gemütlich machte.

Wenn die Uhr aufgehört hätte zu ticken, hätte ich gar nichts mehr gewusst – wie ein Astronaut, der in seiner Raumkapsel treibend alles vergisst. Die Stille am Tag war geradezu aufdringlich, dafür sahen in der Nacht die Sterne in ihrem Glanz und ihrer Fülle aus, als wären sie direkt aus Hollywood hierher exportiert worden, und die erste Aurea Borealis, die ich sah, hielt ich für eine Computeranimation. Matti hatte sehr gelacht. Ich stellte fest, dass ich ihm stundenlang dabei zusehen konnte, ohne irgendetwas zu vermissen. Einer der wichtigsten Gründe, warum ich nicht schon nach drei Stunden in der Eiswüste gequengelt hatte, wieder nach Hause zu wollen.

Doktor Thoma saß den ganzen Tag in der Gewissheit, dass es sehr, sehr weit bis zum nächsten unbewachten Kühlschrank war, am großen Fenster, das zum See hinausging, und bewies beim In-den-Schnee-Starren ebenso viel Geduld wie der Hausherr mit seiner Angel.

Ich hatte mit Matti vereinbart, dass wir erst dann gemeinsam mit dem Schneemobil in die Stadt fahren würden, wenn ich die erste Seite meines Romans aufs Papier gebracht hatte. Wenn es gut liefe, könnte es morgen so weit sein, dachte ich an jedem Abend. Und wie jeden Abend riss ich die Seite, mit der ich nicht zufrieden war, aus der Trommel, knüllte sie zusammen und warf sie in den Kamin. Dann spannte ich ein neues Blatt ein und füllte meine neue Prince Charles Tasse – Mattis Geschenk, mit dem er Gott sei Dank nicht versucht hatte, Eckes aufzuhalten – mit frischem Espresso.

Matti winkte vom See. Ich winkte zurück. Heute Abend würde es Fisch geben, wie jeden Abend. Doktor Thoma hatte auf diesen Moment gewartet und sprang an den Mäusen, die zuweilen in dem Blockhaus herumhuschten, elegant vorbei, um Matti und seinen Fang zu begrüßen.

Wenn Du in diesem Urlaub noch was anderes essen willst, dann hau endlich in die Tasten, Maggie Abendroth. In Kemijärvi Stadt soll es, Gerüchten zufolge, ein Restaurant geben, in dem Pizza serviert wird. Das meinte ich jedenfalls verstanden zu haben, als ein Nachbar auf einen Besuch hereingeschneit war, im wahrsten Sinne des Wortes. Ein Mitarbeiter des örtlichen Bestattungsinstituts *Hautauspalvelu Latvakoski,* wen hätte man in dieser Gegend auch sonst auf einen Besuch erwartet?, hatte Matti über das Woher und Wohin der vergangenen Jahre in der Gemeinde Kemijärvi auf den neuesten Stand gebracht.

Ich atmete tief ein und wieder aus, nahm mir zum zigsten Male vor, nur über die Dinge zu schreiben, über die ich tatsächlich Bescheid wusste, zündete mir noch eine Zigarette an und schrieb:

totgepflegt – Maggie Abendroth und der kurze Weg ins Grab.

Kapitel 1

Meine Reise in die Bedeutungslosigkeit begann an einem dieser derart wunderschönen Spätsommertage, dass mir in meiner Situation zwangsläufig schlecht davon werden musste. Die Augustsonne schien laut und grell aus vollem Halse, während in meinem Innern die Königin der Nacht »Der Hölle Rache kocht in meinem Herzen« skandierte, da klingelten schon die Studis vom Jobservice, die ich in einem Anfall von Luxussehnsucht engagiert hatte ...

Matti deckte den Tisch. Der Fisch wurde gegrillt, serviert, und er wurde auf den Tellern kalt. Doktor Thoma entließ ein verzweifeltes Miauen in die sternenklare Nacht von Kemijärvi, und Matti sagte: »Pssst, Tohtori Thoma, ich glaube, morgen gibt es wirklich Pizza.«

Danksagung

Liebe Leserinnen und Leser,

so! Die letzte Zeile ward geschrieben, Ihr habt sie gelesen – und Edda Minck hat fertig mit Maggie Abendroth. Es ist an der Zeit, durch den Wörtersee zu schwimmen, um Bücher zu entdecken, die noch geschrieben werden wollen.

Maggie-Zeit war Chaos-Zeit mit jeder Menge Turbulenzen und jeder Menge Spaß und Ärger, und meistens alles gleichzeitig. Ich möchte diese Zeit nicht missen – es ist doch immer wieder was Lustiges dabei herausgekommen. Ich hoffe, Ihr seht das genauso.

An dieser Stelle müsste ich so viele namentlich nennen, denen ich danken möchte, dass der Platz nicht ausreicht. Also verbeuge ich mich vor all jenen, die mich in den letzten Jahren ertragen mussten, und verleihe Goldmedaillen für Geduld, Freundschaft, Zuwendung und gemeinsam verbrachte Zeit.

Autoren sind ein schlimmes Volk. Sperrt sie ein, werft die Schlüssel weg, zieht Schutzkleidung an, wenn Fütterungszeit ist – mehr kann man für sie nicht tun.

Edda Minck
www.eddaminck.de
oder auf facebook